KB104725

늑대와 향신료

IV

하세쿠라 이스나 지음
아야쿠라 쥬우 일러스트
박소영 옮김

〈제책 방식의 차이로 컬러 화보의 내용은 오른쪽에서부터 읽어 주시기 바랍니다.〉

"길 좀 여쭤보고 싶어서요.

　　　　수도원으로 가는 길입니다만."

"모릅니다."

교회를 맡고 있는 소녀 엘사 슈팅하임

"하지만 넌, 고향으로 돌아가면 그 다음엔, 어쩔 거야?"

"몰라."

"잠시 불편을 감수해 주시오."

테레오 마을의 촌장 셈

"무슨 일이… 있으신지요?"

봉을 든 마을사람이
한걸음 앞으로 나서자
로렌스는 그에 맞서 일어섰다.

CoNTENTs

-------- 제1막 -------- 11

---------------- 제2막 -------- 59

------------------------ 제3막 -------- 113

---------- 제4막 -------- 179

----- 제5막 -------- 241

------------------ 제6막 -------- 279

---------- 종막 -------- 307

늑대와 향신료 Ⅳ

학산문화사

제 1 막

겨울철에 엿새씩이나 길에서 지내니 몸도 지친다.

눈이 내리지 않는 것만도 다행이긴 하지만, 그래도 추운 건 추운 거다.

'산더미 같은 모포가 한 무더기에 얼마'라고 해서 사긴 했으나, 사실은 약간 봉긋한 언덕 정도밖에 안 된다. 그러니 온기를 취할 수 있는 것이라면 뭐든 모포 속으로 집어넣게 되는 것이다.

물론 가장 따뜻한 것은 온혈동물이다. 거기에 모피까지 달려 있으면 금상첨화.

다만, 그것이 말을 할 줄 알면 조금 귀찮다.

"누누이 말하지만, 어째 내가 늘 손해를 보는 것 같단 말이지."

하늘이 어렴풋이 밝아오기 시작하자, 간밤의 매서운 추위가 마지막 기승을 부리며 못내 아쉬운 듯 뺨을 쓰다듬는다.

이런 시간에는 눈을 떠 놓고도 너무 추워서 모포 밖으로 도저히 나가지 못한 채, 밝아오는 하늘을 한동안 지켜보고만 있게 되는데, 오늘은 한 모포 속에서 자는 털 달린 상대의 심기가 어째 아침부터 삐딱했다.

"잘못했다니까."

"잘잘못을 따지자면 당신이 확실히 잘못했지. 물론 나야 당신이 추워하는 걸 조금이라도 덜어 줄 수 있으면 그것으로 됐다고 생각하긴 해. 그래서 웬만한 건 너그럽게 봐주고, 돈도 안 받는 거라고."

모포 속에 반듯이 누워 잔소리를 귀 따갑게 듣고 있는 청년, 크래프트 로렌스는 시선을 왼쪽으로 돌린다.

나이 열여덟 때부터 이래저래 7년째 행상을 해온 몸이니, 웬만한 일은 억지를 부려서라도 상대를 구워삶을 자신이 있다.

하지만 그런 로렌스의 오른쪽에 엎드린 자세로 누워, 거침없는 시선과 말을 쏟아내고 있는 상대에게는 대꾸도 제대로 할 수가 없다.

호박빛깔의 눈, 아름다운 황갈색 머리카락에, 다소 마른 듯해도 나름대로 소녀 특유의 부드러운 체형을 가진 상대의 이름은 '호로'.

그리 흔치 않은 이름인데, 흔치 않은 것은 이름만이 아니다.

머리에는 짐승처럼 귀가 달려 있고, 허리에는 멋들어진 늑대의 꼬리까지 나 있으니.

"당신, 아무리 그래도 말이지. 해도 될 일과 해서는 안 되는 일이란 게 있는 거 아냐?"

만약 이것이 '자고 있는 상대를 잠결에 덮쳤다'는 식의 간단한 이야기라면 호로는 화를 내지 않았을 것이다.

화를 내는 대신 로렌스가 회복 불가능할 정도까지 실컷 놀려 먹은 뒤에 깔깔대며 웃어 넘겼겠지.

그런데도 아까부터 끈질기게 잔소리를 해대는 것은 호로가 도저히 참을 수 없는 짓을 로렌스가 저질렀기 때문이다.

무슨 짓인가 하면, 너무 추운 나머지 자신도 모르는 새에 호로의 꼬리를 다리 밑에 깔고 잔 것이었다. 게다가 몸을 뒤척이면서 긴 꼬리를 둘둘 감기.

자칭 연세 수백 살의 현랑 님이신 데다, 본의는 아니라 해도 신으로 불렸을 정도인 호로가 여자애 같은 비명을 내질렀으니 어지간히 아팠던 것이리라.

하지만 자다가 그런 건데 어쩌겠느냐는 생각이 들기도 한다.

그리고 그나마 지금은 끈질긴 잔소리를 듣고 있는 정도지만, 꼬리털을 둘둘 감다가 다리로 세게 짓누른 직후에는 얼굴을 두어 방쯤 얻어맞았다.

그러니 이만 용서해 줘도 될 성 싶은데.

"하기야 눈을 뜨고 걷다가도 남의 발을 밟는데, 하물며 자고 있었으니 그럴 수도 있겠지. 하지만 이 꼬리는 나의 긍지. 내가 나로 존재하는 유일한 증거라고."

꼬리 자체에는 별 탈 없었지만 털이 약간 빠지고 말았다.

호로는 아픈 것보다 그것에 더 화가 난 모양이다.

그런 사태에 이르기까지 로렌스가 꽤 오래 꼬리털을 깔고 잤는지, 꼬리털도 납작하게 눌려 있었다.

한동안 넋이 빠져 자신의 꼬리털을 들여다보고 있던 호로는, 큰일 났다 싶어 모포에서 빠져나가려던 로렌스의 몸을 내리누르고는 아까부터 지금까지 한 모포 속에서 잔소리를 줄줄이 늘어놓고 있다.

화가 났으면 철저하게 응징을 하거나 결투를 하자고 드는 게 일반적이다. 하지만 호로는 달랐다. 그리고 그 복수의 방법은 훨씬 가혹했다.

한 모포 속에 있으니 나름대로 따스한 데다 시간은 새벽녘. 긴 겨울 여행으로 피로해서 몸은 천근만근이다.

그 와중에 일언반구 대응할 수 없는 잔소리가 한도 끝도 없이 이어지니 그만 깜박깜박 졸게도 생겼다.

잠이 들려고 할라치면 호로가 그 점을 당연히 맹공격 해온다.

완전 고문이 따로 없다.

호로가 사형집행인을 하면 딱일 것 같다.

"하여간…"

그리고 그 고문은 호로가 화를 내다 못해 지쳐 잠이 들 때까지 계속됐던 것이다.

호로를 화나게 하면 무섭다는 것이야 물론 알고 있었으나, 그 무서움에도 여러 가지가 있구나 싶었다. 알고 싶지도 않았던 것을 뼈저리게 배운 사건이 있은 직후, 로렌스는 지금 짐마차를 몰고 있다.

화를 내다 지쳐 잠이 든 호로는 로렌스에게서 모포를 모조리 빼앗더니 도롱이벌레마냥 몸에 둘둘 말고 자고 있다.

그것도 짐칸이 아니라 마부석에서, 로렌스의 무릎에 머리를 얹은 채 자고 있는 것이다.

잠든 얼굴만 보자면 얌전하고 귀여워 보이는데, 일부러 이런 짓을 하는 점이 무서우리만치 계산적이다.

호로가 싸우자고 들자면 이쪽도 반격할 구실이 생길 테고, 반대로 싹 무시를 하면 이쪽도 같이 무시해 주면 그만이다.

그런데 무릎베개를 강요하고 나서니 로렌스는 일방적으로 궁지에 몰리게 되는 것이다.

화도 못 내고 무시도 못할 뿐더러 함부로 대하지도 못한다. 그뿐만 아니라, 호로가 뭔가 먹고 싶다고 졸라대면 거절할 수도 없다.

호로는 형식상으로 화해를 선언하고 있으니까.

꽤 햇살이 퍼져 아침 공기가 부드러워지긴 했으나 로렌스의 입에서 나오는 한숨은 무겁기만 하다.

앞으로는 호로의 꼬리에 더더욱 신경을 써야겠다고 결심은 하지만, 야영을 하는 겨울밤 꼬리의 따스함은 저항하기 힘든 유혹이다.

신이 있다면 "어찌 하오리까." 하고 묻고 싶을 정도였다.

헌데, 그런저런 아침 여행길도 의외로 일찍 끝을 고하게 되었다.

오는 도중에 아무도 마주치지 않았던 터라 아직 한참 멀었나 보다 했는데, 약간 높은 언덕을 넘으니 전방에 마을이 보이는 것이었다.

이 일대는 로렌스도 와 본 적이 없어서 전혀 아는 바가 없다.

이교도와 정교도가 혼재하는 광대한 나라 프로아니아의 중앙부에서 약간 동쪽으로 더 들어간 곳으로, 군사적으로는 어떨지 모르겠으나 장사 면에서는 아무런 재미도 없는 지역이다.

그런데도 뭣 때문에 이런 곳까지 왔는가 하면, 그것은 말할 것도 없이 로렌스의 무릎 위에서 꼬마악마처럼 자고 있는 호로를 위해서다.

애초에 호로와 함께 여행을 하게 된 것은 호로의 고향을 함께 찾아 주겠다는 구실에서였다.

하지만 호로는 고향을 떠난 지 몇 백 년이나 된 탓에 고향으로 가는 자세한 길도, 고향의 위치도 기억이 흐릿하기만 했다. 설상

가상으로 세월이 그만큼 흐르면 세상이 확 달라지고도 남는다. 그래서 호로는 자신의 고향에 관한 정보를 조금이라도 모으고 싶어 했다.

자신의 고향인 요이츠가 이미 사라지고 없다는 이야기를 알고 난 뒤로는 더더욱.

엿새 전쯤 출발한 이교도의 도시 크멜슨에서 옛날이야기를 모으는 수도녀 다아나를 만나 요이츠에 대한 이야기를 물어보았다. 그리고 이교의 신들에 관한 이야기를 전문적으로 모은다는 수도사를 소개 받았다.

그 수도사가 있다는 수도원은 어지간히 외진 곳에 있는 모양인지, 그 위치를 아는 사람은 테레오라는 곳에 있는 교회의 사제뿐이라고 했다.

하지만, 그 테레오로 가는 길 자체가 별로 알려져 있지 않아 우선 엔베르크라는 곳에 들러서 길을 물어봐야만 한다.

로렌스와 호로는 지금 그 엔베르크에 막 도착한 참이다.

"달달한 빵이 먹고 싶다."

마을에 들어서는 검문소를 앞에 두고 꾸물꾸물 일어난 호로의 첫마디가 그것이었다.

"달달한 것 중에서도 그거. 밀빵이 좋겠어."

입맛도 참 고급이다.

하지만 로렌스는 거부할 권리가 없다.

로렌스는 이 북쪽 지역 일대에서는 어떤 상품이 잘 팔리는지 알 수가 없기 때문에 일단은 크멜슨에서 신세를 진 곡물상 마르크에게서 밀을 구입해 싣고 왔다. 하지만, 그래도 여행길의 주식으로 쓴 것은 호밀로 만든 검고 씁쓸한 빵이었다.

그렇게 쩨쩨하게 군 것 때문에도 오는 길 내내 로렌스는 호로의 핀잔을 들어야 했다.

큼지막하게 부푼 질 좋은 밀빵을 얼마나 사 달라고 할 것인지를 생각하면 기분이 암담해진다.

"먼저 물건부터 팔고 나서."

"뭐, 그 정도야 봐줄 수 있지."

따지고 보면 로렌스가 부탁을 받고 호로에게 길안내를 해주는 것이건만, 이건 마치 로렌스가 호로의 시종인 것만 같다.

그런 로렌스의 내심을 알아챘는지 호로는 로브 밑의 꼬리를 쓰다듬으며 언짢은 듯이 한마디 했다.

"나는 이 어여쁜 꼬리가 당신 발밑에 깔렸으니, 당신을 엉덩이로 깔고 앉는 정도는 해야 피장파장이지."

한동안 잔소리를 해댈 것 같더니 이 정도에서 그치는 것을 보면 기분이 꽤 풀렸다는 뜻이리라.

'얼씨구.' 하며 속으로 한숨을 내쉰 뒤 로렌스는 짐마차를 방앗간 쪽으로 몰았다.

엔베르크는 벽촌이긴 해도 이 근방은 어엿한 교역의 중심지답게 나름대로 번화했다.

로렌스 일행이 온 방향은 우연히도 사람들의 왕래가 적은 길이었던 모양이다.

엔베르크의 한복판에는 인근 마을에서 실려 온 듯한 곡물이며 야채, 그리고 가축들이 줄줄이 늘어서 있고, 파는 이들과 사는 이들로 붐볐다.

광장을 바라보도록 세워진 큰 교회의 문도 누구든 환영이라는 식으로 활짝 열려 있어, 기도와 예배를 드리러 오는 사람들이 빈번히 드나들고 있었다.

어디에나 흔히 볼 수 있는 시골마을 같은 느낌이었다.

검문소에 물어보니 이 마을에서 가장 큰 제분소는 '린도트 상회'라고 한다.

그래봐야 방앗간, 제분소이면서 거창하게도 상회라는 이름을 달고 있는 것이 참으로 촌스럽다 싶다.

그런데 막상 가 보니, 광장의 북쪽으로 깨끗한 길을 따라가다 오른편에 자리하고 있는 린도트 상회는 과연 거들먹거리고 싶을 만큼 규모도 크고 훌륭한 하역장까지 갖추고 있었다.

로렌스가 크멜슨에서 구입한 밀은 트레니 은화로 약 3백 냥 어치.

잘 켜서 체에 내린 고운 밀가루와 탈곡만 해둔 밀이 반반씩.

밀은 너무 추운 지방에서는 잘 자라지 않기 때문에 북쪽으로 가면 갈수록 가치가 높아진다.

하지만 싣고 오는 도중에 연일 비라도 만나게 되면 금방 눅눅해져 질이 떨어지기 십상인 데다, 일상의 식량으로 쓰기에는 너무 비싼 탓에 구매자를 찾기가 쉽지 않다.

그런데도 굳이 싣고 온 것은, 짐칸이 빈 채로 다니기는 싫은 행상인 특유의 인색한 발상에서였다.

크멜슨에서 한몫 잡은 것도 있고 하니 이 정도 욕심은 부려도 될 것이다.

그리고 엔베르크만큼 얼마간 규모가 있는 곳쯤 되면 부자 귀족

들이나 교회 측 사람이 있을 테니 밀가루도 잘 팔리지 않을까 싶다.

그런 노림수였다.

"흐음, 밀이로군요?"

짐칸에 밀을 실은 손님이라 상회의 주인인 린도트가 직접 맞아 주었는데, 제분소 주인이라기보다는 푸줏간 주인이 더 어울릴 듯이 퉁퉁하게 살찐 린도트는 약간 난감한 표정으로 그렇게 말했다.

"예에. 밀가루와 알곡이 반반씩인데, 품질에 관해서는 증서가 첨부돼 있습니다."

"그렇군요. 잘 반죽해서 구우면 확실히 맛있는 빵이 되겠네요. 하지만 보시다시피 올해는 호밀이 대풍년이라 여분의 밀에까지 손이 돌아갈 여유가 없어서 말이지요."

아닌 게 아니라, 넓은 하역장 곳곳에 곡물이 들어 있는 것으로 보이는 자루가 산더미를 이루고, 백묵으로 거래처를 써 놓은 듯한 표찰이 줄줄이 벽에 걸려 있었다.

"물론 저희 입장에서도 밀은 돈이 되니 가능하면 구입하고 싶습니다만, 수중에 통 여유가 없어 놔서…."

기분 내키는 대로 샀다 안 샀다 하는 부자들을 상대로 한 밀보다는, 들여놓으면 확실히 팔리는 호밀을 우선시하고 싶은 것이 솔직한 심정일 것이다.

특히 벽촌인 만큼 단골손님은 더없이 소중하다. 다른 상인이 교묘하게 훼방을 놓지 못하게 하기 위해서라도 매년 곡물을 가져다 주는 마을들과는 친분을 잘 유지해 두어야만 한다.

"행상을 하는 분이신 듯한데, 새로운 판로를 개척하러 오셨습니까?"

"아닙니다. 그냥 지나는 길에 거래를 해볼까 했습니다."

"그러시군요. 혹시 어디로 가시는지?"

"레노스로 갈 예정입니다만, 그 전에 이 근처에 들를 데가 있어서요."

린도트는 눈을 약간 껌벅였다.

레노스는 이곳보다 더 북쪽에 있는 마을이다. 제분소라 해도 상회라는 이름을 붙였을 만큼 규모가 되는 린도트가 레노스를 모를 리가 없다.

"그것 참 먼 곳인데…. 그러시면…."

하고 아니나 다를까, '이 근방에서 상인들이 들를 만한 곳이라고는 엔베르크밖에 없는데' 하는 말이 얼굴에 쓰여 있다.

"일단은 테레오로 가는 중입니다."

그리고 로렌스가 그렇게 대답하자 화들짝 놀란다.

"아니, 테레오에는 무슨 용무로?"

"테레오 교회에 잠시 볼일이 있어서요. 아, 말이 나온 김에 여쭤봅니다만, 테레오로 가는 길을 아십니까?"

린도트는 마치 처음 거래하는 상품의 가격을 정해야 하는 사람처럼 시선을 이리저리 굴리더니 "외길이니 헤매실 리는 없을 겁니다. 짐마차로 한나절쯤이지요. 길이 다소 험하긴 합니다만."하고 대답했다.

어지간히 의외였던가 보다. 틀림없이 아무것도 없는 마을인 것이겠지.

린도트는 그런 뒤 잠시 망설이더니 로렌스의 짐마차 쪽으로 눈길을 돌렸다.

"돌아오실 때는 다시 이곳에 들를 예정이십니까?"

"죄송합니다만, 돌아갈 때는 또 다른 길을."

돌아가는 길에 들른다고 하면 외상으로 구입하는 방법을 생각했으리라.

하지만 로렌스는 이 근방에 행상로를 짤 계획은 없다.

"그러십니까…. 그럼 유감스럽지만 이번에는 인연이 닿지 않는 것으로…."

린도트는 못내 아쉬운 듯이 얼굴을 찌푸렸지만, 반은 거짓말일 것이다.

오다가다 한 번 들른 손님에게서 값비싼 밀을 사는 것은 꽤 위험한 도박이다.

다른 곡물가루가 섞여 있을지도 모르는 데다, 언뜻 보기에는 좋아 보여도 정작 빵으로 구워 보면 질이 형편없을 수도 있다.

외상으로 구입하여 지불일까지 한동안 여유가 있다면 설령 질이 나빠도 먼 지방의 시골 귀족을 속여서라도 팔아치우는 등 여러 가지 처분 방법이 있을 수 있는 것이다.

하지만 로렌스도 꼭 당장 팔아야만 하는 것은 아니었다.

인연이 없었던 것으로 치고 린도트와 작별인사 겸 악수를 나누었다.

"역시 밀은 밀가루보다는 빵으로 만들어 팔아야 가장 잘 팔리겠지요."

먹어 보면 질이 좋은지 나쁜지는 즉시 알 수 있다. 백문이 불여일견이라고, 밀가루 질이 좋다고 열변을 토하느니 한번 빵을 먹어

보면 되는 것이다.

"하하하. 우리네 장사꾼들이야 다들 그렇게 생각하지요. 그래서 빵가게 주인장들과 싸우는 불씨가 되긴 합니다만."

"이곳의 빵가게 주인들도 셉니까?"

"세다마다요. 빵가게가 아닌 곳에서 빵을 구워 팔았다가는 돌로 된 밀방망이를 들고 달려올 겁니다."

상인은 장사를, 빵가게 주인은 빵을 만드는 식으로 직업에 따라 영역을 구분하는 것은 어느 곳에나 있고, 그것을 둘러싼 농담도 많다.

그러나 상인이 곡물의 입수에서부터 빵 제조에 이르기까지 전 과정을 거쳐 장사를 하면 큰 돈벌이가 될 거란 것도 사실이다.

그만큼 곡물의 수확에서 빵이 되기까지의 중간 과정에 관련된 사람들의 수가 많다.

"그럼 신의 인도하심이 다시 있기를."

"예에. 다음에는 저희 상회를 꼭 좀 잘 부탁드리겠습니다."

린도트의 인사에 웃으면서 고개를 끄덕인 뒤 로렌스와 호로는 상회를 나왔다.

밀을 팔지 못한 것은 아쉬웠지만, 그보다 로렌스가 더 신경이 쓰인 것은 내내 조용한 호로였다.

"이번에는 끼어들지 않았네?"

로렌스가 가볍게 묻자 호로는 건성으로 대답을 한 후 "저기, 당신."하며 운을 뗐다.

"저 사장이 테레오까지 한나절이라고 했던가?"

"어? 그래, 그랬지."

"지금 출발하면 저녁 전에는 도착할 테지?"

묘하게 강한 어조에 로렌스는 몸을 뒤로 빼면서 고개를 끄덕였다.

"하지만 좀 쉬는 게 낫지 않겠어? 너도 피곤하잖아?"

"쉬는 거야 테레오에 가서 쉬어도 되지. 갈 수 있으면 빨리 가고 싶어."

전에 없이 강한 어조에 로렌스는 그제야 눈치를 챘다.

지나치다 싶을 만큼 가타부타 말이 없고 태도로도 거의 표현을 하지 않았지만, 사실 호로는 한시라도 빨리 이교의 신들에 관한 이야기를 모으고 있다는 수도사를 만나러 가고 싶은가 보다.

고집스럽고, 묘한 부분에서 자존심이 센 호로다.

어린아이처럼 빨리 가자고 재촉하는 건 꼴불견이라고 생각한 것이리라.

하지만 가슴속 깊이 꾹 누르고 있던 그런 마음도 목적지가 가까워지자 불이 붙은 모양이다.

사실은 호로도 피로가 쌓였을 텐데 그렇게 말하는 것을 보니 어지간히 간절한 듯했다.

"알았어. 그래도 따뜻한 밥은 먹고 가자. 그 정도는 괜찮겠지?"

그래서 로렌스가 그렇게 말하자 호로는 순간 눈이 동그래져서는 이렇게 말했다.

"그거야 당연한 거 아냐?"

로렌스의 얼굴에 쓴웃음이 떠오른 것도 당연한 일이었다.

한없이 이어질 것만 같던 완만한 풍경이 마침내 사라지더니, 주위 경치는 조물주가 살짝 손을 대어 만들어낸 것 같은 모습으로 바뀌어 갔다.

부드럽게 잘 치댄 빵 반죽을 툭 떨어뜨린 것처럼 여러 겹의 기복이 겹쳐 있고, 그 사이를 강물이 흘러간다. 나무가 울창한 숲도 군데군데 보였다.

두 사람이 탄 짐마차는 따각따각 작은 소리를 내며 작은 강을 따라 난 길을 나아간다.

호로는 여전히 정신없이 자고 있다. 역시 엔베르크에서 억지로라도 휴식을 취하게 할 걸 그랬나.

한밤중부터 새벽까지 추위로 자다 깨다를 반복하는 엄동설한의 여행길. 원래 같으면 들판을 돌아다니며 인간쯤은 상대도 못할 능력을 자랑하는 늑대라 해도, 소녀의 모습일 때는 소녀의 체력밖에 되지 않는 모양이다.

그러니 호로에게는 가혹한 여행길임이 틀림없을 터.

로렌스에게 기대어 자고 있는 것도 어딘지 모르게 축 늘어져 있는 느낌이다.

수도원에 도착하면 한동안 머물러 지낼까 하는 생각도 든다.

하지만 검소한 생활을 해야만 하니 그건 그것대로 호로가 싫어할지도 모르겠다는 등등의 생각을 하던 중에 강폭이 조금씩 넓어지기 시작한 것을 깨달았다.

작은 강은 오른쪽 경사면을 돌아들듯이 흐르고 있기 때문에 끝이 보이지는 않았으나, 서서히 강폭이 넓어지고 있는 느낌이었다. 이윽고 확실히 넓어졌다는 것을 알 수 있을 정도가 되자 흐름도 완만해졌다.

그리고 희미하게 들려오는 독특한 소리.

로렌스는 저 앞에 무엇이 있는지 이내 이해했다.

늑대인 만큼 귀가 밝은 호로는 자고 있으면서도 길 저편에 있는 것의 소리를 알아들었는지 꾸물꾸물 얼굴을 비빈 뒤 후드 밑에서 고개를 내밀었다.

테레오도 멀지 않은 모양이다.

마침내 강물의 흐름이 멎어 작은 연못처럼 되었을 무렵, 짐마차가 향하고 있는 앞쪽에서 아담한 물레방앗간이 나타났다.

"물레방아가 있는 걸 보니 이제 거의 다 왔네."

수량이 적은 곳에서는 물을 모아 두었다가 수면의 높낮이 차를 이용해 물레방아를 돌린다.

원래 수량(水量)이 적으니 물레방아의 회전에 한계가 있기도 할 테고, 계절이 계절인지라 수확이 끝난 지 오래이니 물레방앗간 앞에 행렬이 길게 늘어서 있을 리도 없다. 물론 수확 직후에는 알곡을 가루로 빻기 위해 수많은 사람들이 장사진을 이룰 테지만.

그러나 지금은 물이끼가 끼어 거무튀튀한 색을 띤 작은 건물이 쓸쓸히 오도카니 서 있을 뿐이다.

그런 물레방앗간 벽의 나뭇결까지 보이게 됐을 즈음, 방앗간 안에서 휙 하고 사람 하나가 튀어나왔다.

로렌스가 당황하여 고삐를 당기자 말이 푸르륵대며 머리를 내젓더니 멈춰 선다.

안에서 튀어나온 것은 이런 추위에도 팔을 걷어붙이고 무릎 언저리까지 가루가 묻어 새하얀 소년이었다.

"으앗차차. 아, 미안, 미안해요. 나그네 맞죠?"

말에 이어 이번에는 로렌스가 불평을 터뜨리기도 전에 짐마차 앞으로 오더니 떡 버티고 서서는 그렇게 묻는다.

"…나그네냐고 물으면 그렇긴 하지만, 그러는 그쪽은?"

소년이라 해도 일주일 전쯤 크멜슨의 시장에서 겨뤘던 수산물 중개인 아마티와는 달리, 다소 호리호리하면서도 힘쓰는 일에 익숙한 균형 잡힌 체격을 갖고 있었다. 키도 로렌스만큼은 될 것이다.

북쪽 지방에 흔한 검은 머리 검은 눈에, 활보다는 도끼가 어울릴 듯한 강인함이 엿보인다. 다만, 머리카락은 흰 가루로 인해 얼룩덜룩 야릇한 색 배합을 이루고 있었지만.

물레방앗간에서 튀어나왔고 흰 가루를 뒤집어쓰고 있는데 그게 누구냐고 묻는 것은, 빵이 즐비한 노점을 보고 무슨 가게냐고 묻는 것이나 매한가지다.

"하하. 나야 보시다시피 '방아꾼'이지. 어디에서 왔어요? 당신, 엔베르크 사람은 아니죠?"

해맑게 웃는 모습이 로렌스 눈에도 앳되게 보였다.

자신보다 예닐곱 살은 연하가 아닐까 싶은 한편, 괜히 또 호로를 둘러싸고 귀찮은 일이 일어나는 건 아니겠지 하는 경계심이 고개를 쳐들었다.

"잘 알아봤는데 나도 한 가지 묻고 싶군. 테레오 시까지 앞으로 어느 정도 걸리나?"

"테레오… 시?"

그러자 소년은 로렌스의 말에 어리둥절한 표정을 짓더니 이를 드러내며 웃었다.

"테레오가 시면 엔베르크는 왕국도시게? 테레오에 무슨 용무가 있는지 모르겠지만 손바닥만한 마을이에요. 이 방앗간을 보면 몰라요?"

그 말에 다소 놀라긴 했지만 테레오에 대해 가르쳐 준 디아나가 호로와 마찬가지로 몇 백 년을 살아온 사람이란 것을 떠올렸다.

지금은 작은 마을이라도 옛날에는 이 근방에서 가장 큰 도시였을 수도 있다.

로렌스는 고개를 끄덕인 뒤 "그래서 얼마쯤 걸리는데?" 하고 재차 물었다.

"바로 저기예요. 하기야 멋들어진 울타리가 쳐져 있는 것도 아니니까, 지금 여기부터가 테레오라 해도 될 정도죠."

"그렇군. 잘 알았어. 고맙네."

가만 내버려두면 한도 끝도 없이 떠벌일 태세다.

짤막하게 인사를 한 뒤 소년을 우회하여 가려고 로렌스가 말을 움직이려는 찰나, 소년이 황급히 그것을 막아 세웠다.

"아하, 그것 참. 그렇게 서둘 것 없잖아요? 안 그래요, 나그네 양반?"

양팔을 벌려 지나가지 못하게 하니, 그리 넓지도 않은 길이라 돌아갈 수도 없다.

억지로 밀어붙이면 못 지나갈 것도 없지만, 행여 다치기라도 했다가는 처음 찾아가는 고장인 테레오의 마을사람들에게 나쁜 인상을 심어 주고 말 것이다.

로렌스는 한숨을 섞어가며 "나한테 무슨 볼일 있나?" 하고 물었

다.

"어— 어—. 그게… 무슨 볼일이라기보다는…. 아, 맞다. 맞아. 당신, 굉장한 미인으로 보이는 일행과 함께 있네요?"

후드를 쓴 채 얌전히 고개를 숙이고 있는 호로는 웃는 대신 모포 속에서 꼬리를 조금 움직였다.

이제 로렌스는 그런 호로와 함께 여행을 하고 있다는 우월감보다는 또다시 귀찮은 일에 휘말리는 게 아닐까 하는 생각이 앞서 짜증이 난다.

"순례중인 수도녀다. 자, 이제 됐지? 상인이 가는 길을 막아 세울 수 있는 건 세리(稅吏)뿐이야."

"수, 수도녀?"

그러자 소년은 뜻밖의 단어에 놀란 듯한 표정을 지었다.

엔베르크에는 어엿한 교회가 시의 한복판에 서 있었으니, 규모가 작은 마을인 듯한 테레오가 철저한 이교도 마을일 리는 없다. 프로아니아의 북쪽 지역이긴 해도, 어엿한 교회가 들어서 있는 시의 인근에 이교도 마을이 존재하려면 나름대로의 무력(武力)이 필요할 것이기 때문이다.

더욱이 테레오에는 교회가 있을 터인데, 이 소년은 대체 왜 놀라는 것인지?

순간 로렌스가 그런 생각을 했는데, 소년도 눈치 빠르게 그것을 알아챈 모양이었다.

아무래도 호로보다는 로렌스를 더 신경 쓰고 있는 것 같다.

"알았어요, 나그네. 더 이상은 잡지 않겠어요. 하지만 내 말을 들어 줬으면 싶네요. 테레오에는 수도녀를 데리고 들어가지 않는 게 좋을 거예요."

"흐음…?"

소년이 되는 대로 둘러대는 것처럼 보이지는 않았다.

혹시 몰라 무릎덮개 밑으로 호로의 발을 툭 치자, 후드 아래로 가만히 고개를 끄덕이는 게 느껴졌다.

"무슨 이유로? 우리들은 테레오에 있는 교회에 볼일이 있어서 왔는데, 교회가 있다면 수도녀가 찾아가지 못할 이유가 없을 것 아닌가? 그게 아니면—."

"아, 아니. 교회는 있어요. 이유? 이유는… 뭐랄까, 싸움을 하고 있거든요. 엔베르크 쪽 교회의 열 받는 놈들이랑."

별안간 표정이 굳어지면서 눈을 번뜩이는 모습이 신출내기 용병처럼 보인다.

뜻밖에도 날카로운 적의를 드러내는 데에 놀랐다가, 로렌스는 이내 소년이 방아꾼이라는 것을 떠올렸다.

"그래서 말인데요. 뭐랄까, 그런 곳에 아무 생각 없이 수도녀가 갔다가는 일이 복잡해질지도 모르잖아요? 그래서 가지 말라는 거예요."

적의가 사라지자 별안간 애교 넘치는 소년으로 재빨리 돌아가긴 했는데, 이 소년이 주장하는 말은 좀 이상하다.

하지만 무슨 악의가 있어서 이러는 것도 아닌 듯하니, 캐물을 수도 없다.

"그래? 그럼 주의하도록 하지. 설마하니 마을에 들어간 순간 쫓아내진 않겠지?"

"그야… 그럴 리는 없겠지만…."

"아니, 고맙네. 참고가 되었어. 그러면 수도녀로 보이는 차림을 하지 않으면 괜찮겠지?"

소년은 안심을 하더니 순진한 표정으로 고개를 끄덕였다.

"그래 주면 고맙죠."

로렌스에게 주의를 주던 것이 어느새 부탁을 하는 느낌으로 변해 있다. 이것이 소년의 본심이었으리라.

"그런데, 교회에는 무슨 볼일이 있는 건데요?"

"길을 물어보려고."

"길?"

소년은 의아한 얼굴로 뺨을 긁적였다.

"흐음…. 그럼, 장사를 하러 온 게 아닌가요? 당신, 행상인 맞죠?"

"그러는 자네는 '방아꾼'이고."

코끝을 찡하게 맞은 것처럼 소년은 웃더니 이내 아쉬운 듯이 어깨를 늘어뜨렸다.

"에이, 장사를 하러 온 거면 내가 거들어 줄 수 있을지도 모른다 싶었는데."

"혹시 그렇게 되면 그때는 협력을 부탁하지. 이젠 됐나?"

소년은 아직 뭔가 더 말하고 싶은 표정이었으나, 더 이상 말을 이을 구실을 못 찾겠는지 고개를 끄덕끄덕 하더니 길을 열어 주었다.

그리고 아쉬운 듯한 시선을 던져 온다.

하지만 딱히 정보에 대한 대가를 뜯어낼 생각은 아니란 걸 안다.

로렌스는 고삐를 놓고 손을 내밀면서 소년의 눈을 똑바로 바라보며 천천히 말했다.

"내 이름은 그래프트 로렌스. 자네 이름은?"

순간 꽃이 피어나듯이 소년의 얼굴에 웃음이 한가득 번지면서 마부석으로 달려온다.

"에반! 기욤 에반!"

"에반. 그렇군. 이름을 기억해 두지."

"아아! 꼭 좀 기억해 줘요!"

로렌스의 말이 큰 소리에 익숙지 않았더라면 바로 펄쩍 뛰었을지도 모를 만큼 냅다 소리를 지르더니 에반은 로렌스의 손을 힘차게 쥐었다.

"돌아갈 때도 꼭 들러 줘요!"

말에서 떨어져 물레방앗간 입구에 서서 큰 소리로 그렇게 말했다.

미련이 뚝뚝 떨어지는 표정으로 로렌스 일행을 배웅하는 모습이 어딘지 쓸쓸해 보였다.

그리고― 분명히 그럴 거라고 로렌스가 예상한 대로, 호로가 돌아보며 조그맣게 손을 흔들자 에반은 깜짝 놀란 듯이 어깨를 움츠리더니 함박웃음을 지으면서 양팔을 휘이휘이 흔들었다.

그 모습은 아리따운 아가씨가 손을 흔들어 주어 기뻐하는 애송이라기보다는, 죽이 맞는 친구를 발견하게 되어 좋아라 하는 소년의 표정이었다.

길이 오른쪽으로 서서히 구부러져 들어가 에반의 물레방앗간이 이내 보이지 않게 되자 호로는 앞을 향해 자세를 바로하고 앉았다.

그런 뒤 분한 듯이 한마디 한다.

"쳇. 나보다 당신만 보던걸?"

그런 호로의 말에 로렌스는 웃었다. 그리고 숨을 한 번 크게 들이마신 뒤 한숨을 푹 내쉬었다.

"방아꾼이니까 여러 가지로 힘들겠지."

그 말에 호로는 의아한 눈빛으로 쳐다보며 고개를 갸웃거렸다.

이런 귀여운 몸짓이 잘 어울리는 호로에게도 아랑곳없이 행상인인 로렌스와 악수하는 것을 더 바란 데에는 그럴 만한 이유가 있다.

그리고 그것은 그다지 기분 좋은 이유는 아니다.

"양치기와 비슷한 거야. 필요한 직업이지만 사람들에게는 미움을 사지."

지역에 따라 어느 정도 다르긴 하지만, 아까 그 물레방앗간이 테레오 사람들에게 귀하게 대접받는 곳이라고는 도저히 여겨지지 않는다.

"예를 들어… 네가 목에 걸고 있는 주머니에 보리가 들어 있잖아?"

지금은 수없이 껴입은 옷 밑에 있지만, 호로는 자신이 깃들어 있다는 보리가 담긴 가죽 주머니를 목에 드리우고 있다.

"그 주머니에 들어 있는 보리를 탈곡해서 맷돌로 갈면 양이 얼마나 될 것 같아?"

그 말에 호로는 잠시 자신의 가슴께를 쳐다보았다.

보리의 풍작을 관장하고, 알곡의 좋고 나쁨을 조종할 수 있다는 호로도 보리를 빻은 가루가 어느 정도의 양이 될지는 알 수 없는 모양이었다.

"가령 이 정도 양의 보리알이 있다고 쳐."

로렌스는 고삐에서 손을 떼어 왼손바닥 위에 손가락으로 산을 그렸다.

"이걸 탈곡해서 가루로 만들면 끽해 봐야 이 정도야."

그 양은 손가락으로 그린 산만한 것이 아니라 집게손가락과 엄지손가락으로 만든 작고도 작은 동그라미.

보리는 맷돌로 갈고 나면 놀랄 만큼 양이 줄어들게 된다.

날이면 날마다 밭에 나가 땀방울을 흘리며 풍작의 신께 무수히 기도를 드려가며 키운 보리가 겨우 결실을 맺게 되어, 그것을 가루로 만들었더니 이렇게 양이 줄어들면 그 심정이 어떨까?

로렌스가 묻자 호로는 순간 "읍." 소리를 냈다.

"물레방앗간의 방아꾼의 손에는 손가락이 여섯 개 달렸다는 얘기가 있어. 손가락 하나는 손바닥에 나 있어서 그 손가락으로 빻은 가루를 슬쩍한다는 거야. 게다가 물레방아는 대개 그 지역 영주의 소유거든. 가루를 빻을 때마다 세금을 걷는데, 영주가 일일이 물레방앗간에서 지켜볼 리는 없지. 그러니 세금을 걷는 건 누구겠어?"

"순리대로 따지자면 방아꾼이 하게 되겠군."

로렌스는 고개를 끄덕인 뒤 말을 이었다.

"세금을 기꺼이 낼 사람은 없지. 하지만 걷지 않을 수도 없어. 그러니 가장 미움을 사는 역은 누구겠어?"

인간이 아니면서도 인간 세상이 돌아가는 것을 인간보다 더 잘 아는 호로다.

물론 이내 해답에 도달한다.

"그렇군. 그럼 그 애송이가 내가 아니라 당신한테만 꼬리를 친 건."

"그래. 그래서야."

한숨 섞인 말투로 고개를 끄덕이는데, 마침내 전방에 테레오 마을의 집들이 보이기 시작했다.

"저 마을에서 나가고 싶어 죽을 지경인 거지."

방아꾼은 누가 해도 해야 할 중요한 일이다.

하지만 사람들은 그런 일을 하는 방아꾼을 대부분 의심하고 미워만 할 뿐, 고마워하지 않는다.

특히 보리는 곱게 갈아야 빵으로 구웠을 때 더 잘 부푼다.

하지만 곱게 갈면 갈수록 가루로 나오는 양은 줄어들게 마련이다.

좋은 뜻에서 한 일이 오히려 반감을 사고 만다.

마치 어딘가에서 들었던 이야기라고 할 것도 없이, 호로는 괜히 물었다는 표정으로 자세를 바로했다.

"하지만 필요한 직업이야. 감사하는 사람도 있어."

로렌스가 다시 고삐를 쥐기 전에 호로의 머리에 손을 얹자, 호로는 그 손 밑에서 가만히 고개를 끄덕였다.

에반은 테레오를 손바닥만한 마을이라고 평했지만, 그렇게까지 심하지는 않았다.

도시와 마을을 구별하는 것은 성벽이 있느냐 없느냐 정도다. 도시라고 자처해도 궁색한 나무 울타리가 쳐져 있을 뿐인 곳도 많은데, 테레오는 마을치고는 훌륭했다.

　확실히 마을답게 건물이 밀집해 있는 것이 아니라 여기저기 흩어져 있긴 했으나, 개중에는 석조 건물도 있다. 마을의 한복판이랄까, 일단은 중심부로 불릴 만하게 건물이 모여 있는 곳에는 돌바닥까지는 아니어도 움푹 팬 곳 없이 깨끗한 길이 나 있다. 목적지인 교회 또한 멀리서도 이내 눈에 띌 만큼 큼직한 데다, 탑도 서 있고 종도 달렸다.

　정말이지 성벽만 세우면 시로 불려도 될 만하다 싶은 느낌이었다.

　호로는 에반의 충고에 따라 로브 대신 로렌스의 외투를 머리에서부터 뒤집어쓰고 목 주위만 끈으로 묶어 비옷을 입은 것 같은 차림을 했다. 평소대로 젊은 아가씨처럼 차려입는 것은 또 너무 깔끔하여 눈에 띌 것 같아서다.

　안 그래도 호로는 눈에 띄니까.

　그렇게 변장을 시킨 뒤 짐마차를 몰아 건물이 늘어서기 시작한 부근까지 이르렀다.

　성벽이 없는 것은 문이 없다는 뜻이고, 그것은 나그네에 대한 세금 징수가 없다는 얘기다.

　나그네의 짐마차가 마을로 들어서는 것을 누구 하나 막아서는 이 없이, 로렌스는 짚단을 묶고 있는 남자들의 거침없는 시선에 가볍게 인사를 하면서 말을 몰아 들어갔다.

　마을은 전체적으로 먼지가 많고, 주요 통행로 이외에는 곳곳이

패어 있었다. 건물은 석조와 목조를 불문하고 큼직하면서도 지붕은 낮다. 도시에서는 좀처럼 볼 수 없는 커다란 정원이 있는 집도 눈에 많이 띄었다.

길가 군데군데에 수확의 끝을 고하는 짚단이 높다랗게 쌓였고, 그것에 섞여 월동에 대비한 장작도 갖춰져 있다.

통행인의 수는 지극히 적었다. 방목해 키우는 닭과 돼지의 수가 오히려 더 많아 보였다.

그래도 유일하게 공통된 점은 다들 하나같이 로렌스 일행이 지나가는 것을 보면 말똥말똥 시선을 보내온다는 것이었다.

그런 면에서는 역시 도시라기보다는 마을 분위기였다.

오랜만에 느끼는, 자신은 이방인이라는 실감.

로렌스도 벽촌 출신이라 잘 알지만, 마을이라는 곳은 극단적으로 오락거리가 적기 때문에 나그네는 절호의 수다거리가 된다.

그런 생각을 하면서 길을 가다 보니 거대한 바위가 놓인 광장이 나왔다.

이곳이 마을의 중심부인지 광장을 둘러싸듯이 주변에 건물이 늘어서 있다.

처마 끝에 매달려 있는 철제 간판을 보아하니 여관과 빵가게, 그리고 술집이 있고 모직물인지 뭔지를 다루는 작업장도 있다. 터를 크게 잡은 건물도 있는데 아마도 그곳은 수확한 보리 등을 탈곡하거나 가루로 빻은 것을 체로 치는 공동작업장일 것이다.

그밖에는 옛날부터 이 마을에서 살아온 이 지역 유지들의 집이 보이고 개중에 교회도 있다.

역시 이곳에는 서서 이야기를 나누는 사람들이며 뛰노는 아이

들도 많아서 호기심 어린 시선이 쏟아지고 있었다.

"바위 한번 엄청 크네. 뭐에 쓰는 건가?"

하지만 호로는 그다지 신경 쓰지 않는 눈치로 느긋하게 바위에 대해 물어왔다.

"아마 축제 때 의식을 거행한다거나 춤을 춘다거나, 회의를 하는 용도로 쓰는 거겠지."

깨끗이 평평하게 잘린 단면에 높이가 딱 로렌스의 허리쯤 되는 바위, 그리고 그 위로 올라가기 위한 나무 계단이 갖춰져 있는 것으로 보아 단순한 표식으로 여기에 둔 것은 아닐 것이다.

물론 정확한 용도는 마을 사람에게 물어봐야만 알 일이니, 호로도 애매하게 고개를 끄덕인 뒤 마부석 깊이 눌러 앉았다.

그런 뒤로 바위를 빙 돌듯이 하여 말을 교회 쪽으로 몰았다.

마을 사람들은 여전히 호기심 가득한 시선을 보내오긴 했어도, 그렇다고 산간 오지에 있는 미개한 마을은 아니다.

짐마차가 교회 앞에 멈춰 서자 여행하는 도중에 안전을 기원하러 온 것으로 이해했는지 쳐다보는 시선의 수가 확연히 줄어들었다.

"'흐응, 그런 거였군' 하는 소리가 들리는 것 같네."

말을 세우고 마부석에서 내리면서 그렇게 말하자, 호로는 비밀을 공유한 어린아이처럼 웃었다.

교회 자체는 훌륭한 석조건물에 문은 강철로 테두리를 씌운 나무문.

세워진 지 꽤 세월이 흘렀는지 돌 귀퉁이는 풍화되어 깎여 있고, 문에 달린 둥근 고리도 사람 손길이 별로 닿지 않은 느낌이었다.

또한, 수도원이 아닌 다음에야 예배가 없을 때는 교회 문이 활짝 열려 있는 것이 보통일 텐데 지금은 꽉 닫혀 있다.

그런 저런 것에서 느껴지는 분위기를 간단히 표현하자면, 이 마을 안에서 그다지 친근한 곳이 못 된다고나 할까.

하지만 그런 생각을 해봐야 별 수 없으므로 로렌스는 고리를 잡고 문을 몇 번쯤 가볍게 두드렸다.

캉, 캉, 하고 메마른 소리가 묘하게 광장에 메아리치는 듯한 느낌이 들었다.

한동안 기다렸으나 대답이 없기에 아무도 없나 하는 생각이 든 순간, 문이 크게 삐걱거리는 소리를 내면서 살짝 열렸다.

"누구십니까."

그리고 약간 열린 문틈으로 들려온 음성은 그다지 호의적으로 느껴지지 않는 소녀의 것이었다.

"갑자기 찾아와서 죄송합니다. 저는 이곳저곳 오가며 장사를 하는 행상인으로, 이름은 로렌스라고 합니다."

갑작스런 거래 상담에서는 빼놓을 수 없는 웃음을 곁들여가며 그렇게 말하자, 문틈 너머의 인물은 의아한 듯이 눈을 가늘게 떴다.

"상인, 이시라고요?"

"예. 크멜슨에서 왔습니다."

이처럼 노골적으로 경계를 하는 교회도 드물다.

"…저쪽 분은?"

하며 시선이 곁에 선 호로에게 향한다.

"사적인 인연으로 함께 여행을 하고 있는 사람입니다."

로렌스의 간단한 설명에 소녀는 로렌스와 호로를 번갈아 쳐다본 뒤 살짝 한숨을 내쉬더니 천천히 문을 열었다.

문 너머로 나타난 인물은 놀랍게도 옷자락이 긴 사제복을 걸친 소녀였다.

"무슨 용건이십니까?"

로렌스는 놀란 내색을 잘 감췄다고 자신할 수 있었지만, 사제복을 입은 소녀는 변함없는 말투에 언짢은 표정 또한 전혀 풀지 않았다. 짙은 밤색의 머리는 단단히 묶여 있고, 벌꿀색의 눈에는 도전적인 빛이 감돈다.

그보다, 교회에 왔는데 무슨 용건으로 왔느냐는 질문을 받는 것도 좀처럼 겪어 보지 못한 일이다.

"예. 실은 여기 계신 사제님을 만나 뵙고 싶습니다만."

보통 상황 하에서는 여성의 몸으로 사제가 될 수 있을 리 없다. 교회 조직은 철저한 남성사회이기 때문이다.

로렌스는 그런 생각에서 말을 했는데, 그것이 사제복을 입은 소녀의 미간에 더욱 깊은 주름을 패이게 한 칼날이 된 모양이었다.

소녀는 노골적으로 자신의 옷을 내려다본 뒤 다시금 로렌스를 쳐다보았다.

"정확히 말하자면 사제인 것은 아닙니다만, 이 교회를 맡고 있는 엘사 슈팅하임입니다."

여성의 몸으로, 그것도 이렇게 어린 나이에.

대상회의 수완 좋은 당주가 소녀였다는 이야기보다도 더 놀랄 만한 일이다.

하지만 엘사라고 자처한 소녀는 그런 반응에 익숙한지 "무슨 용건이십니까?"라며 재차 냉정하게 물었다.

"아, 예에. 길을 좀 여쭤보고 싶어서."

"길?"

"예. 수도원으로 가는 길을 여쭤보고 싶은데, 수도원의 이름은 디엔드란 수도원이라고 하고, 원장님은 루이즈 라나 슈팅힐트라는 분입니다만."

로렌스는 말을 하면서 왠지 두 사람의 성이 비슷하다는 생각이 들었는데, 엘사는 로렌스의 말을 듣고 눈에 띄게 화들짝 놀라는 것이었다.

하지만 왜 그러시느냐고 물을 새도 없이 엘사는 이내 경계하는 표정으로 되돌아가더니 말했다.

"모릅니다."

말투만은 정중하게, 하지만 여전히 무뚝뚝한 표정으로 대답하더니, 어이없게도 로렌스의 말은 기다리지도 않은 채 문을 닫으려한다.

상인을 상대로 그렇게 쉽게 문을 닫을 수 있으리라고 생각해선 곤란하지.

로렌스는 잽싸게 문 사이로 다리를 끼워 넣으며 나긋나긋하게 물었다.

"이곳에 프란츠 사제님이시라는 분이 계시다고 들었습니다만?"

엘사는 문 사이에 끼어 있는 로렌스의 발을 얄미운 듯이 노려보더니 그대로 고개를 들어 로렌스의 얼굴도 노려본다.

"사제님은 지난여름에 돌아가셨습니다."

"예?"

그리고 로렌스가 놀라는 순간 말을 잇는다.

"이젠 되셨지요? 저는 그런 수도원이 어디에 있는지도 모르고, 바쁩니다."

더 이상 물고 늘어졌다가 사람이라도 불러오면 문제다.

로렌스가 발을 빼자 엘사는 노기 띤 한숨을 푹 쉬더니 문을 닫았다.

"……."

"단단히 미움을 샀네."

"기부를 안 한 게 잘못이었는지도 모르지."

로렌스는 어깨를 으쓱한 뒤 곁에 선 호로를 바라보았다.

"프란츠 사제가 죽었다는 건 사실일까?"

"거짓말로는 안 보여. 하지만."

"수도원의 장소를 모른다는 건 거짓말이지."

그렇게 내놓고 놀라서야 눈가리개를 하고 있어도 알 수 있겠다.

하지만 교회를 맡고 있다는 것은 사실이리라. 장난삼아 그러기에는 너무 위험하니까.

어쩌면 엘사는 프란츠 사제의 딸, 친딸은 아니어도 양녀 정도는 되는지도 모른다.

"어떡할까?"

호로는 이내 대답했다.

"더 밀어붙일 수도 없으니 일단은 쉬어야지."

마을사람들의 야릇한 시선을 받으며 두 사람은 짐마차에 올라타야 했던 것이다.

"으으…. 이게 얼마만이야…."

라며 호로는 여관방에 들어가자마자 침대 위에 몸을 던진 뒤 하품을 했다.

"짐마차의 짐칸보다야 훨씬 낫겠지만, 벌레가 있을지도 모르니까 조심해."

나무를 짜서 그 위에 삼베나 면을 깐 것이 아니라 짚단을 단단히 묶어 침대로 만든 것이다. 겨울철에는 동면을 위해, 여름철에는 번식을 위해 벌레가 몰려든다.

조심하라 한들 조심할 도리가 없겠지만 호로의 폭신폭신한 꼬리는 벌레들이 딱 좋아하게 생겼다.

"나한텐 벌써 몹쓸 벌레가 붙어 있는데, 뭐."

턱을 받친 채 장난스럽게 웃는 호로의 모습을 보며 '하긴, 그쪽의 벌레들도 잔뜩 몰려들겠지.' 하는 마음에 한숨이 나왔다.

"좁은 마을이니까 문제 일으키지 않도록 조심해."

"그거야 당신이 하기에 달렸지."

씁쓸한 얼굴로 노려보자 호로는 고개를 획 돌리고 엎드리더니 꼬리를 살래살래 흔들며 늘어지게 하품을 했다.

"좀 졸리네. 자도 되려나?"

"안 된다면 어쩔 건데?"

웃으면서 물어보자 고개를 다시 이쪽으로 돌리더니 요염한 눈빛을 가늘게 뜨며 말했다.

"당신 곁에서 꾸벅꾸벅 졸면 되지."

그 모습을 상상하자 그것도 나쁘지 않을 것 같다는 생각이 드는 게 참 한심스럽다.

네가 무슨 생각을 하는지는 훤히 안다는 듯한 호로의 눈길에서 벗어나려고 헛기침을 한 뒤 로렌스는 싸움을 접었다.

"피곤한 건 사실이지? 몸 상하기 전에 알아서 쉬어 준다면 여행의 동반자로서야 도움이 되지."

"흠. 미안하지만 그렇게 할게."

그 말을 끝으로 호로는 눈을 감았다.

살랑대던 꼬리도 축 늘어진 모습이, 당장이라도 코고는 소리가 들려올 것만 같은 분위기다.

"케이프는 풀고, 허리에 두른 로브도 벗고, 그리고 아무렇게나 던져 놓은 내 외투도 잘 갠 뒤에, 마지막으로 이불을 덮고 자도록 해."

희극에 나오는 변덕쟁이에 제멋대로인 귀족 집안 아가씨가 바로 딱 요렇겠지 싶은 생각이 절로 든다.

호로는 주의를 받았으면서도 고개조차 들지 않았다.

"내가 돌아올 때까지 옷이 안 개어져 있으면 저녁밥 질이 떨어질 줄 알아."

마치 어린아이를 야단치는 부모의 심정이었는데, 호로 역시 괜스레 어깃장을 놓는 어린아이 저리가라인 시선을 보내왔다.

"당신은 착하니까 그런 짓 안 할 거야."

"…너 말이지, 그러다 언젠가 큰코다친다."

"할 수 있으면 해보시지. 그건 그렇고, 당신은 또 어디 갈 건데?"

말을 하면서도 이미 눈은 있는 대로 풀려 있다. 로렌스는 하는 수 없이 호로에게 다가가 이불을 덮어 주었다.

"그냥 지나가는 길이라면 또 모를까, 상황이 상황이니만큼 한동안 이곳에 머물게 될 것 같으니까 촌장에게 가서 인사라도 하고 올게. 촌장쯤 되면 수도원의 위치를 혹시 알고 있을지도 몰라."

"…그런가."

"그러니까 얌전히 자고 있어."

호로는 이불을 입 있는 데까지 끌어당기면서 머리를 끄덕였다.

"선물은 없어."

"…상관없어."

당장이라도 잠이 들 것처럼 탁한 목소리로, 눈을 거슴츠레하게 뜬 채 호로는 말했다.

"당신만 돌아와 준다면…."

함정이라는 것을 알면서도 허를 찔리니 대처가 안 된다.

호로의 귀가 즐거운 듯이 쫑긋대고 있다.

선물은 못 얻어도 로렌스의 넋 나간 표정은 손에 넣은 것이다.

"그럼 먼저 잘게. 잘 자."

그러면서 꾸물꾸물 이불 속을 파고드는 호로에게 로렌스는 항복하는 의미와 더불어 "푹 자."라고 대꾸해 주었다.

상품으로 싣고 온 밀가루를 적당한 자루에 약간 덜어 담은 뒤, 여관주인에게 촌장의 집을 물어 숙소를 나섰다.

때아니게 찾아온 나그네가 궁금해 죽을 지경인 아이들이 문밖에 모여 있었는지, 로렌스가 문을 열자 새끼거미들이 흩어지듯 우르르 달아난다.

여관주인의 말로는 가을철 수확기와 봄철 파종기에 열리는 축제 때에는 꽤 많은 사람들이 찾아온다지만, 길에서 떨어져 있는 탓에 어쩌다 들르는 나그네들은 별로 없는 모양이었다. 현재도 여관의 손님은 로렌스 일행뿐이었다.

그런 테레오 마을의 촌장 집은 광장을 따라 서 있는 건물 중에서도 가장 훌륭한 것으로, 토대와 1층 부분은 석조로 되어 있고 2층, 3층은 목조로 이루어진 위풍당당한 집이었다.

문에도 교회의 문처럼 멋진 철 테두리가 둘러져 있을 뿐 아니라 가느다란 장식까지 들어가 있다.

하지만 문을 두드리는 고리는 뱀인지 도마뱀을 연상시키는 것이 취향이 다소 별로다.

아마도 이 고장의 토착 신을 형상화한 것이리라. 뱀이나 개구리를 신으로 모시는 곳은 의외로 많다.

"실례합니다."

그런 생각을 하면서 문을 두드리자, 잠시 후 문이 열리면서 가루가 범벅된 앞치마에 팔뚝까지 새하얀 중년 여성이 나타났다.

"예, 누구십니까?"

"갑자기 찾아와 죄송합니다만, 저는 떠돌이 행상인인 그래프트 로렌스라고 합니다—"

"아이고, 이런. 촌장니—임! 소문의 주인공이 왔어요!"

말을 도중에 가로채여 머쓱해 하는 로렌스는 아랑곳없이 중년 여성은 "촌장니—임."을 부르며 안으로 들어가 버렸다.

오도카니 남겨진 꼴이 된 로렌스는 누가 보고 있는 것도 아니건만 상황을 만회하기 위해 나직하게 헛기침을 했다.

그리고 한동안 그런 꼴로 기다리고 있노라니, 아까 그 여성이 지팡이를 짚은 작은 체구의 노인과 함께 안에서 다시 나왔다.

"보세요. 저 사람 맞죠?"

"켐프 부인, 손님께 실례예요."

그런 대화도 귀에 들렸으나 그 정도로 화를 낼 만큼 로렌스도 속이 좁지는 않다.

게다가 활달하고 개방적인 마을 부인네들만큼 장사에 도움이 되는 이는 또 없다.

그런 의미에서 로렌스는 한껏 활짝 웃으며 두 사람 앞에 섰다.

"이거 실례했습니다. 테레오 마을을 관리하고 있는 셈이라고 합니다."

"처음 뵙겠습니다. 행상인인 그래프트 로렌스라고 합니다."

"자, 켐프 부인은 안에 들어가서 다른 사람들과 계속 일을 하도록 해요. …아, 죄송합니다. 때 아닌 여행객이시라 한가한 부인네들 사이에서 소문이 나셨거든요."

"좋은 소문이길 바랍니다."

그 말에 셈 촌장은 웃으며 "자, 들어가시지요."하고 로렌스를 안으로 안내했다.

입구에서 곧장 복도가 뻗어 있고, 안쪽의 넓은 방에서 웃음소리가 들려왔다.

코를 간질이는 가루 냄새로 보아, 수확한 보릿가루 등으로 빵 반죽을 하면서 수다를 떨고 있는 것이리라.

시골마을에서 흔히 볼 수 있는 광경이다.

"안으로 들어갔다가는 흰 가루투성이가 될 테니 이쪽으로 오시지요."

하며 넓은 방 맞은편의 문을 열고 로렌스를 먼저 들어가게 한 다음 자신도 따라 들어왔다.

방으로 들어선 로렌스는 깜짝 놀랐다.

벽에 달린 선반 위에 거대한 뱀이 똬리를 틀고 있는 것이었다.

"하하하, 안심하십시오. 살아 있지는 않습니다."

그 말에 찬찬히 보니 검은 광채가 나는 비늘에 메마른 느낌이 돌면서 군데군데 주름이 잡혀 있다. 뱀 껍질을 말려서 속을 채운 뒤 다시 봉합한 것이리라.

문에 달린 고리가 생각난다. 역시 이 마을은 뱀을 숭배하고 있는 것이다.

권하는 대로 의자에 앉으면서 나중에 호로에게 이 이야기를 해주어야지 하고 생각했다.

"헌데, 무슨 용건으로 오셨습니까?"

"예. 우선 이 마을에 머물게 해주신 데 대한 감사의 뜻으로 이것을. 제가 취급하고 있는 밀가루입니다."

하며 약간 덜어서 가져온 밀가루 자루를 건네자 셈 촌장은 놀란 듯이 눈을 깜박였다.

"어이구, 이런. 요즘 행상을 하시는 분들은 첫마디가 장사 이야기던데요."

로렌스도 바로 얼마 전까지는 그랬었기 때문에 약간 귀가 간지럽다.

"그러시면 두 번째 목적은?"

"예에. 실은 수도원을 찾고 있는데, 혹시 그 위치를 알고 계신가 해서."

"수도원이요?"

"예. 좀 전에 교회에도 가서 여쭤보았습니다만 아쉽게도 모른다 하셔서요."

난감한 표정을 지으면서도, 그 밑으로는 물론 빈틈없는 상인의 눈이 촌장을 관찰한다.

한순간 셈 촌장의 눈이 방황하는 것을 놓치지 않았다.

"그러십니까… . 유감스럽지만 저도 이 근방에 수도원이 있다는 이야기는 들어본 적이 없는데, 그런 말씀을 어디에서?"

사실은 셈 촌장도 알고 있다는 것을 로렌스는 직감했다.

하지만 어디에서 그 이야기를 들었는지를 거짓말로 둘러댔다가는 나중에 문제가 생길지도 모른다. 그래서 솔직히 대답해 두기로 했다.

"크멜슨에서 들었습니다. 그곳에 계시는 수도녀 분께."

그 말에 셈 촌장의 수염이 움찔했다.

뭔가 숨기고 있는 게 틀림없다.

아니, 그게 다가 아니다.

셈 촌장과 엘사 모두 수도원의 위치뿐 아니라 그곳에 무엇이 있는지도 알고 있는 것이 아닐까?

로렌스가 찾고 있는 수도원은 디아나가 소개한 대로 이교의 신들에 관한 이야기를 수집하는 수도사가 있다는 곳이다.

만약 셈 촌장과 엘사가 그것에 대해 알고 있다면, 얽히고 싶지 않은 마음에 시치미를 떼는 것일 수도 있다.

디아나가 수도원의 위치를 물어보라며 이름을 가르쳐 준 프란츠 사제는 이미 하늘나라로 떠나고 없다.

남은 사람들이 위태위태한 다리를 봉인해 버렸을 가능성도 충분히 있는 것이다.

"크멜슨에서 만난 분 말씀이, 이곳에 계신 프란츠 사제님께 여쭤보면 수도원의 위치를 알 수 있다고 하셨습니다만."

"그러십니까…. 하지만 프란츠 사제님은 지난여름에…."

"들었습니다."

"돌아가셔서 참으로 안타깝습니다. 이 마을을 위해 오랜 세월 애써 주신 분이었는데."

셈 촌장의 서글픈 표정이 연기인 것 같지는 않았으나, 그렇다고 교회가 존경받고 있는 것처럼도 보이지 않는다.

앞뒤가 영 맞지 않는 느낌이 들었다.

"그래서 지금은 엘사 씨께서?"

"예. 젊어서 놀라셨지요?"

"예에, 좀 그랬습니다. 그래서—"

하며 뒷말을 이으려는 찰나, 문을 마구 두드리는 소리가 나더니 "촌장님!" 하는 외침이 들렸다.

묻고 싶은 말이 목구멍까지 산더미처럼 차 있었으나 이 자리에서 조급하게 굴어 봐야 아무런 이득도 없을 것이다.

그리고 일단 인사는 마쳤으니 로렌스는 이쯤에서 물러나기로 했다.

"손님이 오신 모양입니다. 저도 일행이 걱정되어 이만 가 보겠습니다."

"아이고, 이런. 제대로 대접도 못하고. 죄송합니다."

문밖에 있는 것은 이 마을사람인 모양이다. 한바탕 문을 두드려 대자 아까 로렌스를 맞았던 켐프라는 부인이 나가서 맞고 있었다.

"좋은 소식이면 좋으련만…."

셈 촌장이 그런 식으로 중얼거리는 소리를 들으며 방을 나서자, 이 엄동설한에 볼이 빨갛게 물든 채 땀을 뻘뻘 흘리고 있는 여행복 차림의 남자가 로렌스를 제치고 촌장에게 다가갔다.

"촌장님, 이거 맡아 왔습니다!"

셈 촌장이 눈짓으로 하는 사과를 받으며 로렌스는 웃는 얼굴로 촌장 집을 나왔다.

일단 떠돌이 행상인으로서는 좋은 인상을 주었으리라.

이로써 마을에서 지내기가 다소 편해질 것이다.

그나저나, 급히 뛰어 들어온 남자는 대체 무엇을 가져온 것일까.

촌장 집을 나서자 바로 눈앞에 온몸에서 김을 올리고 있는 말한 마리가 고삐도 매여 있지 않은 채 서 있고, 아이들이 멀찍이 둘러서서 구경을 하고 있었다.

장비를 보니 다소 먼 곳에서 온 듯하고, 뛰어 들어온 남자도 여행복 차림이었다.

마을사람이 멀리 나갔다 오다니 대체 무슨 일인가 하는 생각이 잠시 들긴 했으나, 이 마을에는 장사를 위해 온 것은 아니다.

어떻게 해서든 셈이나 엘사에게서 수도원의 위치를 캐내는 것이 선결 과제다.

자, 어찌할 것인가.

로렌스는 그런 생각을 하면서 숙소로 돌아갔다.

호로가 너무도 기분 좋게 자고 있기에 로렌스도 잠깐 누워 있었는데 어느 결에 잠이 들었던 모양이다.

눈을 뜨자 방 안이 어두컴컴했다.

"옷을 개고 이불을 덮지 않으면 저녁밥의 질이 떨어진댔지?"

몸을 일으키려다 보니, 덮은 기억이 없는 이불이 덮여 있었다.

"넌 착하니까 그런 짓은 안 할걸?"

하품을 섞어가며 호로가 한 말을 그대로 되돌려주자 꼬리털을 손질하고 있다가 키득키득 웃는다.

"꽤 잤네…. 배 안 고파?"

"배고파 죽을 지경인데도 당신을 깨우지 않은 착한 내 마음씨를 당신이 알라나 몰라?"

"때는 이때다 하고 지갑에서 돈을 슬쩍한 건 아니겠지?"

화를 내는 게 아니라 씨익 하고 송곳니를 내보이는 점이 호로답다.

로렌스는 침대에서 내려와 나무 창문을 조금 열어 밖을 내다보면서 목을 돌렸다. 우득우득 소리가 난다.

"마을에는 밤도 일찍 오는 모양이군. 아직 시간이 있는데도 광장에 아무도 없네."

"노점도 없는데 밥이나 먹을 수 있으려나?"

호로는 순간 불안한 눈빛으로 창틀에 걸터앉은 로렌스에게 물었다.

"술집으로 가면 될 거야. 여행객이 일 년 내내 전혀 없는 곳도 아니고."

"흠. 그럼 빨리 가자."

"이제 막 일어났는데…. 알았어, 알았다고."

째려보는 호로에게 어깨를 으쓱한 뒤 로렌스는 창틀에서 일어나다가 '어?' 하는 표정을 지었다.

"저건?"

인적 없는 어두컴컴한 해질녘 광장을 후다닥 달려가는 그림자 하나.

가만히 보니 방아꾼 에반이다.

"흐응?"

"윽."

호로가 발밑에서 불쑥 나타나는 바람에 로렌스는 엉겁결에 윽 소리를 질렀다.

"왜 별안간 나타나고 그래? 놀랐잖아."

"당신 참 겁도 많다. 그런데 저게 왜?"

발소리, 옷 스치는 소리조차 내지 않은 채 별안간 나타나면 누구든 놀라게 마련이지만, 호로의 장난에 일일이 반응을 보였다가는 몸이 남아나질 않는다.

"아니, 그냥. 어디 가나 했을 뿐이야."

"교회 쪽인 것 같은데?"

방아꾼 소년은 그 어떤 직업의 종사자보다도 정직함이 요구된다.

교회도시 뤼빈하이겐에서 양치기 소녀 노라가 교회의 엄격한 노동조건과 의심의 눈초리 하에서도 조용히 예배에 참석하는 것과 마찬가지다.

자주 예배를 드리러 오는지도 모른다.

"수상한걸?"

호로의 말에 로렌스는,

"수상하기로 치면 우리가 더 수상하지."

하고 대답했다.

그런 대화를 하고 있는 사이에 에반이 교회의 문을 가볍게 두드렸다. 두드리는 방식이 조금 묘하다. 어쩌면 자신이 에반이라는 것을 알리는 신호일 수도 있다.

하지만 남의 눈을 피하려는 듯이 다소 소극적으로 문을 두드리는 것도 에반의 직업을 생각하면 납득이 간다.

게다가 이 마을에서 교회의 입장은 그다지 좋아 보이지 않았다.

그런 생각을 하며 그만 창문에서 떨어지려던 로렌스의 옷자락을 호로가 확 잡아당겼다.

"왜?"

로렌스의 질문에 호로는 창밖만 가리킬 뿐.

당연히 그 앞에는 교회가 있으니, 로렌스의 시선도 지체 없이 그쪽으로 향한다.

그리고 눈에 들어온 광경에 조금 놀랐다.

"우후. 그런 것이었군."

호로는 짐짓 재미있다는 듯이 중얼거리면서 바닥을 청소하는 것처럼 꼬리를 파닥파닥 쓸어댔다.

로렌스는 한동안 그 광경에 넋이 팔렸다가 이내 정신을 차리고 나무 창문을 닫았다.

"신만이 남의 인생을 들여다볼 수 있는 법이야."

"…읍."

그러자 말문이 막힌 호로는 재미없다는 듯이 창문 쪽을 힐끔거린다.

교회 문을 두드리자 안에서 나온 것은 당연히 엘사.

그런데 엘사를 본 에반이 소중한 물건이라도 다루듯이 엘사의 몸을 한 번 껴안았던 것이다.

엘사를 대하는 태도를 보니 친근감을 담은 인사라는 말로는 정리가 되지 않는다.

"당신은 신경 안 쓰여?"

"거래 밀담을 하고 있다면 신경이 쓰이겠지만."

호로는 한쪽 송곳니를 내보이며 웃더니 눈을 가늘게 떴다.

"네가 그런 속된 일을 흥미진진해 할 줄은 몰랐는걸?"

한숨까지 지어가며 한층 어이없다는 듯이 말하자, 호로는 가느다란 눈에 노기를 띤 채 로렌스와 창문 사이를 스르륵 빠져나가 몸을 일으켰다.

"흥미진진하면 안 되나?"

"적어도 칭찬받을 짓은 아니지."

거래 밀담을 듣기 위해서라면 삼일 밤낮을 벽에 귀를 대고 있더라도 상인의 귀감으로 칭찬받을 일이지만, 다른 사람의 연애사를 엿듣는 것만큼 촌스러운 짓은 없다.

"흥. 내가 무슨 호기심에서 이러는 줄 알아?"

호로는 가볍게 팔짱을 끼며 작은 머리를 갸웃한 채 눈을 감았다. 잠시 뭔가를 떠올리는 듯한 몸짓으로도 보인다.

호기심이 아니면 달리 뭐가 있나 하고, 로렌스는 호로가 어떤 변명을 해올지가 오히려 기대된다.

호로는 잠시 꼼짝 않고 있다가 이윽고 입을 열었다.

"흠. 말하자면 공부인 거지."

"공부?"

의외로 진부한 대답에 실망.

더욱이 호로가 이 이상 그런 쪽을 공부해서 뭐에 쓰게?

그야말로 어느 나라 왕이라도 구워삶을 생각일 수도 있겠지.

그렇게 되면 각종 면세특권을 수두룩하게 받을 수 있을 텐데, 하는 말도 안 되는 공상을 머릿속으로 해대면서 물을 마시려고 주전자로 손을 뻗는 순간 호로가 말을 이었다.

"암, 공부 맞지. 옆에서 나랑 당신을 보면 어떻게 보일까 하는."

툭 하고 손가락이 철제 주전자를 건드리는 바람에 엎어지려는 그것을 허겁지겁 붙잡으려다가 놓쳤다.

"안 그래? 뭐든 옆에서 보지 않으면 모르는 법이잖아? 당신, 내 말 듣고 있는 거야?"

키득키득 숨죽여 웃는 것이 훤히 느껴진다. 그뿐 아니라, 등을 돌리고 서 있는데도 어떤 표정을 짓고 있는지도 손에 잡힐 듯이 느껴졌다.

다행히 물이 많이 들어 있지 않아서 온통 물바다가 되지는 않았지만, 이쪽은 난리도 아니다.

"옆에서 보면 내가 당신한테 저런 일을 당하고 있었던 게 아닌지…."

태연하게 말을 잇는 호로에게 더 이상 반응을 보이지 않으려고 귀를 닫은 뒤 흘린 물을 닦기 시작했다.

뭘 어떻게 화를 내어야 할지 모르겠다.

아니, 왜 열이 받는지도 모르겠다.

너무도 알기 쉽게 동요한 자신의 모습 때문일 수도 있다.

"쿠후. 저것 못지않겠지."

저 말에 반응을 보였다가는 또 어떤 식으로 함정에 빠질지 모른다.

물을 닦고 주전자를 원래대로 되돌려놓은 뒤, 조금 남아 있는 물을 단숨에 들이켰다.

가능하면 독한 술을 마시고 싶었지만.

"당신."

짤막하게 부르는 호로.

저것을 무시했다가는 호로도 약간 울컥하겠지.

다투게 되면 승산은 호로에게 있다.

로렌스는 한숨을 푹 쉰 뒤 포기한 듯이 호로를 돌아보았다.

"배고파."

그렇게 말하며 호로는 웃었다.

호로가 한 수 아니, 두 수는 위였다.

제 2 막

"끝내주게 마시는구먼!"

우레와 같은 갈채를 받으면서 테이블 위에 투박하고 큼지막한 나무 잔을 내려놓은 것은, 마을아가씨 차림으로 갈아입은 호로.

입 주위에 은둔 중인 성인을 방불케 할 만큼 흰 거품 수염을 매달고 '한 잔 더!'를 외치듯이 잔에서 손을 떼지 않는다.

선술집의 손님들이 재미있어 하며 연이어 자신의 잔에서 맥주를 부어대니, 눈 깜짝할 새에 호로의 잔은 가득 채워진다.

어느 날 별안간 마을을 찾아온 기묘한 한 쌍의 손님. 누구인지는 잘 모르겠지만, 선술집에 나타나서는 손님들 전원에게 시원스레 술잔을 쫙 돌린 데다 엄청난 주량까지 과시한다면 대개의 마을에서 환영을 받기 마련이다.

게다가 그 중 하나가 아름다운 아가씨라면 어떨까. 한바탕 떠들썩해지지 않을 수 없다.

"자, 자. 아가씨한테 져서야 사내구실을 못하게 되지. 벌컥 벌컥 마시게나. 벌컥 벌컥!"

호로가 저런 모습이니 로렌스에게도 당연히 술을 권해 오지만, 로렌스는 호로와 달리 이곳에서 해야 할 일이 있다.

권하는 대로 들이붓다가 취해서는 안 된다.

"아, 정말 좋은 맥주로군요. 혹시 무슨 특별한 양조 비결이라도 있는 겁니까?"

"하하하. 그야 물론이지. 이 집의 여사장인 '이마 라넬' 하면 이 근방에서는 유명하거든. 솜씨는 사내 세 몫, 먹는 건 사내 다섯 몫이라는…."

"여행객한테 거짓 정보를 가르쳐 주면 어떡하우. 자, 양고기 마늘 볶음 나왔수."

나무 접시 귀퉁이로 남자의 뒷머리를 콕 찌르더니 이마는 빠른 손길로 요리를 테이블 위에 늘어놓았다.

붉은 곱슬머리를 한데 묶고, 기세 좋게 팔뚝을 걷어붙인 것이 사내 세 몫이라 불릴 만할 정도로 풍채가 좋다.

하지만 남자의 대답이 로렌스의 질문에 대한 해답이 되지는 않는다.

"아파라. 지금부터 칭찬을 하려던 참인데."

"그럼 방금 전엔 험담을 했다는 거잖아? 그 복수야."

같은 테이블에 앉아 있던 전원이 웃자, 다른 남자가 말을 이었다.

"이 집 여사장은 말이지. 왕년에 혼자서 양조(釀造) 냄비를 등에 지고 여행을 했다니까."

"하하, 설마요."

"하하하하. 처음 듣는 사람들은 다들 그렇게 말하지. 하지만 사실이지?"

다른 테이블에서 취객을 상대하고 있던 이마는 그 말에 돌아보며 "아아, 그랬지."하고 시원스레 대답했다.

그런 뒤 한바탕 볼일을 본 뒤 다시 이쪽 테이블로 돌아와 말을 이었다.

"그건 내가 지금보다 훨씬 젊고 예뻤을 적 얘기지. 난 원래 더 서쪽 땅 출신인데, 해변마을에서 자랐다우. 하지만 해변마을이란 게 원래 파도에 휩쓸릴 운명이지. 어느 날 엄청 큰 배가 나타났다

싶더니 순식간에 파도에 먹혀 버렸어."

그것이 해적을 가리킨다는 것은 이내 알았다.

"그래서 나도 다른 사람들 속에 섞여서 뒤도 안 돌아보고 도망을 쳤는데, 정신이 들고 보니 등에는 술 끓이는 냄비 하나를 지고, 손에는 보리가 든 자루를 쥐고 있는 게 아니겠어. 대체 뭔 정신에 그런 건지 지금 생각해도 이상하다니까."

아득한 눈을 하고 차분하게 말을 잇는 여사장의 얼굴은 어딘지 모르게 그리움이 묻어나는 듯 어렴풋이 웃고 있었지만, 당시에는 굉장히 큰일이었을 게 틀림없다.

로렌스와 한 테이블에 앉아 있던 남자가 "자, 여사장님도 한 잔."하며 잔을 내밀었다.

"오, 고맙구먼. 그런데 여자 혼자 몸으로 마을로 다시 돌아가 봐야 무슨 좋은 일이 있었겠수. 그때는 산 세 개 너머까지 해적들이 난동을 부리고 있었다는 소문이 자자했으니까. 그래서 나는 등에 지고 있던 냄비와 얼결에 들고 나온 보리, 근처를 흐르고 있던 강물로 맥주를 만들었던 거지."

"그리고 그것을 마시게 된 것이, 해적 퇴치가 어떻게 되어가나 시찰을 나왔다가 우연히 그곳을 지나가게 된 변경의 백작님 일행이었던 것이었다!"

맞장구에 박수까지 나오자 여사장은 잔의 내용물을 쭈욱 단숨에 들이켠 뒤 숨을 푹 내쉬었다.

"아이고, 그때처럼 창피했던 적이 없었다니까. 머리는 부스스한 데다 얼굴도 새카만 젊디젊은 처녀가 숲속에서 뭘 하나 싶어서 보니 맥주를 만들고 있었으니까 말이우. 나중에 들으니 내가 숲의 요정인 줄 알았다지 뭐야. 그 백작님도 꽤 보는 눈이 있으셨던 거지."

이번에는 다른 곳에서 박수와 갈채가 터져 나와 돌아보니 호로가 술내기에서 이긴 모양이다.

"그런데, 그 백작님 말씀이 내 맥주가 맛있다는 거야. 가는 곳마다 마을이 쑥대밭이 되어 술도 제대로 마실 수 없으니 같이 여행을 하면서 맥주를 만들어 달라고 하셨지."

"때는 이때다 싶어 백작님을 따라나선 야심만만 젊은 처녀, 이마 라넬!"

"그러나 백작님께는 이미 아름다운 백작부인이 계셨으니!"

"백작부인이 계신 건 둘째 치고, 그렇게 못 생긴 백작님한테 대면 이 한 미모 하는 내가 너무 아깝지. 검은담비 가죽이야 탐이 났었지만."

"그래서 전속 양조사가 되기라도 하셨나요?"

로렌스는 생각난 대로 물었다가 이내 그건 아니겠구나 싶었다.

전속 양조사가 됐다면 이렇게 테레오 마을의 선술집에서 여사장 노릇을 하고 있지는 않을 테니까.

"하하하. 그건 불가능한 얘기지. 물론 세상물정 몰랐던 나도 한때는 그런 꿈을 꾸기도 했수만. 여행을 함께한 대가로 내가 백작님께 인사치레로 받은 것은 엄청나게 큰 저택에서 열린 호화로운 만찬 한 번과 '백작님이 보증한 맥주'라는 이름으로 팔아도 된다는 권리였지. 하기야 뭐, 그것만으로도 과분한 포상이었어."

"그리하여, 그로부터 세상에 둘도 없는 여자 장돌뱅이가 맥주 장사꾼의 전설이 탄생한 것이렷다!"

"방랑 처녀 양조사라고 하구랴."

그러면서 이마가 쿵 하고 테이블을 주먹으로 내리치니, 일동 전원이 등줄기를 똑바로 펴며 고개를 끄덕였다.

"좌우간, 그 뒤로는 길을 가다 맥주를 만들어서는 팔고, 또 만들어서는 파는 것을 되풀이했지. 물론 많은 일이 있긴 했어도 장사는 순조로웠다우. 그저 유일한 흠이라면…"

"그렇다! 테레오 마을을 찾아든 이마. 그리고 그녀를 덮친 그 어떤 비극이 있었으니!"

절묘한 순간에 장단이 날아든다.

아마도 여행객이 이곳에 올 때마다 이 이야기를 들려주는 것이리라.

"난 내가 만든 맥주를 절대 마시지 않았다우. 조금이라도 더 많이 팔려는 생각에. 그래서 어떤 맛인지 제대로 몰랐었는데, 이 마을에 와서 처음으로 마셔 봤지. 그런데 얼마나 맛이 좋던지 완전히 푹 빠져서는 해롱대다가 걸려든 게 지금의 남편이라우."

아마도 지금쯤 안쪽에 있는 주방에서 쓴웃음을 짓고 있을 남편의 얼굴을 상상하면서 로렌스는 웃었고, 다른 사람들은 노골적으로 눈물 찍는 흉내를 냈다.

"이런 촌구석 술집의 여사장이 될 줄 누가 알았겠수. 하지만 이 마을도 좋은 곳이라우. 푹 쉬다 가시구랴."

그 말을 끝으로 이마가 히죽 웃고는 등을 돌려 테이블을 떠나자, 로렌스는 거짓 없는 웃음으로 그 등을 바라보았다.

"아, 정말 좋은 술집입니다. 이런 곳은 엔디마에도 별로 없지요."

엔디마는 프로아니아 왕국의 왕도(王都)로, 교회도시 뤼빈하이 겐조차 가볍게 눌러 버릴 만큼 거대한 프로아니아 북부지역의 최대도시다.

이 나라에서는 마을이나 도시를 칭찬할 때면 꼭 엔디마를 들먹이는 것이 정해진 표현이었다.

"그럼, 그럼. 형씨도 떠돌아다니는 행상인치고는 보는 눈이 있구먼."

자신의 고향을 칭찬하는데 기쁘지 않을 사람이 있으랴.

남자들은 하나같이 싱글벙글하며 술을 마셨다.

때는 이때다 하고 로렌스는 생각했다.

"게다가 술맛까지 좋으니, 이 마을은 신의 은총이 대단한 모양입니다."

툭 던지는 말에 그런 단어를 섞어 본다.

그러자 기름 속에 물방울을 떨어뜨린 것처럼 순간 말이 겉돌며 주위가 싸해졌다.

"앗, 이거 실례."

이교도들의 술자리에서 깜박 말실수를 하여 간이 서늘해졌었다는 동료 행상인들의 경험담은 쌔고 쌨다.

로렌스도 그런 적이 적지 않았는데, 그때의 반응이 바로 이랬다.

"아니, 아니야. 형씨 잘못이 아니오. 어쨌거나 이 마을에는 큰 교회가 있으니까."

한 사람이 배려를 하듯이 말해 주자, 이어서 다른 사람들도 고개를 끄덕였다.

"이런 벽촌에도 여러 가지 복잡한 사정이란 게 있는 법이니까⋯. 돌아가신 프란츠 씨가 이 마을의 큰 은인이었던 것은 맞소. 하지만⋯."

"그렇지. 하지만 어쩌니 저쩌니 해도 역시 토르에오 님을 거역할 순 없지."

"토르에오 님?"

"그래요. 이 마을의 수호신 말씀이오. 마을에 풍작을 가져다 주시고, 어린아이들은 건강히 자라게 해주시며, 악마가 가까이 오지 못하게 하시지. 테레오라는 우리 마을 이름도 토르에오 님에게서 따온 것이고."

그렇군, 하고 로렌스는 속으로 중얼거렸다. 틀림없이 촌장 집에 놓여 있던 뱀을 가리키는 것이리라.

맞장구를 쳐 준 뒤 호로에게 시선을 돌리자, 그토록 떠들썩하게 술을 퍼마셨음에도 호로와 눈이 맞았다.

저기 계신 신도 만만히 볼 상대가 아니다.

"풍작의 신이십니까? 저도 행상인으로 먹고 살다 보니 갖가지 이야기를 듣고 또 보기도 합니다만, 토르에오 님도 늑대이신지요?"

"늑대? 어림 반푼어치도 없는 소리. 그건 악마의 끄나풀이지. 신은 무슨 신."

평가가 이만저만 나쁜 게 아니다. 이 얘기로 호로를 살짝 골려줄 수 있겠군.

"무슨 뜻인지?"

"토르에오 님은 뱀이오, 뱀. 뱀의 신이지."

자칫하면 짐 속에 숨어들거나 독을 품은 이를 드러내는 면에서는 뱀이나 늑대나 성가시긴 마찬가지지만 북쪽 땅에서는 뱀을 수호신으로 모시는 경우가 상당히 많다.

헌데, 교회가 눈엣가시로 여기는 것도 뱀이다. 성경에서 사람을 타락시킨 것으로 나오는 것도 뱀이다.

"저도 뱀의 신에 관한 이야기는 들은 적이 있습니다. 뱀이 산에서 내려와 바다로 향할 때 기어간 흔적이 커다란 강이 되었다는 이야기라든가."

"오오, 아니지. 토르에오 님을 그런 것과 같이 보면 안 되지. 토르에오 님은 머리와 꼬리로 날씨를 바꾸시고 아침에는 달을, 저녁에는 태양을 삼키신다고 하는데. 격이 틀리다고, 격이."

그러자 "맞아, 맞아." 이구동성 입을 모은다.

"그리고 우리 마을의 토르에오 님에 관한 이야기는 어중이떠중이 근거도 없는 놈들 얘기와는 차원이 달라. 우리 마을 어귀에는 토르에오 님이 겨울잠을 주무시기 위해 파 놓은 굴이 남아 있으니까!"

"굴이요?"

"그렇다니까. 물론 동굴이야 어디에나 있겠지만, 그 동굴만큼은 박쥐도 늑대도 접근을 못해. 옛날에 어떤 나그네가 담력을 시험하러 들어갔다가 다시는 돌아오지 못했다는 이야기도 있지. 거기에 들어갔다가는 저주를 받게 된다는 얘기가 옛날부터 전해져 왔지만, 프란츠 사제님도 그 굴에는 들어가선 안 된다고 진지한 얼굴로 말씀하셨고. 궁금하면 한 번 보러 가 보든지. 걸어서 멀지 않으니까."

로렌스는 기겁을 하는 척하면서 고개를 흔들었는데, 저러는 모습들을 보면 교회를 찾지 않는 것도 납득이 간다.

교회를 찾기는커녕 아직까지 망하지 않은 것이 기적 같은 기분이 들었다.

하지만 조금 더 생각해 보니 그 이유가 왠지 이해가 됐다.

테레오의 인근에 있는 도시, 엔베르크의 존재 때문이리라.

"그런데, 형씨. 여기 오기 전에 엔베르크를 들렀다고 했지?"

로렌스가 그쪽 이야기를 어떻게 물을까 궁리하고 있는 참에 마을사람 쪽에서 먼저 엔베르크라는 단어가 튀어나왔다.

"거기엔 커다란 교회가 있잖소. 지금은 '반' 주교라는 사람이 다스리고 있지만, 그 교회에는 대대로 열 받는 놈들만 있다니까."

"원래 거기는 여기보다 훨씬 작고 한적한 동네였다더군. 그런데 대대로 토르에오 님의 은혜를 받으며 살다가 어느 날 갑자기 마을에 선교를 하러 들어온 교회 놈들 말에 홀라당 넘어가서는 완전히 교회 쪽으로 붙어 버렸지. 그러더니 점차 교회가 생기고 외지인이 들어오고 길이 닦이더니만… 결국은 큰 도시가 돼서는 우리 마을을 힘으로 밀어붙이면서 난감한 문제를 강요하는 거야…"

"그렇게 되니까 당연히 우리 마을까지 개종을 시키려 들지 않겠어? 우리 마을의 선선대 분들이 애를 쓴 덕분에 마을 내에 교회를 세우는 것으로 일단은 원만하게 수습이 된 거야. 도시와 마을의 규모 차이가 뚜렷했으니까. 우리 토르에오 님을 눈감아 주는 대신에 마을에 무거운 세금을 매기게 됐다고… 어르신들이 누누이 말씀하셨지."

흔히 있는 형식적인 개종과 뒷거래 이야기로, 요즘도 포교 활동의 최전선에서는 이런 일이 이루어지고 있다는 이야기를 듣는다.

"그런 와중에 30년인가 40년 전에 온 것이 프란츠 사제였지."

이 마을을 둘러싼 이야기가 점점 윤곽이 잡히기 시작했다.

"그렇군요. 하지만 지금은 '엘사'라는 젊은 분이 교회를 관리하고 있으시지요?"

"아아, 그렇긴 하지…."

취기가 돈 덕분에 말이 술술 나온다.

이참에 궁금했던 부분을 전부 물어보기로 했다.

"교회에 가서 여행의 안전을 기원하려고 했다가 엘사 씨처럼 젊은 분이 사제복을 입고 계셔서 깜짝 놀랐습니다. 무슨 특별한 이유라도 있었던 것인지요?"

"역시 그렇게 생각되지? 벌써 십 년도 더 된 얘기지만, 엘사는 프란츠 사제가 거둬서 키운 애지. 좋은 아이긴 한데, 그래도 사제 일을 맡기엔 무리가 있지."

한 사람이 동의를 구하자 다른 사람들도 일제히 고개를 끄덕였다.

"엘사 씨가 맡기엔 아직 짐이 무겁다 싶으면, 엔베르크 교회에서 사람을 초빙할 수도 있지 않습니까?"

"그게 말이지…."

하며 대답하던 남자가 말끝을 흐리며 곁에 있는 남자에게 시선을 돌렸으나, 그 남자 또한 곁에 있는 남자에게 시선을 돌린다.

결국 테이블을 한 바퀴 빙 돌아 맨 처음 남자가 뒷말을 이었다.

"형씨, 먼 나라에서 온 상인이지?"

"예? 예에."

"그럼, 혹시 아는 사람 중에 유명한 교회의 훌륭한 사람 좀 없나?"

뜬금없이 무슨 소리인가 싶었으나, 분위기로 볼 때 혹시 아는 사람이 있다면 자세한 이야기를 해주겠다는 뜻인 것 같았다.

"엔베르크 놈들에게 한마디 확 해줄 수 있을 만한—."

"어허!"

하고 별안간 남자의 뒤통수를 때린 것은 이 집 여사장인 이마.

"나그네 손님에게 대체 뭔 소리를 떠들고 있는 거유? 이러다 촌장님께 야단맞으려고."

어머니에게 혼이 난 어린아이처럼 풀이 죽는 모습에 그만 웃을 뻔했다가 이마의 시선이 자신에게 향하자 로렌스는 황급히 웃음을 도로 삼켰다.

"말을 숨기는 것 같아 미안하우만 나그네 손님도 아니, 나그네이시니까 더욱 잘 아시잖수? 어느 마을에나 그 마을만의 문제가 있다는걸."

술 냄비를 지고 떠돌아 다녔다는 이마의 말이니 설득력이 있다.

"나그네에겐 우리 마을의 요리와 술을 대접하고 즐겁게 해줘서 나중에 다른 곳에 갔을 때 '아, 그 마을은 참 좋았다.' 하는 소리가 나올 수 있도록 해야 한다는 게 내 지론이라우."

"예에, 그 말씀엔 저도 동감입니다."

이마는 씨익 웃고는 "자, 자, 당신네들은 펄펄 마시고 떠들썩하게 노는 게 오늘의 마지막 할일이라니까!"하며 남자들의 등짝을 때리다가 문득 눈길을 다른 쪽으로 돌리더니 로렌스를 보고 쓴웃음을 지으며 말을 이었다.

"그렇다고 하고 싶긴 한데, 당신 일행이 뻗은 모양이구랴."

"오랜만에 마시는 술이라 흥에 겨웠나 봅니다."

마침 자신의 잔도 거의 비어가고 있었으므로 로렌스는 남은 맥주를 단숨에 마신 뒤 의자에서 일어섰다.

"추태를 부리기 전에 숙소로 돌아가야겠습니다. 일단은 시집도 안 간 처녀이니."

"하하하. 내 경험에서 말하지만, 여자는 술을 먹여 봐야 알 수 있지."

호쾌한 이마의 말에 주위에 있던 남자들이 난감하게 웃는 것을 보아하니 온갖 일화가 있었나 보다.

로렌스는 "참고하겠습니다."라고 대답한 뒤 은화를 테이블 위에 놓았다.

이 술집에 이내 녹아들 수 있도록 호기 있게 써댄 트레니 은화 10냥.

돈 씀씀이가 헤픈 친구는 욕을 먹지만, 돈을 잘 쓰는 나그네는 어디에서건 환영받는 법이다.

취해서 테이블 위에 엎어진 채 잠이 든 호로를 얼싸안고, 짓궂게 놀려대는 소리와 즐거운 시간을 보내게 해준 데 대한 감사의 인사를 들으며 술집을 뒤로 했다.

불행 중 다행인 것은 선술집이 숙소와 같은 광장에 면해 있다는 것.

아무리 호로의 몸집이 작다 해도, 이 식충이 늑대소녀는 믿기지 않을 만큼 먹고 마셔대기 때문에 그만큼 굉장히 무게가 나가게 된다. 안고 가기에는 조금 힘겹다.

물론 그것은 호로가 정말로 술에 나가떨어졌을 때의 이야기지
만.

"너무 많이 마셨잖아."

호로의 팔을 어깨에 둘러 거의 옆구리에 걸다시피 한 자세로 호
로를 운반하던 로렌스가 그렇게 말하자 호로가 다리에 얼마간 힘
을 넣었는지 몸이 약간 가벼워진다.

"어푸…. 내가 떠들 새도 없이 먹고 마신 건 그게 내 역할이었기
때문이라고."

"물론 알고는 있었지만…. 너, 비싼 것만 시켰지?"

호로가 눈치백단인 것처럼 로렌스도 돈이 얽힌 일에는 한 눈치
한다.

"거참, 수컷이 쫀쫀하기는…. 그런 거 따질 때가 아니라 좀 눕고
싶어…. 괴로워 죽겠어."

발을 제대로 딛지 못하는 게 연기가 아니었나 보네. 작게 한숨
을 쉬면서도 로렌스 역시 술기운이 돌아 있기 때문에 차분히 앉고
싶었다.

테레오 마을의 광장에는 어렴풋이 불빛이 새어오는 건물 몇
채만 있을 뿐 인적은 보이지 않는다.

날이 저문 지 꽤 되긴 했다 해도 역시 도시와는 다른 것이 여실
히 느껴진다.

숙소에 도착해 문을 열자 작은 초가 겨우 체면치레를 하듯 불빛
을 제공할 뿐 여관주인의 모습은 보이지 않는다.

하긴, 호로와 같은 테이블에서 마셔댔으니 당연한 일인가.

손님이 돌아온 것을 알아채고 여관의 여주인이 안에서 나오더

니 호로의 추태를 보고는 쓴웃음을 지었다.

물을 가져다 달라고 부탁한 뒤 삐걱 삐걱 소리를 내는 계단을 올라가 2층 방으로 간다.

객실은 총 4개가 있는 듯한데, 현재 손님은 로렌스와 호로뿐.

이래봬도 가을철 수확제나 봄철의 파종 축제 때에는 주변 일대에서 꽤 많은 사람들이 와서 떠들썩한 모양이다.

장식이 별로 없는 수수한 여관이었으나 딱 한 군데, 복도 벽에 문장이 자수된 직물이 하나 걸려 있다. 옛날에 이 여관에서 묵었던 기사의 것이라고 한다.

로렌스의 기억이 맞다면, 활짝 열려 있는 창문 밖 달빛에 비친 그것은 프로아니아 이북 지역에서 성인(聖人)들을 많이 살해한 것으로 유명한 용병의 휘장이다.

그것을 모르는 것인지, 아니면 아니까 더더욱 걸어 놓고 있는 것인지는 알 수 없다.

하지만 테레오 마을과 교회가 어떤 관계에 있는지는 저것만 봐도 왠지 짐작이 가는 바가 있었다.

"어이, 거의 다 왔으니까 자지 마."

계단을 올라갈 때쯤부터 위태로워지기 시작한 호로의 발걸음은 방 앞에 도착한 순간 한계에 도달한 듯하다.

이래서야 또 숙취로 고생하겠구나 싶어, 어이가 없기보다는 안됐다는 생각을 하면서 방 안으로 들어가 간신히 호로의 몸을 침대에 뉘였다.

닫혀 있어도 달빛이 몇 줄기나 새어 들어오는 낡은 나무창을 열고, 폐 속에 들어 있던 소란과 열기로 가득한 공기를 겨울밤의 장엄하기까지 한 찬 공기로 갈아 끼운다.

그러고 서 있는데 문을 두드리는 소리가 들려 돌아보자 여관 여주인이 물과 함께 눈에 익지 않은 과일을 가져다주었다.

뭔가 해서 물어보니 먹어 두면 숙취해소에 좋다는 과일이라는데, 공교롭게도 그게 가장 필요한 녀석은 완전히 잠이 들어 있다. 하지만 마다하는 것도 미안하여 감사히 받아두기로 했다.

단단하면서도 둥그렇게 생긴, 한 손에 두 개쯤 들어갈 만한 크기의 과일을 한 입 베어 물자, 순간 관자놀이가 찡해질 만큼 시큼한 맛이 입안에 확 퍼진다.

이유는 모르겠지만 확실히 대단한 효과가 있을 것 같다. 어쩌면 장사거리가 될 수도 있을지 모른다. 내일 이후라도 틈이 나면 좀 알아봐야겠다고 기억에 담아 둔다.

'그나저나.' 하며 로렌스는 술집에서의 일을 되새겨 보았다.

호로가 술집 분위기에 녹아든 속도는 놀라울 정도였다.

물론 호로에게는 사전에 목적을 전해 두었고 역할을 일러두기도 했다.

나그네 둘이 술집을 찾으면 질문 공세를 퍼붓거나 멀찌감치 떨어져 힐끔힐끔 살피거나 둘 중 하나다.

그것을 피하기 위해서는 우선 현금을 뿌려 둘 것.

교역을 하지 않는 마을은 현금을 얻을 방법이 거의 없지만, 완전히 격리된 마을이 아닌 한 현금 없이는 마을을 운영해 나아갈 수가 없다.

나그네를 환영하는 것은 거의 그쪽이 목적이다. 그게 아니라면 근본도 잘 모르는 자를 마을 안에 기꺼이 들여놓을 리가 없다.

그 다음은 잘 먹고 마실 것.

뜨내기손님에게는 얼마만큼 질 나쁜 술과 밥이 나올지 알 수 없다. 여차하면 독이 든 음식을 먹여, 목숨까지 빼앗지는 않아도 수중에 가진 것을 홀랑 다 벗겨낸 다음 인근에 있는 산에 내다 버릴 수도 있다.

요컨대 잘 먹고 잘 마신다는 것은 그만큼 상대를 신용한다는 뜻.

그리고 그런 점을 주의해야 하는 입장인 나그네가 먼저 신용을 해오면, 무턱대고 싸늘한 태도를 취할 만큼 냉정한 사람들만 있는 건 아닌 것이 세상사의 재미있는 점이라 할 수 있다.

이런 것들은 행상을 하면서 새로운 판로를 개척하는 사이에 익히게 된 것인데, 호로는 그런 로렌스보다도 훨씬 더 능숙하게 술집 분위기를 자신의 것으로 만들었다. 그 덕분에 예상했던 것보다 편하게 마을사람들의 입을 통해서 마을의 미묘한 사안을 들을 수 있었다.

거의 다 듣기 일보직전에 선술집 여사장인 이마가 막아서긴 했으나, 이만큼도 큰 수확이라 할 것이다. 이것이 영업용 행로였다면 호로에게 금일봉을 하사해도 될 정도다.

하지만 이렇게까지 일이 쌈박하게 풀려나가면, 지금까지 혼자서 나름대로 장사를 잘 해왔던 몸으로서는 다소 재미없게 느껴지기도 한다.

연륜의 차이라고 한다면 어쩔 수 없겠지만.

그래도.

로렌스는 창문을 닫은 뒤 침대에 누워 생각한다.

호로가 장사의 지혜를 터득한다면, 그 시점에서 강력한 상인이 하나 탄생하는 것이나 마찬가지다. 그렇게 쉽사리 사람들 틈에 섞여들 수 있는 행상인이 자신의 영업권 내에 있다면 아예 다른 판로를 모색하는 게 낫겠다는 생각이 들 것이다. 호로는 그 정도로 대단한 상인이 될 수 있다.

로렌스의 꿈은 언젠가 어딘가의 마을에 자신의 가게를 차리는 것이다. 그리고 그 가게가 잘 돌아가도록 하려면 혼자보다는 둘이, 둘보다는 셋이 낫다는 것은 뻔한 얘기다. 만약 호로가 있어 준다면 얼마나 마음 든든할까 하는 생각이 드는 것은 자연스러운 일이었다.

호로의 고향인 요이츠는 이제 그리 멀지 않은 곳에 있다. 어느쯤에 있는지 전혀 모르는 것도 아니다.

이 마을에서 수도원의 위치를 알아내지 못해 새로운 단서를 얻지 못한다 하더라도, 늦어도 여름 전에는 도착할 수 있을 것이다.

그 후에 호로는 어쩔 작정일까.

말로 한 약속이라 해도 로렌스가 호로와 나눈 계약은 호로가 고향으로 돌아갈 때까지 길안내를 해주는 것이다.

로렌스는 천장을 올려다본 채로 한숨을 지었다.

여행에는 이별이 따르기 마련이라는 것은 알고 있고, 또 이해도 한다.

그래도 호로의 재주뿐 아니라, 주거니 받거니 통통 튀는 즐거운 대화까지 전부 통틀어, 호로와의 여행이 끝날 것을 상상하면 가슴이 조금 미어졌다.

로렌스는 거기까지 생각한 뒤 눈을 손으로 덮고 어둠 속에서 입끝만 올려 웃음을 지었다.

상인이 장사 이외의 것을 생각해서 좋을 게 없다.

그것 또한 로렌스가 7년 행상생활로 터득한 교훈 중 하나다.

신경 써야 할 것은 지갑 속의 내용물.

궁리해야 할 것은 툭하면 먹을 것을 밝히는 호로를 진정시킬 방법.

가슴속으로 그런 말들을 거듭 중얼거리고 있노라니 그제야 졸린 느낌이 들었다.

좋을 게 없다.

전혀 좋을 게 없었다.

냄비에 넣어 푹푹 삶은 낡은 천을 쨍쨍한 햇볕 아래 말린 듯한 모포로는 이른 아침의 추위를 당해낼 수가 없다.

자신의 재채기 소리에 눈을 뜬 뒤, 또 하루가 시작되었다는 것을 깨달았다.

이 시간대의 모포 속 온기는 그야말로 만금의 가치를 하지만, 이 온기에서는 땡전 한 푼 나오지 않는다.

그러기는커녕 시간을 잡아먹는 악마의 자식이다— 라는 생각을 하며 로렌스는 몸을 일으켜 옆 침대를 보았다. 호로는 이미 일어나 있었다.

등을 이쪽으로 돌린 채 뭘 하는지 머리를 숙이고 있다.

"호….."

라고 부르다 만 것은 호로의 꼬리가 지금껏 본 적 없을 만큼 커다랗게 부풀어 있었기 때문이다.

"왜, 왜 그래?"

간신히 그렇게 묻자 호로의 귀가 움찔하더니 이윽고 천천히 이쪽으로 돌아본다.

아직 해가 뜨지 않은 새벽의 푸르스름한 공기 속에서, 입으로 흰 숨을 토하며 어깨 너머로 돌아보는 호로.

그 눈에는 눈물이 글썽… 손에는 방금 한 입 막 베어 문 듯한 동그랗고 작은 과일이 쥐어져 있었다.

"…먹었어?"

로렌스가 반쯤 웃으며 묻자 호로는 혓바닥을 내밀며 고개를 끄덕였다.

"뭐, 뭐야. 이게…?"

입속에 아직 조각이 남았는지 눈을 질끈 감고 삼킨 뒤, 코를 비비면서 눈가를 훔친다.

"이걸 먹었다가는 100년 간 취해 있었어도 눈이 번쩍 뜨이겠네."

"모습을 보니 효과가 있긴 한 모양인데?"

호로는 눈살을 찌푸리며 먹다 남은 과일을 이쪽으로 냅다 던지고는 여전히 부풀어 있는 꼬리털을 쓰윽 쓰다듬었다.

"나도 날이면 날마다 이러는 건 아니야."

"그렇다면 고맙고. 그나저나 오늘도 춥겠는걸."

호로가 내던진 과일은 반밖에 남아 있지 않다. 저렇게 시어 빠진 것을 한 입에 반이나, 그것도 아무 생각 없이 덥석 물었으니 어지간히 놀랐겠다. 비명을 지르지 않은 것은 애써 참았다기보다 비명조차 지를 수 없었기 때문이리라.

"추운 건 괜찮은데, 마을사람들이 아직 아무도 안 일어났어."

"아무도인 건 아니겠지만… 가게 문을 여는 게 늦나 보네."

로렌스가 침대에서 내려와, 바람만 조금 불어도 아무 도움이 안 될 것 같은 나무창을 열고 바깥을 내다보았다. 아침안개가 떠도는 광장에는 아무도 없었다.

마을상인들과 외지 상인들이 어깨를 겨루면서 자리다툼을 하는 광장 풍경에 익숙해져 있다 보니 왠지 쓸쓸한 느낌이 든다.

"난 떠들썩한 게 좋아."

"그건 나도 동감이야."

창문을 닫고 돌아보자 호로는 다시 잘 생각인지 꾸물꾸물 모포 속으로 기어들고 있는 중이었다.

"신께서는 우리 몸을 하루에 한 번만 자도록 만드셨다던데?"

"난 늑대니까."

후아함 하고 하품을 한다.

"아무도 안 일어났으니 어쩔 수 없잖아? 일어나 있어 봐야 춥고 배만 고플 뿐이지."

"시기가 안 좋았으니까. 그나저나 참 이상하네."

"응?"

"아니, 네가 재미있어 할 종류는 아니지만… 이 마을사람들의 수입이 궁금해."

호로는 흥미진진하게 고개를 들었다가 그 한마디에 모포 속으로 얼굴을 도로 집어넣었다.

로렌스는 그런 호로를 보며 잠시 웃은 뒤, 달리 할 일도 없고 하여 머리를 굴려 본다.

아무리 농한기라고는 해도 수확을 끝내고 나면 놀고먹을 수 있을 만큼 풍족한 농촌은 거의 없다.

게다가 술집에서 들은 이야기로는 엔베르크 측으로부터 무거운 세금이 부과되고 있는 듯하다.

그런데 마을사람들이 부업을 하고 있는 것 같지도 않다.

마을은 호로가 지적한 대로 정말로 고요했다.

농촌의 부업이라면 모직물을 가공하거나 지푸라기로 바구니, 망태기를 짜는 게 일반적인데, 많이 만들어야 벌이가 되기 때문에 대개는 날이 밝자마자 마을 공동작업장에 모여 작업을 개시하게 된다. 세금을 내기 위해서라면 더 말할 것도 없으리라.

게다가 어젯밤 술집에서 마신 술이며 요리도 예상외로 괜찮은 것이었다.

테레오 마을에는 이상하리만큼 돈이 있는 듯하다.

호로의 코가 음식물의 좋고 나쁨을 순식간에 구별할 수 있듯이, 로렌스의 후각도 돈 냄새에는 민감하다.

'이거, 돈의 흐름을 조금만 알아보면 장사의 발판이 될 수 있을지도 모르겠는데.' 하고 속으로 중얼거렸다.

무엇보다 외부에서 와 있는 상인들이 전혀 보이지 않으니 그것만으로도 조건이 좋다.

이번 여행은 장삿길이 아니지만 결국은 머리가 그쪽 방면으로만 돌아가는 자신의 모습에 씁쓸한 웃음이 난다.

그 순간, 문이 열리는 것처럼 삐걱대는 소리가 창밖에서 들려왔다.

고요해서 더 잘 울린다. 나무창 틈새로 밖을 엿보니 또다시 에반이었다.

하지만 이번에는 교회에 들어가는 게 아니라 나오려는 참이다.

손에는 도시락으로 보이는 작은 꾸러미를 들고 있다.

에반은 여전히 주변을 다소 의식하더니 가볍게 달려 교회를 뒤로 했다.

하지만 약간 간 곳에서 돌아보고는 엘사에게 손을 흔든다. 엘사 쪽을 보니 이쪽 역시 로렌스와 호로를 대했을 때와는 하늘과 땅 차이로 다른 얼굴을 하고 웃으며 손을 흔들고 있다.

약간 부러운 광경이었다.

로렌스는 에반의 뒷모습을 지켜보면서 '그렇군.' 하고 생각했다.

엘사가 맡고 있는 교회와 엔베르크 교회가 싸움을 하고 있다는 것에 대해 에반이 화를 낸 것은 이런 연유에서였던 것이다.

하지만 로렌스는 상인인 만큼 좋은 구경을 했다 치고 넘길 만큼 맘이 넓지는 않다.

로렌스의 눈에 비치는 것은 자신의 손이 닿는 범위 내 사람들의 이익 관계뿐이니까.

"오늘 갈 데가 정해졌군."

"응?"

모포 속에서 고개를 내민 호로가 의아한 표정으로 이쪽을 쳐다본다.

"그런데 찾는 건 네 고향인데 어째서 내가 더 열을 내야 하는 거지?"

호로는 바로 대답하지 않고 귀를 쫑긋대더니 조그맣게 재채기를 한 뒤 코를 비볐다.

"내가 소중해서지?"

유들유들한 호로의 대답에 이젠 한숨밖에 나오지 않는다.

"그런 말은 좀 아꼈다가 하는 게 어때?"

"당신은 하여간 뼛속까지 상인이라니까."

"크게 벌려면 투자도 크게 해야 돼. 괜히 돈을 부스러뜨리면 안된다고."

"흠. 하지만 당신 배짱이 손바닥만할 때는 어떡해?"

제대로 받아칠 수가 없다.

로렌스가 손으로 눈을 덮자, 호로는 깔깔대며 웃더니 문득 말투를 바꿨다.

"내가 당신 옆에 있으면 움직이기 힘들겠지? 좁은 마을이라 보는 눈이 많아."

'앗.' 하는 소리도 안 나온다.

"내가 혼자 나서도 될 때가 오면 그때 움직일 거야. 하지만 그건 저 교회의 시건방져 빠진 계집애의 머릿속을 헤집을 때겠지. 어서 빨리 저것한테서 수도원 위치를 알아내 줘. 보기엔 이래도 어서 수도원에 가서 이야기를 듣고 싶어 죽을 지경이니까."

"알았어."

불붙은 짚단처럼 타오르는 호로를 달래며 로렌스는 대답했다.

속마음을 훤히 드러내 보일 때가 있는가 하면, 태연한 척하는 얼굴 밑으로 사실은 초조한 불꽃을 활활 태울 때도 있다.

하여튼 골치 아픈 길동무지만, 호로가 소중해서 로렌스가 나서고 있다는 지적은 사실 정답이다.

"늦어도 점심때는 돌아올 거야."

"선물 부탁해."

모포 밑에서 들려온 먹먹한 소리에 로렌스는 쓴웃음을 지으며 대답했다.

1층으로 내려가 카운터 뒤에서 창백한 얼굴로 신음을 하고 있는 여관주인에게 인사를 한 뒤 여관에 딸린 마구간으로 갔다. 아직 가루로 빻지 않은 밀이 든 자루를 짐칸에서 하나 꺼내 밖으로 나간다.

밭일을 할 것이 없어도 해가 솟으면 눈이 절로 뜨이게 마련이리라. 마을에는 드문드문 마당에 심어져 있는 채소를 가꾸는 사람이며 닭과 돼지를 돌보는 사람들이 눈에 띄었다.

어젯밤 술집에서 떠들썩하게 어울렸던 것이 역시 효과가 있었는지, 어제는 야릇한 시선만 던져오더니 오늘 아침에는 웃으면서 인사를 건네 오는 사람들도 몇 명 있었다.

그 외에는 숙취로 인해 죽을상을 한 사람들로부터 받은 인사.

일단 지나가는 나그네로서는 받아들여진 것 같아 안심이 된다.

하지만 이렇게 아는 얼굴이 늘어나면 거꾸로 활동하기가 어려워지기도 한다.

호로가 제대로 읽은 것이다. 감탄을 하는 끝에 약간 질투도 일어난다.

그런 생각을 하면서 향한 곳은 당연히 에반이 있는 물레방앗간이었다. 엘사에 대해 물어볼 작정이다.

호로가 아니니 두 사람의 사이를 이러쿵저러쿵할 마음은 물론 없다.

다짜고짜 반감을 표시하는 엘사를 회유하기 위해서는 사정을 잘 알 듯한 에반을 노리는 게 가장 빠르다.

어젯밤 짐마차를 타고 온 길을 걸어서 돌아가면서 마을 변두리의 밭에서 제초작업을 하고 있는 남자에게 가볍게 인사를 했다.

로렌스는 기억에 없었으나 남자도 어젯밤 술자리에 있었는지 로렌스를 보자 웃으면서 인사를 해왔다.

이어서 "걸어서 어디를 가는 거요?"하는 타당한 질문을 받았다.

"알곡을 좀 갈까 해서요."

"아아, 방앗간에 가는 게로군? 가루를 도둑맞지 않도록 조심하시게나."

가루를 빻으러 갈 때면 반드시 하는 농담이리라. 로렌스는 애교스런 가면을 쓰고 대답한 뒤 물레방앗간으로 이어지는 외길을 걸어갔다.

상인도 상인 이외에게는 그다지 신용 받지 못하는 직업이지만, 세상에는 그보다 훨씬 고달픈 직업이 얼마든지 있다.

직업에는 귀천이 없다고 가르치는 교회의 신께서는 대체 무얼 하고 계시는가 싶은 생각도 들었으나, 테레오 마을에서는 그 신의 종복이 그다지 달갑게 여겨지지 않고 있다는 것이 떠올랐다.

세상일은 뜻대로 돌아가지 않는 법인가 보다. 참으로 어려운 문제가 아닐 수 없다.

수확을 끝낸 쓸쓸한 밭을 빠져나가 작은 언덕과 시내 사이에 낀 길을 걸어가다 보니 이내 물레방앗간이 보이기 시작했다.

로렌스가 물레방앗간 근처까지 다가가자 발소리를 들었는지 에반이 입구에서 얼굴을 불쑥 내밀었다.

"아, 로렌스 나리!"

여전히 기운이 넘치는 모양이었으나, 어제 막 만난 사이에 느닷없이 '나리' 라 불리니 귀가 좀 간지럽다.

로렌스는 손에 든 밀 자루를 쳐들어 보이면서 물었다.

"지금 맷돌은 비어 있나?"

"예? 비어 있긴 한데…. 벌써 가시려고요?"

에반에게 자루를 건네면서 고개를 저었다.

하긴, 나그네가 밀을 가루로 낸다는 것은 새로이 길 떠날 준비를 하는 것으로 여겨지는 게 자연스럽다.

"아니, 한동안 테레오에 있을 생각이야."

"그, 그러셔야지요! 그럼 잠깐만 기다리세요. 구우면 빵빵하게 살아날 가루로 만들어 드릴 테니까."

로렌스에게 빌붙어 마을에서 나갈 기회를 엿보고 있는 것인지 에반은 안도의 한숨을 푹 내쉬더니 방앗간 안으로 들어갔다.

로렌스도 뒤를 이어 방앗간에 한 발을 들여놓다가 그만 깜짝 놀랐다.

바깥과는 전혀 딴판으로 깨끗이 청소가 돼 있고, 맷돌도 훌륭한 것이 세 개씩이나 있었다.

"이거 대단하네."

"그렇죠? 보기엔 낡았어도 테레오에서 나는 곡물은 전부 여기에서 가루로 빻거든요."

의기양양해 하며 에반은 맷돌을 회전시키는 나무봉과 물레방아를 돌리는 나무 봉을 조합시켜 회전 방향이 각기 다른 두 봉이 연동하도록 만들었다.

그런 뒤 길고 가는 장대를 강을 향해 창밖으로 내밀어 물레방아를 고정시키고 있는 밧줄을 벗겨낸다.

그러자마자 나무가 삐걱거리는 소리가 울리면서 쿠쿵 하는 충격과 함께 돌기 시작하는 맷돌.

에반은 그런 과정들을 확인한 뒤 맷돌의 윗부분에 뚫려 있는 구멍에 로렌스가 들고 온 자루 속의 밀을 넣었다.

그 다음은 맷돌 밑에 둔 그릇으로 가루가 나오기를 기다리기만 하면 된다.

"밀알은 진짜 오랜만에 보네. 계량은 나중에 하겠지만 요금은 얼추 3류트쯤 되겠네요."

"상당히 싸군."

"예? 그런가요? 비싼 줄 알았는데."

세금이 높은 곳에서는 그 세 배 정도의 요금을 받는 곳도 있다.

하지만 다른 곳의 시세를 모르는 사람에게는 높게 느껴질지도 모른다.

"마을 놈들은 돈을 내면서 구시렁대기만 하거든요. 돈을 못 모으면 촌장님에게 야단을 맞는 건 나인데 말이에요."

"하하하. 그런 면은 어디나 마찬가지군."

"로렌스 씨도 방아꾼을 한 적이 있으셨어요?"

의외라는 표정으로 에반이 이쪽을 쳐다보았으나 로렌스는 고개를 가로저었다.

"아니, 내가 해본 적이 있는 건 세금 징수 대리인이었지. 푸줏간의 식육처리세였는데— 돼지 한 마리를 잡으면 얼마 하는 그런 거."

"흐음. 그런 것도 있나요?"

"고기와 뼈를 씻으면 강물이 오염되고 쓰레기도 많이 나오지. 그런 걸 처리하는 데에 돈이 드니까 세금을 징수하게 되는 것인데 다들 돈을 잘 안 내."

세금 징수 대리권은 시의 관리가 경매에 붙여서 누군가가 낙찰을 받는다. 낙찰 받았을 때의 금액이 그대로 세수입이 되고, 그 다음은 낙찰 받은 자가 재량껏 세금을 걷게 된다. 따라서 세금을 많이 걷으면 돈벌이가 되고, 제대로 걷지 못하면 큰 손실을 입고 마는 것이다.

로렌스는 신출내기 시절에 두 번 정도 해본 뒤 넌더리가 났다.

노력에 비해 이득이 전혀 없는 것이다.

"그래서 끝에 가서는 눈물작전까지 써가며 세금을 받아냈지. 정말 힘들었어."

"하하하하. 이해가 가요."

상대방이 친근감을 품게 하려면 공감이 가는 고생담을 이야기하는 게 효과적이다.

에반과 함께 웃으면서도 로렌스는 속으로 '자, 어디.' 하고 중얼거린다.

"그런데, 이 마을 보리는 전부 여기서 빻는다고 했는데."

"예에, 맞아요. 올해는 보리가 대풍년이라 내 잘못도 아닌데 혼났다니까요."

산더미 같은 보리를 앞에 두고 잠도 자지 못한 채 맷돌을 돌려

대는 에반의 모습이 쉽사리 상상이 간다.

하지만 에반은 그것도 좋은 추억인 양 가볍게 웃더니 말을 이었다.

"뭐예요, 로렌스 씨. 어제는 아니라고 하더니 우리 마을에 보리 장사를 하러 온 거였어요?"

"응? 그냥 뭐, 경우에 따라서는."

"그럼 포기하시는 게 좋을걸요."

에반은 딱 잘라 대답했다.

"상인은 포기를 잘 못하는 성질이거든."

"하하하, 역시. 촌장님 댁에 가서 물어보면 금방 아시겠지만, 이 마을 보리는 전부 엔베르크가 수매하기로 되어 있거든요."

말을 하면서 맷돌의 상태를 살펴보고는 돼지털 같은 것으로 만든 작은 먼지떨이로 맷돌에 붙은 가루를 밑에 있는 받침그릇에 털어 넣었다.

"그럼 그런 건가? 이 마을의 영주는 엔베르크라는 얘기?"

그에 비해선 마을사람들의 생활이 느긋한 것이 이상하다.

아니나 다를까, 고개를 든 에반은 약간 의기양양한 표정을 짓고 있었다.

"우리는 엔베르크와 대등해요. 그놈들은 우리 마을의 보리를 사고, 우리는 그놈들에게서 보리 이외의 물건을 사지요. 그것도 우리가 그놈들에게서 술과 옷을 살 때는 세금이 안 붙어요. 어때요? 굉장하죠?"

"그게 사실이라면… 확실히 대단하긴 하네."

로렌스가 엔베르크를 지나오면서 본 규모는 상당한 것이었다.

벽촌이라고 하기에는 좀 실례지만, 테레오 정도의 마을이 맞설
수 있는 상대로는 도저히 보이지 않는다.

세금 없이 도시에서 물건을 사 올 수 있다는 건 웬만한 일이 아
니다.

"하지만 어제 술집에서 들은 이야기에 따르면 이 마을은 엔베르
크 측에 무거운 세금을 내고 있다던데?"

"헤헤헤. 그런 건 옛날 옛적 얘기죠. 왜 그런지 궁금해요?"

팔짱을 끼며 마치 어린아이처럼 가슴을 쫙 편다.

하지만 그런 몸짓을 하는 에반이 얄밉게 느껴지지 않으니 그것
이 또 재미있다.

"제발 좀 듣고 싶군."

로렌스가 가볍게 양팔을 들어 올려 이야기를 구걸하는 자세를
취하자 에반은 돌연 팔짱을 풀더니 머리를 긁적였다.

"미안해요. 사실은 잘 몰라요."

겸연쩍어하는 에반에게 쓴웃음을 지어 보이자 "하, 하지만."하
며 허겁지겁 말을 이었다.

"누가 그랬는지는 알아요."

그 순간, 로렌스는 오랜만에 선수를 치는 쾌감을 맛보았다.

"프란츠 사제님, 이시지?"

그러자 에반은 뼈다귀로 머리를 쿡 찔린 강아지 같은 표정을 지
었다.

"아, 어, 어, 어떻게 알았어요?"

"상인의 직감이라고나 할까."

호로가 있었으면 틀림없이 싱글싱글 짓궂은 웃음을 지었겠지

만, 가끔은 이런 식으로 잘난 척을 해보고 싶다. 호로와 만난 뒤로는 늘 농림당하는 쪽이 됐지만, 그 전까지는 자신이 놀려 주는 쪽이었던 것을 오래간만에 떠올렸다.

"괴, 굉장하네. 로렌스 씨는 역시 보통사람이 아니었나 봐."

"칭찬해 봐야 아무것도 안 나와. 그보다 밀가루는 다 됐나?"

"예? 아, 맞다. 잠깐만요."

허둥지둥 가루를 모으는 에반을 보며 가볍게 웃고는 로렌스는 속으로 한숨을 지었다.

테레오 마을에 오래 머물었다가는 위험할지도 모르겠다.

이 마을과 인근 도시인 엔베르크가 맺고 있는 교류의 형태는 다른 지역에서도 종종 본 적이 있었다.

"으음—. 역시 3류트만 내세요. 하지만 아무도 없으니까 그냥 가서도 되긴 하는데…."

"아니야. 낼게. 물레방앗간에서는 항상 정직해야지. 안 그래?"

다 갈린 밀가루가 든 계량용 그릇을 손에 든 채 에반은 '이러면 안 되는데' 하는 표정으로 웃으며 로렌스가 내민 새카만 은화 세 개를 받아들었다.

"빵을 만들 때는 체로 잘 쳐야 돼요."

"알았네. 그런데."

하고 로렌스는 맷돌의 뒤처리에 착수한 에반에게 말을 걸었다.

"이 마을 교회의 아침 예배는 늘 그렇게 이른가?"

놀랐는가 싶었으나 "예?"하는 느낌으로 로렌스를 한 번 돌아보더니, 로렌스의 말뜻을 이해한 듯 웃으면서 고개를 가로저었다.

"그런 거 아니에요. 여름철이라면 몰라도 겨울철에는 여기서 자는 게 불가능하잖아요? 그래서 교회에서 자고 있어요."

물론 예상했던 바였으므로 지극히 자연스럽게 "그렇군."하며 이해가 됐다는 표정을 지을 수 있었다.

"그나저나, 엘사 씨와 사이가 좋은 것 같던데?"

"예? 아, 예. 에헤헤헤…."

우쭐함과 기쁨, 부끄러움이 뒤섞인 얼굴. 약간 물을 크게 잡아 부드럽게 반죽하면 저런 얼굴이 되려나.

질투의 불 위에 얹으면 잘 부풀어 오를 게 확실하다.

"어제 교회에 길을 물으러 갔을 때는 이만저만 쌀쌀맞은 게 아니어서 제대로 말도 못 붙였는데, 오늘 아침에 보니까 성모님이 저렇겠지 싶을 만큼 온화해서 놀랐거든."

"아하하하. 엘사는 소심하면서도 다혈질인데다 낯을 심하게 가려서 처음 만난 사람한테는 들쥐처럼 덤벼들거든요. 그러면서 프란츠 사제님의 뒤를 잇겠다고 하니 큰일이죠."

맷돌에 연결된 물레방아를 떼고 민첩하게 봉만 써서 밧줄을 다시 건다.

일을 척척하면서 그런 말을 하는 에반의 등이 아주 조금 어른스럽게 보였다.

"기분이 좋았던 건 오랜만이었죠. 로렌스 씨가 때를 잘 못 맞추시긴 했지만. 어젯밤에는 더 기분이 좋았어요. 하지만… 로렌스 씨 일행이 왔었다는 얘기는 안 하던데. 그 녀석, 하루 종일 재치기를 몇 번 했는지까지 나한테는 다 떠드는데."

별것 아니라는 듯이 말할 생각이었겠지만, 듣는 쪽의 입장에서는 영 속이 거북하다.

하지만 엘사에게 접근하기 위해서는 에반을 잘 구슬리는 게 좋다.

"그건 아마 내가 명색이 남자였으니까 그랬던 거겠지."

그 말에 에반은 잠시 멍한 표정은 지은 뒤 순간 헤벌쭉 웃었다.

끝내는 "오해할 줄 알았나? 그 녀석도 참 바보네."라는 말까지 한다.

저런 모습을 보니, 에반이 자신보다 연하이긴 하지만 참으로 배울 점이 많다는 생각이 든다.

이런 쪽의 문제는 장사에 관한 문제보다 훨씬 어려울 수도 있다.

"그런데, 어떻게 하면 그렇게 날카롭게 굴다가 별안간 기분이 좋아질 수가 있게 되지?"

에반의 얼굴이 약간 어두워졌다.

"왜 그런 걸 물어요?"

"내 길동무의 기분이 산중의 날씨처럼 획획 변하거든."

로렌스가 그렇게 말하며 어깨를 으쓱하자 에반은 기억 속의 호로를 끄집어내다가 왠지 그런 분위기를 느꼈던 모양이다.

동정하는 듯한 웃음을 지어 보였다.

"로렌스 씨도 큰일이시네요."

"그러게 말이야."

"하지만 엘사의 경우는 도움이 안 돼요. 단순히 지금까지 있었던 문제가 일단락 지어졌을 뿐이니까."

"무슨 뜻이야?"

"그건…."

말을 하다 말고 에반은 당황하여 입을 다물었다.

"외지인에게는 말하지 말랬어요. 꼭 듣고 싶으면 촌장님께 여쭤보는 게 어떨지…."

"아아, 아니야. 말 못할 일이면 됐어."

로렌스는 깨끗이 물러났다. 하지만 물론 그러는 데에는 이유가 있었다.

이 정도만 들어도 충분한 것이다.

하지만 에반은 그것 때문에 로렌스가 기분이 상했다고 생각했는지 별안간 약한 모습이 되었다. 뭔가 말을 찾더니 이내 발견한 듯했다.

"아, 하지만 그 대신, 지금 가면 틀림없이 이야기를 잘 들어 줄 거예요. 그 녀석도 그렇게 나쁜 녀석은 아니거든요."

촌장도 수도원의 위치를 모르는 척하는 것을 보면 문제가 그리 간단할 것 같지는 않았지만, 엘사에게 다시 한 번 물어보러 갈 계기는 되리라.

어쨌든 공략할 목표는 정해졌다.

만약 로렌스의 예상이 맞는다면 어떻게든 될 것이다.

"알았네. 그럼 다시 한 번 가서 물어보지."

"그러시는 게 좋을 거예요."

로렌스는 이제 물러날 때라고 판단하여 "그럼." 하며 돌아섰다.

그러자 에반이 허겁지겁 로렌스를 부른다.

"저, 저기요. 로렌스 씨."

"응?"

"저기, 행상인 일은 많이 힘든가요?"

그 이면의 결의가 엿보이는 불안스런 눈빛.

에반은 언젠가는 반드시 방아꾼을 그만두고 바깥세상으로 나가고 싶다는 생각을 하고 있으리라.

물론 로렌스는 그 결의를 비웃을 수 없다.

"이 세상에 편한 직업이 어디 있겠나. 하지만 뭐, 지금으로선 재미있어."

'호로와 만난 뒤로는 예전에 느꼈던 재미와 큰 차이가 있지만.'이라는 말은 자신을 향해 속으로만 한 혼잣말.

"그래요…. 그렇구나. 알았어요. 고마워요."

방아꾼은 정직할 것을 요구받지만, 정직과 솔직함은 같은 것이 아니다.

에반이 상인이 된다면 평판은 좋아도 돈벌이 면에서는 다소 애를 먹을지 모른다.

그런 생각이 들었다.

하지만 당연히 그런 말은 하지 않은 채, 밀가루를 빻아 준 데 대한 감사의 뜻으로 자루를 살짝 치켜든 뒤 물레방앗간을 뒤로 했다.

시내를 따라 길을 천천히 걸으며 '그나저나.' 하고 생각한다.

하루 종일 한 재채기 횟수까지 떠들어댄다는 에반의 말이 묘하게 인상에 남았다.

그것이 호로였다면 온갖 원망의 소리를 듣게 하려고 하루 종일 쉰 한숨의 횟수를 떠들어댈 것 같다.

그 차이는 대체 무엇일까.

'하기야, 의연한 호로는 오히려 기분이 나쁘려나?' 하며 당사자가 곁에 없는 틈을 타서 이런저런 생각을 하며 웃었던 것이었다.

광장으로 돌아오자 아침 장터라고 하기에는 다소 조촐하긴 해도 노점 몇 개가 서 있고, 적지 않은 마을사람들이 모여들고 있었다.

하지만 그들의 목적은 장을 보러 나온 것이라기보다는 하루 일과의 시작인 담소를 하려고 나와 있는 느낌이다. 조금이라도 물건을 비싸게 팔거나 싸게 사려고 하는 팽팽한 분위기와는 거리가 멀었다.

에반의 말에 따르면 이 마을에서 나는 보리는 전부 엔베르크가 정가로 수매하고, 이 마을사람들은 엔베르크로부터 물건을 세금 없이 사 올 수 있다고 한다.

쉽게 믿어지지 않는 상황이지만, 만일 그것이 사실이라면 너무도 느긋한 이 마을의 풍경이 납득이 간다.

마을이 도시에 예속되어 종일 일에 쫓기도록 되는 것은 술이며 음식물, 옷을 비롯하여 가축까지 생활에 필요한 물품을 자급자족하지 못하기 때문이다.

마을은 보리 등의 수확물을 도시에 팔고, 그 대신 생활에 필요한 것을 산다.

그러나 다양한 곳에서 마을로 운반돼 들어오는 다양한 상품을 사려면 현금이 필요하다. 보리를 도시에 있는 상인에게 팔아 현금을 바꾸고, 그 돈을 써서 상인에게서 갖가지 상품을 사야만 한다.

이 부분에서 중요한 것은 마을사람들은 현금이 필요하지만, 도시는 꼭 그 마을의 보리가 필요한 것은 아니라는 것이다.

둘 사이의 권력 차이가 뚜렷하니, 보리는 싼 값에 팔려나가고 상품은 관세다 뭐다 하는 구실이 붙어 비싼 값에 거래된다.

마을이 재정적으로 어려우면 어려울수록 도시는 그 약점을 파고들 수가 있다.

그리고 결국 마을사람들이 도시에 빚을 지게 되면, 도저히 갚을 길 없는 빚을 메우기 위해 계속해서 보리를 도시로 갖다 바치는 노예로 전락하는 것이다.

로렌스 같은 행상인에게도 그렇게 된 마을은 짭짤한 물품 공급처가 된다. 가공할 위력을 갖게 된 화폐를 무기 삼아 온갖 것을 헐값에 사들일 수 있기 때문이다.

그런데, 그런 마을이 다른 곳에서 현금을 얻게 되면 당연히 도시와의 권력 관계에 다시금 알력이 생기게 되니 도시 측의 입장으로서는 곤란한 일이다. 그렇기 때문에 다양한 거래가 행해지고 갖가지 이권을 둘러싼 싸움이 되풀이 되는 것인데, 이 테레오 마을은 그런 것과는 무관한 듯하다.

그런 구도를 어떻게 이루어냈는지는 모르겠으나 그 결과 이 마을이 안고 있는 문제와, 직면해 있는 위험은 왠지 이해가 갔다.

판만 벌렸다 뿐이지 영 장사에는 관심이 없는 것 같은 노점에서 말린 무화과 열매를 사 들고 로렌스는 숙소로 돌아갔다.

숙소로 돌아오니 이쪽에도 세상의 풍파와는 무관하다는 듯이 늘어져 자고 있는 호로가 있어서 로렌스는 피식 웃고 말았다.

한동안 로렌스가 부스럭대고 있으려니 눈을 뜨긴 했는지, 모포 밖으로 얼굴을 내민 호로의 첫 마디는 "밥."이었다.

여기까지 오는 데 얼마만큼 걸릴지 알 수 없어 아끼고 아껴 먹었던 식량을 우선 처분해 버리기로 했다.

"치즈도 이렇게 많았었어? 당신이 하도 없다 없다 해서 정말 없는 줄 알고 아껴 먹었는데."

"누가 전부 먹어도 된대? 반은 내 몫이야."

나이프로 잘라낸 치즈의 반을 집어 들자 호로가 원수 보듯 노려본다.

"당신, 요전번 도시에서 꽤 이득을 보지 않았어?"

"그 돈은 전부 써 버렸다고 설명했잖아?"

정확하게는 크멜슨에 남아 있던 외상 빚과 크멜슨 인근 지역에 남아 있던 빚을 모조리 갚았다.

북쪽 지역에서 요이츠를 찾는 데에 예상보다 시간이 많이 걸릴 때를 대비한 조치와, 너무 많은 현금을 갖고 다니는 것은 위험하다는 단순한 이유 때문에.

하지만 그래도 남은 현금은 상관에 맡겨 두고 왔다. 현금은 그대로 상관의 힘이 된다. 당연히 이자도 받게 돼 있었으나 그 부분은 호로에게는 비밀이다.

"그런 건 한 번 말하면 알아듣는다고. 그게 아니라 당신은 이득을 봤는데 나만 이득을 못 봤다는 점이야."

그 얘기를 들고 나오면 마음이 괴롭다.

크멜슨에서는 로렌스가 괜한 착각을 한 탓에 큰 소동만 벌어졌지, 호로는 아무런 이득도 본 것이 없었다.

하지만 약점을 잡혔다가는 이 늑대는 집요하게 물고 늘어진다.

"그렇게 먹고 마셔댔으면서 아직도 그런 말이 나오냐?"

"그럼 당신이 번 것과 내가 쓴 금액을 좀 자세히 가르쳐 주시지?"

아픈 데를 찔리자 로렌스는 눈길을 피했다.

"내가 그 새가 둔갑한 계집애한테서 산 황철석만으로도 상당히 벌었을 텐데? 게다가…."

호로는 거짓말을 가려낼 수 있는 귀를 갖고 있기 때문에 그 어떤 세리보다도 성질이 더럽다.

섣불리 저항해 봐야 아픈 상처만 벌어질 뿐이다.

항복하고 치즈를 전부 호로 쪽으로 밀었다.

"우후후후후. 고마워."

"천만에요."

고맙다는 소리를 들었는데 이렇게 기쁘지 않은 것도 흔치 않을 것이다.

"조사는 잘됐어?"

"약간은."

"약간? 도중까지 가는 길밖에 안 가르쳐 줬어?"

"오늘 다시 교회로 찾아가 봐야 문전박대를 당할 것 같아서 방 아꾼인 에반한테 갔어."

"그 계집애랑 심상치 않은 관계의 상대를 노렸다? 당신치고는 꽤 머리 썼네."

"…그래서 말인데."

헛기침을 한 뒤 분명하게 말했다.

"수도원으로 가는 거, 포기하지 않을래?"

호로의 움직임이 우뚝 멈춘다.

"…이유는?"

"아무래도 이 마을은 정상이 아니야. 위험한 느낌이 들어."

호로는 표정다운 표정을 짓지 않은 채 치즈를 얹은 호밀빵을 물었다.

"내 고향을 찾는 것 때문에 위험을 무릅쓸 수는 없다?"

그렇게 나오기냐? 하며 로렌스는 울컥했다.

"어떻게 그런 말을…. 아니, 그거 일부러 그런 거지?"

"흥."

우적 우적 우적, 연신 빵을 씹어 눈 깜짝할 새에 집어 삼켰다.

빵과 함께 대체 얼마만큼 많은 말을 집어 삼켰는지는 모르겠지만 그런 만큼 언짢은 얼굴이 되었다.

호로가 어서 빨리 수도원에 가서 이야기를 물어보고 싶어 하는 것은 말하지 않아도 잘 알고 있으나, 로렌스가 생각했던 것보다도 그 마음은 강렬했던가 보다.

하지만 마을에서 약간 정보를 모으고, 행상인으로서 다양한 마을과 도시를 겪은 경험에 비추어 볼 때, 이 마을에서 이 이상 수도원을 찾는 것은 위험한 일일 것 같았다.

왜냐하면.

"내 예상이지만 우리가 찾고 있는 수도원이 바로 저 교회가 아닐까 해."

호로의 얼굴에 변화는 없다. 그 대신 귀 끝의 털이 찌릿찌릿 곤두서 있다.

"하나씩 그 근거를 대 볼게. 알았지?"

곤두선 귀 끝의 털을 손가락으로 붙든 뒤 호로는 가만히 고개를 끄덕였다.

"우선, 교회에 있는 엘사는 수도원에 대해 분명히 알고 있으면서도 모르는 척을 했어. 뭘 숨긴다는 것은, 정도의 차이는 있겠지만 다른 누군가가 알아서는 곤란하다는 얘기야. 또, 어제 촌장에게 같은 질문을 하러 갔을 때도 촌장은 아무래도 알고 있는 듯했어. 그리고 물론 모르는 척을 하더군."

호로는 눈을 감고 고개를 끄덕였다.

"그 다음, 이 마을 안에서 저 교회는 촌장 집에 버금갈 만큼 건물이 훌륭해. 그런데도 어제 술집에서 나온 얘기를 떠올려 보면 교회는 존경받고 있지 않는 것 같아. 이 마을사람들은 교회의 신보다는 예로부터 이 지역을 수호해 온 뱀 신을 숭상하는 것 같았어."

"하지만 우리가 원래 길을 물으려고 했던 프란츠인가 하는 사람은 마을의 은인이라고 했잖아?"

"그래. 촌장도 같은 말을 했어. 그렇다는 얘기는 프란츠 사제가 마을을 위해 뭔가를 해주었던 게 분명해. 그리고 그것은 신의 가르침을 설파해서 마을사람들을 구제한 건 명백히 아닐 거야. 그렇다면 마을에 이익이 될 만한 일을 한 거겠지. 그리고 그 내용을 방금 전에 에반에게서 듣고 왔어."

빵을 손으로 지분대며 호로는 고개를 갸웃거렸다.

"대충 이야기하자면, 그건 이 테레오 마을이 엔베르크와 분에 맞지 않은 계약을 맺고 있다는 거야. 이 마을은 현재 금전적으로 전혀 어려움이 없어. 그리고 그런 생활을 실현할 수 있도록 다소 믿기지 않을 내용의 계약을 엔베르크 측과 맺은 이가 바로 프란츠 사제였던 것 같아."

"흠."

"거기에서 얽혀드는 게, 에반이 말했던 이 마을과 엔베르크 교회 간에 분쟁이 있다는 것. 보통은 교회에 분쟁이 있다면 사제나 교주의 취임권 다툼이거나 토지 기부를 둘러싼 분규, 그리고 신앙의 내용이 다른 것에서도 분쟁이 일어날 수 있지. 나는 맨 처음에는 엘사가 너무 나이가 어린 데다 여자의 몸으로 교회를 맡으려고 들어서 문제가 생긴 줄 알았거든. 그런데 표면상의 이유는 그렇다쳐도 실제 이유는 다른 데 있다는 생각이 들었어."

엘사가 무리를 하면서까지 프란츠 사제의 뒤를 이으려는 것과, 로렌스가 촌장인 셈의 집에 있을 때 왔던 여행복 차림의 남자.

그리고 엘사가 안고 있던 문제가 어제 일단락 지어졌다는 에반의 말.

로렌스가 잘 아는 구도에 대입해 보면 뚜렷이 이해할 수가 있다.

"엔베르크는 테레오와의 관계를 무너뜨리고 싶어 한다고 생각하는 게 자연스러워. 언제 어떤 식으로 체결했는지는 모르겠지만, 프란츠 사제가 엔베르크와 맺은 계약을 프란츠 사제의 죽음과 함께 없던 것으로 만들고 싶겠지. 가장 빠른 방법은 무력으로 제압하는 것이지만 공교롭게도 이 마을에는 교회가 있거든. 엔베르크가 지금까지 그 수단을 쓰지 않은 것은 이 마을에 있는 교회를 봐주는 배후가 있다고 생각하는 게 타당해. 그럼 어떻게 하면 될까? 이 마을의 교회를 없애면 되는 거지."

어제 촌장 집에 온 남자가 받아왔다고 하는 것은 어딘가 먼 도시의 교회에서 내린 '엘사를 프란츠 사제의 후계자로 인정한다'는 문서이거나, 또는 후견인인 귀족이 보낸 문서일 것이다.

어느 쪽이건 엘사의 입장을 보강하는 것임엔 틀림없다.

"이 마을은 별로 감추려고 들지도 않은 채 이교의 신을 모시고 있는 듯한데, 이교도 마을로 찍히면 엔베르크는 이곳을 쳐들어올 구실이 생기지."

"만약 수도원으로 가는 길을 알고 있는 것뿐이라면 별로 감출 필요가 없지만, 그 수도원이 다름 아닌 이 마을에 있다면 감춰야 할 필요성이 생긴다?"

호로의 말에 로렌스는 고개를 끄덕인 뒤 다시 한 번 제안했다.

"포기하는 게 어떨까? 정황으로 볼 때 엔베르크에게 공격당할 절호의 구실이 될 수도원의 존재를 끝까지 감추려 들 거야. 게다가 예상대로 그 수도원이 이 마을의 교회라면 그 수도원장은 프란츠 사제를 말하는 거잖아? 이교도 신들의 이야기는 프란츠 사제와 함께 땅속에 묻혔을지도 몰라. 얻을 게 안 보이는데 괜히 문제 일으킬 필요는 없잖아."

게다가 로렌스 일행이 엔베르크와 무관하다는 것을 증명할 수도 없다.

나는 악마가 아니다— 라는 증명이 불가능하다는 것은 수많은 신학자들도 인정하는 바다.

"더욱이 이건 이교도의 신들에 관한 이야기와 관련돼 있어. 소동이 벌어져서 만의 하나 우리들도 이단시되면 일이 커져."

호로는 땅이 꺼져라 한숨을 쉰 뒤, 가려운데 손이 닿지 않는다는 표정으로 귀가 붙은 곳을 긁적긁적 긁었다.

눈앞에 펼쳐진 상황이 가볍게 무시할 만한 것이 아니라는 것은 이해가 간다. 하지만 그렇다고 쉽사리 포기를 할 수도 없는 심정이려나.

로렌스는 다시 한 번 헛기침을 한 뒤 호로에게 재차 말을 걸었다.

"네가 고향에 관한 이야기를 가능한 많이 모으고 싶어 하는 건 알아. 하지만 지금은 위험을 피할 때라고 생각해. 요이츠의 위치에 관한 이야기라면 크멜슨에서 얻은 것만으로도 충분해. 그리고 넌 기억을 잃은 것도 아니잖아. 걱정하지 않아도 근처까지 가면 위치는—."

"당신."

호로는 별안간 말을 가로막더니, 순간 무슨 말을 하려고 했는지 잊어버린 것처럼 말을 우물거렸다.

"호로."

로렌스가 부르자 호로는 조금 입을 삐죽인다.

"내가 또 무슨 착각을 하기 전에 솔직히 말해 줬으면 좋겠어. 넌 이교도의 신들에 관한 이야기에서 뭘 기대하고 있는 건데?"

눈길을 피하는 호로.

로렌스는 다그치는 말투가 되지 않도록 애써 온화하게 물었다.

"네 고향을, 저기 그… 멸망시켰다는 이야기에 나온, 그 곰에 대해 알아보고 싶은 거야?"

눈길을 피한 채 호로는 꼼짝도 않는다.

"그게 아니면… 고향 친구에 대해서?"

자신이 떠올릴 수 있는 가능성은 그 정도밖에 되지 않는다.

호로가 고집을 부린다면 그 둘 중 어느 하나 때문일 것이다.

아니면 둘 다이거나.

"그렇다면 어쩔 건데?"

싸늘하게, 심지까지 얼어붙은 듯한 날카로운 눈.

그러나 그것은 사냥감을 노리는 긍지 높은 늑대의 것은 아니다.

그것은 곁에 다가오는 모든 것이 적으로 보이는 상처받은 짐승의 눈.

로렌스는 말을 골랐다. 그리고 생각보다 빨리 꼭 맞는 말이 떠올랐다.

"경우에 따라서는 위험한 다리를 못 건널 것도 없지."

요는 이익과 위험이 균형을 이루느냐의 문제다.

호로가 무슨 일이 있어도 반드시 자신의 고향을 멸망시킨 원수 같은 곰에 대한 정보를 모으고 싶어 한다거나, 동료들의 소식을 반드시 알아내고 싶어 한다면 그에 협력하는 것에는 아무 주저함이 없다.

호로 또한 겉모습처럼 어린애인 것은 아니니, 자신의 기분을 다소는 냉정하게 판단할 수 있을 것이다. 그럼에도 부탁을 해온다면, 로렌스는 그 기대에 부응해 위험을 감수할 각오 정도는 되어 있다.

그러나 호로는 별안간 어깨를 축 늘어뜨리더니 나직하게 웃으면서 책상다리를 풀었다.

"그럼 됐어."

그리고는 그런 말을 한다.

"됐어. 그렇게 호들갑을 떨 것까지는 없어."

당연히 로렌스로서는 그 말뜻을 곧이곧대로 받아들일 수 없었다.

"물론 솔직히 말하자면 나야 저 계집애의 볼따구니를 잡아당겨서라도 할 말이 남아 있지 않은지 캐묻고 싶지. 당신이 한 말 때문에도. 그리도 또, 단순히 요이츠에 대해 아는 게 있으면 그것도 알고 싶으니까. 고향에 대한 이야기가 있다면 당신이라도 듣고 싶지 않겠어?"

그 말에 두말없이 고개를 끄덕이자 호로도 만족한 듯이 고개를 끄덕였다.

"하지만 그것 때문에 당신까지 굳이 위험한 다리를 건너게 하긴 좀 그래. 요이츠의 위치에 대해선 짐작 가는 바가 있지?"

"응? 으응."

"그럼 됐어."

호로가 말은 그렇게 해도, 로렌스는 역시 가슴속이 개운치 않다.

포기해야 한다고 분명히 제안하긴 했지만 호로의 기분 여하에 따라서는 위험을 감수하는 것도 주저하지 않을 것이었다.

그런데 막상 자신의 제안에 호로가 동의하고 나오니, 혹시 그게 거짓말은 아닌지 살피게 된다.

그런 생각에 말을 잇지 못하고 있자, 호로는 침대 끝에 걸터앉아 발을 늘어뜨린 자세로 말했다.

"당신은 내가 왜 당신한테 고향 이야기를 하지 않았을 것 같아?"

정신이 번쩍 드는 질문.

호로는 희미하게 웃고 있긴 하지만 로렌스를 놀리는 것처럼 보이지는 않는다.

"나도 가끔은 고향 자랑을 하고 싶고, 추억도 얘기하고 싶어. 하지만 하지 않는 건, 당신이 신경을 써주고 있기 때문이야. 바로 지금처럼 말이지. 너무 신경을 써준다고 원망한다면, 복에 겨워서 그런다고 할 수도 있겠지만 난 조금 마음이 괴로워."

호로는 말을 하고 나서 꼬리의 털을 만지면서 질린다는 듯이 계속 말했다.

"하여간. 당신이 조금만 더 눈치 빠른 수컷이었다면 이런 창피한 얘기까진 안 해도 되는데."

"그건… 미안해…."

"쿠후. 뭐, 착해 빠진 건 당신의 몇 안 되는 미덕 중 하나지만… 난 그게 좀 두려워."

침대에서 훌쩍 일어서더니 빙그르 뒤돌아 로렌스에게 등을 내보인다.

포슬포슬한 겨울털이 난 꼬리를 살짝 살랑이면서 호로는 자신의 어깨를 양팔로 끌어안으며 어깨너머로 로렌스를 돌아보았다.

"내가 이렇게 쓸쓸해 하는데도 당신은 덥석 잡아먹지를 않으니까. 정말로 무서운 수컷이야."

그러면서 도전하듯이 눈을 치켜뜨고 쳐다본다. 그 모습에 로렌스는 어깨를 조금 으쓱했다.

"보기엔 과일이라도 제대로 음미하지 않으면 맛이 끔찍한 것도 있으니까."

순간 호로는 어깨에서 손을 떼더니 로렌스 쪽으로 돌아서서 깔깔대며 웃었다.

"하긴 끔찍하게 시큼한 맛일지도 모르지. 하지만."

호로는 천천히 로렌스에게 다가오며 웃는 얼굴로 이렇게 말했다.

"그럼 내가 달지 않을 거란 말야?"

이런 말을 하는 녀석이 달긴 뭐가 달겠어?

로렌스는 주저 없이 고개를 끄덕였다.

"호오, 배짱 한번 좋으신데?"

그러면서 싱긋 웃는 호로에게 재깍 대답해 주었다.

"쓰지도 않고 달지도 않은 맥주 같은 것도 있지."

"……."

호로는 놀란 듯이 눈이 약간 커지더니 아차 하는 표정으로 눈을 감고 꼬리를 흔들었다.

"흥. 어린 것한테 술은 독이야."

"그렇지. 숙취로 고생하면 문제니까."

호로는 일부러 입술을 삐죽 내밀며 오른손 주먹으로 로렌스의 가슴을 친다.

그리고는 그대로 시선을 떨어뜨렸다.

자신들이 참으로 얼빠진 촌극 같은 짓을 하고 있다는 것은 안다.

로렌스는 그 손을 가볍게 잡으며 찬찬히 말했다.

"넌 정말로 포기해도 좋은 거지?"

호로만큼 머리가 잘 돌아가면 어느 것이 합리적이고 어느 것이 비합리적인 판단인지는 즉각 알 것이다.

하지만 신을 이성(理性)으로 이해할 수 없듯이, 감정은 완전한 제어가 불가능하다.

호로는 한동안 대답을 하지 않았다.

"이런 식으로 말하는 건… 치사하단 생각이 들긴 하지만 말야."

호로는 조용히 대답을 하며 로렌스의 가슴에 대고 있던 주먹을 풀어 옷을 가볍게 붙들었다.

"난 요이츠 이야기나 동료들 이야기, 원수 같은 그 곰에 대한 이야기가 있다면 자세히 알고 싶어. 크멜슨에서 그 계집애에게 들은 얘기로는 너무 부족해. 갈증이 나 죽겠는데 물을 조금 마신 것과 같은 거야."

가냘프게 읊조리는 듯한 호로의 목소리.

로렌스는 뻔히 들여다보이는 대화를 소중히 여기며 나직하게 말했다.

"어떻게 하고 싶어?"

호로는 고개를 끄덕한 뒤 대답했다.

"부탁을 해도… 될까?"

껴안으면 틀림없이 부드럽겠지, 하는 생각이 들게 하는 말.

로렌스는 숨을 크게 들이마신 뒤 짧게 대답했다.

"나한테 맡겨."

호로는 고개를 숙여 얼굴을 보이지 않은 채 꼬리를 한 번 탁 쳤다.

이런 몸짓이 어디까지 거짓인지는 모르겠으나, 이건 이것대로 위험을 감수하는 것과 맞먹는 이득이라는 생각이 든다는 점에서 로렌스는 자신이 취해 있는 상태라는 생각이 들었다.

하지만 돌연 고개를 든 호로는 대담한 웃음을 짓고 있었다.

"사실은 나한테 좋은 생각이 하나 있어."

"호오, 어떤 건데?"

"음. 그건 말이지…."

하며 단순명쾌한 방법을 제시하는 호로의 말에 로렌스는 작은 한숨을 지었다.

"제정신이야?"

"빙 돌아간다고 이야기가 진전될 건 아니잖아? 그리고 내가 부탁해도 되느냐고 물은 건, 위험한 다리를 함께 건너 줄 수 있겠느냐는 소리였어."

"헌데—."

호로는 입술 밑으로 양쪽 송곳니를 살짝 내보이며 히죽 웃었다.

"당신은 수컷답게 당신을 믿으라고 말해 줬어. 난 그게 너무 기뻤어."

계약서가 엄밀하면서도 장황하게 작성되는 것은 쓸데없는 해석을 하지 못하게 하기 위해서다.

구두계약이 위험한 것은 말을 했느니 안 했느니 하며 싸움이 일어날 수 있어서이기도 하지만, 무엇보다 자신이 편할 대로 해석할 수 있도록 이야기를 몰고 가도 쉽사리 눈치를 채지 못하기 때문이다.

더욱이 로렌스가 상대한 것은 자칭 현랑이라는 수백 년 묵은 늑대다.

하여간 완전히 방심했다. 주도권은 전부 자신이 쥐고 있는 줄 알았다.

그러고 있으려니 호로가 즐거운 듯이 말한다.

"가끔은 당신도 고삐를 고쳐 쥐어야지."

호로가 부탁을 해오면 그 기대에 부응하여 멋지게 대답한다.

그런 상황을 잠시나마 꿈꿨던 것이 한심스럽다.

"뭐, 잘 풀리지 않게 되면 그땐 당신한테 맡길게. 그러니까."

그러면서 호로는 로렌스의 손을 슬쩍 쥐었다.

"아직은 당신의 손을 잡기만 할게."

고개가 푹 숙여진다.

이 손을 뿌리치는 건 로렌스에게는 불가능한 일이다.

"자, 그럼. 빨리 밥 먹으러 가자."

호로의 그 말에 로렌스는 짧게, 그러나 확실하게 대답했다.

 제 3 막

실제로 프란츠 사제가 로렌스와 호로가 찾고 있는 수도원의 원장인 루이즈 라나 슈팅힐트라면, 이 마을 교회에는 이교도 신들에 관한 이야기를 모은 책이나 종이 같은 것이 남아 있을 가능성이 높으리라.

물론 엘사나 테레오의 마을을 둘러싼 상황이 로렌스의 예상대로라면, 약간의 위험도 감수할 순 없으니 수도원에 관한 이야기는 철저히 존재하지 않는 것으로 만들고 싶어 할 수도 있다.

하지만 사람은 소중한 이야기일수록 종이에 기록을 남기고 싶어 하며, 동시에 누군가의 정성이 담긴 것을 그리 간단히 재로 만들지는 못한다.

필시 교회에는 이교도 신들에 관한 것을 기록한 문서가 존재할 것이다.

문제는 그것을 어떻게 끌어내느냐 하는 것이다.

"실례합니다."

어제와 마찬가지로 정면 현관으로 찾아갔다.

하지만 어제와 같이 아무 준비도 대책도 없이 온 것은 아니다.

"…무슨 일이신가요?"

문을 아예 안 열어 주는 게 아닌가 싶었으나 일단 그런 염려는 사라졌다.

어제는 잔뜩 날이 서서 까칠하게 굴더니 오늘은 두터운 구름이 덮인 듯이 언짢은 얼굴이다.

이렇게까지 미움을 사니 오히려 호감이 솟는다.

자연스레 웃는 얼굴로 대답했다.

"어제는 실례가 많았습니다. 에반 씨에게서 들었습니다만 무슨 큰일이 있으셨다더군요."

에반의 이름에 움찔 반응을 보이면서도 엘사는 채 열다 만 문틈 사이로 로렌스와 호로, 그리고 그 뒤에 대기하고 있는 여행 채비를 갖춘 짐마차를 본 뒤 다시금 로렌스에게 시선을 되돌렸다.

그런 뒤 얼굴에서 언짢은 빛이 약간 사라진 것이 보였다.

"…또 수도원 이야기이신가요?"

"아니요, 아닙니다. 찾고 있던 수도원에 대해서는 촌장님께 여쭤 보았습니다만 모르신다고 하더군요. 제가 크멜슨에서 깜박 속았는지도 모르지요. 그 이야기를 가르쳐 준 사람이 좀 수상하긴 했었으니까요."

"그러세요."

용케 잘 숨겼다고 생각했겠으나, 안됐지만 상인의 눈도 나름대로 날카롭다.

"그래서 예정보다 다소 이르긴 합니다만 다음 마을로 떠나게 되었습니다. 그래서 이 교회에서 여행의 안전을 기원하는 기도를 받을 수 있을까 해서 왔습니다."

"…그런 일이시라면."

떨떠름한 표정을 지으면서도 천천히 문을 열고는 "들어오세요."라며 로렌스 일행을 맞아 주었다.

로렌스에 이어 호로도 들어서자 문이 쾅 닫힌다. 둘 다 완전한 여행복 차림으로, 로렌스는 어깨에 배낭까지 메고 있었다.

정면으로 들어서자 좌우로 뻗은 복도를 사이에 두고 또다시 문이 있었다. 교회의 구조는 어딜 가나 비슷하니, 맞은편 문 너머가 예배당, 왼쪽에는 집무실과 필사실*, 오른쪽은 주거 공간일 것이다.

엘사는 사제복 자락을 조금 들어 올린 뒤 돌아서서 예배당 문을 열었다.

"이쪽으로 오시지요."

안으로 들어가자 꽤 훌륭한 예배당이었다.

맞은편에는 제단과 성모상이 있고, 2층 부분에 달린 창에서 빛이 들고 있다.

천장이 훌쩍 드높은 데다 의자도 없는 탓에 상당히 넓게 느껴진다.

바닥은 꽉 짜인 돌바닥. 이 정도로 잘 짜여 있으면 그 아무리 악착스런 상인이라도 돌을 빼내 팔아치우진 못할 것이다.

그런 바닥도 문에서 제단까지 이어지는 길은 사람의 발길에 닳아 약간 색이 변해 있다.

엘사의 뒤를 이어 천천히 안으로 들어선 로렌스는 제단 바로 앞으로 바닥이 묘하게 패어 있는 것을 보았다.

"프란츠 사제님께서는."

"예?"

"신심이 아주 두터운 분이셨군요."

엘사는 조금 놀란 표정을 짓다가 이내 로렌스의 시선을 알아챘다.

지금 엘사가 서 있는 자리에서 약간 뒤편은, 아마도 무릎을 꿇고 신께 기도를 드리는 곳일 것이다.

※필사실 : 성서나 문서 등을 옮겨 쓰는 작업을 하는 방.

"아… 예에. 그렇지요. 다만…. 지금 말씀하시기 전까지는 알아보질 못했습니다."

처음으로 보여준 웃음은 크지는 않으나 다정해 보였다. 교회의 딸에게 어울리는 웃음이다.

첫 대면이 어제의 그 험상궂은 표정이었기 때문에 오히려 더 그렇게 생각되는지도 모른다.

그러나 이제부터 저 웃는 얼굴이 사라지게 만들어야 하나 하는 생각이 들자, 간신히 붙은 불을 끌 때와 같은 섭섭함마저 든다.

"그럼 기도를 드리도록 하지요. 준비는 되셨습니까?"

"아, 그 전에."

하며 로렌스는 배낭을 내려놓고 외투를 벗은 뒤 엘사를 향해 한 걸음 다가섰다.

"참회를 하게 해주십시오."

뜻밖의 부탁이었으나 엘사는 한순간 멈칫 한 후 "예에."하고 대답했다.

"그럼 별실에서…."

"아닙니다. 이 자리에서. 가능하면 신의 면전에서."

로렌스의 강경한 기세에도 엘사는 압도되지 않고 "알겠습니다." 하며 성직자답게 신묘하게 고개를 끄덕였다.

엘사가 프란츠의 뒤를 이으려고 하는 것은 꼭 마을을 위해서만은 아닐 것이다.

호로가 조용히 뒤로 물러서는 것을 지켜본 뒤 엘사는 손을 모으고 약간 머리를 숙인 자세로 나직하게 기도문을 외웠다.

얼굴을 들었을 때에는 충실한 신의 종복이 그 자리에 서 있었다.

"당신의 죄를 고하십시오. 신께서는 항상 정직한 이에게 관대하십니다."

로렌스는 천천히 심호흡을 한다. 신께 기도를 드리는 것도 헐뜯는 것도 일상 다반사로 하는 일이지만 예배당 한복판에서 죄를 고백하는 것은 그에 상응하게 긴장도가 높아진다.

들이마신 시간과 맞먹을 만큼 찬찬히 숨을 내신 후 그 자리에 무릎을 꿇는다.

"저는, 거짓말을 했습니다."

"어떤 거짓말을?"

"자신의 이익을 위해 상대를 속였습니다."

"당신은 신 앞에서 그것을 고백하셨습니다. 그럼 진실을 고백할 용기가 있으십니까?"

얼굴을 들고 대답한다.

"있습니다."

"신께서는 모든 것을 아십니다만, 당신이 직접 고하시기를 바라십니다. 두려워할 필요는 없습니다. 신께서는 바른 신앙에 눈을 뜨는 이에게는 늘 관대하십니다."

로렌스는 눈을 감고 말했다.

"저는 오늘 거짓말을 했습니다."

"어떤 거짓말을?"

"거짓 목적을 대서 상대를 속이기 위해서였습니다."

한순간 뜸을 들인 뒤 엘사는 말을 이었다.

"무엇 때문에?"

"저는 꼭 알고 싶은 것이 있는데, 그것을 알아내기 위해 거짓말을 하여 상대에게 접근했습니다."

"…그건… 누구에게?"

얼굴을 들며 대답한다.

"당신입니다. 엘사 씨."

뚜렷하게 동요하는 모습을 보았다.

"저는 거짓말을 한 것을 신의 면전에서 고백했습니다. 이제 진실을 고하겠습니다."

로렌스는 자리에서 일어나 자신보다 머리 하나쯤 작은 엘사를 향해 빠르게 말을 이었다.

"디엔드란 수도원의 위치를 찾고 있습니다. 그 장소를 당신에게 물으러 왔습니다."

엘사가 입술을 질끈 깨물었다. 로렌스를 밉살스런 눈으로 노려보긴 했으나 어제처럼 그 어떤 요구도 거부할 듯한 강경함은 보이지 않았다.

로렌스가 굳이 이곳에서 고백을 한 데에는 이유가 있다.

신심이 두터울 엘사를 신의 면전에서 함정에 빠뜨리기 위해서다.

"아니요, 저는 또 거짓말을 했습니다. 위치를 물으러 온 것이 아닙니다."

물에 기름을 부은 듯이 엘사의 얼굴에 곤혹스러운 표정이 번졌다.

"이곳이 디엔드란 수도원인지 물으러 온 것입니다."

"……!"

엘사는 뒷걸음질을 치다가, 프란츠 사제가 오랜 세월 신께 무릎을 꿇고 기도를 드려 바닥이 팬 자리에 걸려 비틀댔다.

이곳은 신의 면전이다.

거짓말은 용납되지 않는다.

"엘사 씨. 이곳은 디엔드란 수도원이고, 프란츠 사제님이 루이즈 라나 슈팅힐트 수도원장님이신 것이 맞지요?"

머리만 가로젓지 않으면 거짓말이 아니라는 어린애 같은 주장을 믿는 것처럼 당장이라도 울음을 터뜨릴 것처럼 찡그린 얼굴로 로렌스에게서 눈길을 피한다.

그러나 그것은 긍정 이외의 아무것도 아니다.

"엘사 씨. 우리들은 프란츠 사제님께서 모으셨다는, 이교도의 신들에 관한 이야기를 알고 싶습니다. 그것은 장사를 위해서가 아니고, 하물며 엔베르크를 위해서도 아닙니다."

그러자 엘사는 헉 하고 숨을 들이키더니, 그것이 바깥으로 튀어나오지 않도록 황급히 입을 막았다.

"이곳이 디엔드란 수도원이라는 것이 발각되면 안 되는 것은 프란츠 사제님께서 모으신 이야기를 담은 기록이 남아 있기 때문이지요?"

서서히, 엘사의 관자놀이에서 땀이 흘러내린다.

이제는 인정한 것이나 다를 바가 없다.

로렌스는 가볍게 주먹을 쥐어 호로에게 신호를 보냈다.

"엘사 씨가 염려하시는 것은 프란츠 사제님의 행위가 엔베르크 측에 발각되는 게 아닌가, 하는 것 아닙니까? 우리들은 그 기록을 꼭 보고 싶습니다. 이렇게 그다지 원만하다 할 수 없는 수단을 쓸

만큼."

엘사가 기침을 터뜨리듯이 입을 열었다.

"다, 당신은… 당신들은 누굽니까?"

로렌스는 엘사를 똑바로 쳐다본 채 대답하지 않았다.

가녀린 몸으로 이 교회를 짊어지려 하고 있던 엘사가 불안한 눈빛으로 마주 본다.

그리고.

"우리가 누구냐— 하는 질문에 만족스러운 대답을 하긴 매우 어렵지."

호로가 끼어들자 엘사는 그제야 호로가 그 자리에 있었다는 것을 깨닫기라도 한 듯이 시선을 확 돌렸다.

"우리들이… 아니, 내가 무리를 하면서까지 부탁을 하고 나선 데에는 이유가 있지."

"…무슨… 이유가… 있기에."

울먹이듯이 목이 메어 엘사가 묻자 호로는 천천히 고개를 끄덕였다.

"이런 이유에서지."

엔베르크 교회에서 온 끄나풀이 아니라는 것을 증명하는 것은 자신이 악마가 아니라는 것을 증명하는 것만큼이나 어렵다.

하지만 가령 천사의 날개를 보여 줄 수 있다면 악마가 아니란 것을 증명하듯이 적어도 엔베르크 교회의 끄나풀은 아니라는 것을 증명할 수 있다.

호로가 자신의 귀와 꼬리를 내보임으로써.

"아… 아…"

"만들어 붙인 게 아니야. 만져 볼래?"

순간 엘사가 고개를 푹 숙였다고 생각된 것은, 고개를 숙이며 가슴 언저리를 붙들었기 때문이다.

"컥."

그대로 묘한 소리를 내더니 엘사는 그 자리에 쓰러져 버렸다.

엘사를 간소한 침대에 뉘인 뒤 로렌스는 작은 한숨을 내쉬었다.

약간 협박을 하며 밀어붙이는 것이 효과적일 거라는 판단이었으나 도가 지나쳤던 모양이다.

단순히 정신을 잃은 것뿐이니 조만간 눈을 뜰 것이다.

'그나저나.' 하며 로렌스는 방 안을 둘러보았다.

청빈을 칭송하는 교회라고는 해도 이렇게까지 아무것도 없이 텅 비어 있으면 엘사가 이곳에서 살고 있기는 한 건지조차 의심스러워진다.

교회의 입구에서 들어와 오른쪽으로 돌아 들어가면 난로가 있는 거실이 있고, 방 안쪽에는 예배당을 따라 만들어진 복도와 2층으로 올라가는 계단이 있다.

침대는 2층에 있었으므로 정신을 잃은 엘사를 2층으로 옮겨 뉘였으나, 거기에 있는 것이라곤 책상 하나와 펼쳐진 채로 놓여 있는 성경과 주해서. 그리고 몇 통의 편지. 벽에는 짚단으로 만든 둥근 장식이 하나 걸려 있을 뿐이었다.

2층에 있는 방은 두 개로, 다른 한 방은 이미 창고가 되어 있었다.

특별히 무슨 구경을 할 생각은 없었으나, 한눈에 보기에도 거기에 프란츠 사제가 남긴 기록은 없을 거라는 걸 알았다.

거기에 있는 것은 교회 달력에 따라 행해지는 의식과 축제 때 쓰일 듯한 특별한 자수가 수놓인 천과 촛대, 그리고 검과 방패가 한동안 사용된 적이 없었다는 것을 나타내듯이 먼지를 뒤집어 쓴 채 놓여 있었다.

그런 창고방의 문을 닫자 가벼운 발걸음으로 계단을 올라오는 소리가 들렸다. 호로였다.

예배당을 빙그르 둘러싸듯 만들어진 복도를 따라 돌면서 교회 안을 한번 쭉 돌아보고 온 모양이었다.

그다지 개운치 않은 표정인 것은 엘사가 쓰러진 것보다는 프란츠 사제가 남긴 것을 발견하지 못해서 그러는지도 모른다.

"역시 물어보는 게 빠르겠어. 감춰둔 것 같아."

"냄새로 알 수 없어?"

하며 별 뜻 없이 말했다가 호로가 말없이 씨익 웃는 것을 보고는 당황하여 "미안." 하고 사과했다.

"아직도 안 깨어났어? 생각했던 것보다 간이 작았나 보네."

"글쎄…. 내가 생각했던 것보다 더 괴로운 상황에 처해 있었는지도 모르지."

미안하다는 생각은 하면서도 책상 위에 놓은 편지의 글귀를 훑어보니 엘사가 엔베르크의 간섭을 막기 위해 어떤 조치를 취했는지를 훤히 알 수 있었다.

엔베르크와 마찬가지로 이 교회 또한 같은 정교도라는 것을 인근 교회에 주장하는 한편, 엔베르크의 공격을 받지 않도록 자신들을 보호해 줄 것을 어느 지방의 영주에게 요청하고 있다.

하지만 영주가 답장을 보내온 것은 죽은 프란츠 사제의 덕분일 뿐, 엘사가 혼자 힘으로 얻은 신뢰는 아닌 듯했다.

그밖에도 로렌스가 들은 적이 있을 정도로 큰 주교구에 있는 교회에서 온 편지도 있었다.

대략 로렌스가 예상한 대로의 일을 진행하고 있었던 모양이다.

촌장의 집에 있었을 때 도착한 것은, 엘사의 책상 위에 놓인 문서의 날짜로 보아 영주의 보호를 보장받은 문서이리라.

이것이 과연 올지 어떨지를 학수고대하고 있었을 나날들을 상상하자, 제3자의 입장에서도 정말 제정신이 아니었을 거라는 생각이 들었다.

하지만 엘사가 정말로 괴로웠던 것은 다른 이유에서가 아닐까 하는 생각이 든다.

옆 창고방에 먼지를 뒤집어 쓴 채 놓여 있는 성구(聖具)들.

촌장과 협력관계에 있으리라는 것은 알겠으나 마을사람들이 그것을 감사히 여기는지에 관해서는 의문부호가 따를 것이다.

술집에서 들은 대화에 따르면, 마을사람들은 이 마을이 직면하고 있는 문제 자체는 인식하고 있어도 그 문제의 중심에 엘사가 있는 것은 환영하지 않는 듯한 인상이었다.

특히 교회를 깔보는 태도였던 것은 확실했으니까.

"…으음."

그런저런 생각을 하고 있으려니 침대에서 작은 소리가 들려왔다.

엘사가 눈을 뜬 모양이다.

토끼의 발소리를 들은 늑대처럼 반응하는 호로를 손으로 제지하며 로렌스는 작게 헛기침을 했다.

"괜찮으십니까?"

벌떡 일어나는 게 아니라 서서히 눈을 뜬 엘사에게 그렇게 묻자, 엘사는 놀라야 할지 겁을 내야 할지 화를 내야 할지 알 수 없다는 복잡한 표정을 짓더니 결국은 곤혹스러운 표정을 선택한 듯했다.

살며시 고개를 끄덕이더니 한숨을 쉬었다.

"저를 묶지는 않으셨군요."

그래도 내뱉은 말은 상당히 당찬 것이었다.

"사람을 부르려 들면 그러려고 하긴 했습니다. 배낭 속에 삼베 밧줄이 들어 있거든요."

"지금 부른다면요?"

그러면서 로렌스에게서 문득 시선이 멀어진 것은, 엘사에게서 이교도의 신들에 관한 이야기가 어디 있는지 듣고 싶어 안달이 난 호로를 쳐다봤기 때문이리라.

"서로에게 좋지 않은 결과를 낳게 되겠지요."

그 말에 엘사는 로렌스에게 시선을 되돌린 뒤 눈을 감았다. 눈썹이 길었다.

기가 센 듯해도 아직은 나이 어린 소녀다.

"제가 본 것은….."

하며 엘사가 몸을 일으키려 하기에 로렌스가 등을 받쳐 주려 했으나 "괜찮습니다."라며 손으로 막아 세웠다.

적의를 띤 눈빛도 겁을 내는 눈빛도 아닌, 흐린 하늘에서 마침내 쏟아져 내리는 비를 바라보는 듯한 눈빛으로 호로를 응시한 뒤 엘사는 말을 이었다.

"제가 본 것은 꿈이 아니었던 것이지요?"

"꿈이라고 생각하는 게 우리들한테는 좋지."

"악마는 사람에게 꿈을 꾸게 해서 속인다던데요?"

호로는 늘 농담처럼 말하니 알겠지만, 엘사가 진심인지 어떤지 는 모르겠다.

호로가 뿌루퉁한 표정을 짓고 있는 것을 보니 거의 진심이었으 리라.

이 둘은 정교도와 풍작의 신이라서 이렇다기보다는 단순히 궁 합이 잘 맞지 않는 건지도 모르겠다.

"우리들은 목적만 달성되고 나면 그야말로 꿈이었던 것처럼 아 무 일 없이 이곳을 떠날 것입니다. 다시 한 번 부탁드리겠습니다. 프란츠 사제님께서 남기신 기록을 보여 주실 수 없겠습니까?"

로렌스는 둘 사이에 끼어들어 그렇게 말했다.

"당신이… 엔베르크 측 사람이 아니라고는 아직 확신하지 못하 겠습니다. 하지만 만약 그렇지 않다면… 대체 무슨 목적에서 이러 시는 거죠?"

자신이 대답을 해야 하려나 하고 돌아보니 호로가 천천히 고개 를 끄덕였다.

"나는 고향으로 돌아가고 싶어."

그렇게 짤막하게 말했다.

"고향…?"

"하지만 고향을 떠난 게 아득한 옛날이라 길도 잊었고, 고향의 동료들이 잘 지내고 있는지도 알 수 없어. 그러기는커녕 고향이 아직 남아 있을지도 확실치가 않아."

호로는 담담하게 말을 이었다.

"어떤 생각이 들게 되겠어? 만약 어딘가에 고향에 대해 아는 사람이 있을지도 모른다면."

평생 작은 마을 안에서 벗어나지 않는 마을사람들조차 다른 마을과 도시에서 자기네 마을을 어떻게 보고 있는지를 궁금해 한다.

그렇다면 고향을 떠나온 자는 자신의 고향에 대한 소식을 더더욱 궁금해 하리라.

엘사는 한동안 대답이 없었으나 호로도 재촉하지 않았다.

시선을 내리깐 채 심사숙고하고 있다는 것이 잘 느껴졌다.

엘사도 아직 나이가 어리다고는 해도 한가로이 꽃이나 따고 노래를 부르며 살아온 것은 아닌 듯하다.

로렌스가 참회를 하고 싶다고 했을 때 취한 몸짓은 어제 오늘 몸에 익힌 것이 아니라는 것을 느낄 수 있었다.

사람이 아닌 호로를 앞에 두고 정신을 잃기는 했어도, 현 상황을 최대한 잘 수습하기 위해 머리를 굴리는 것쯤은 할 수 있을 것이다.

그리고 문득 가슴에 손을 얹더니 나직하게 기도문을 외운 뒤 이윽고 얼굴을 들었다.

"저는 신의 종복입니다."

짤막하게 말한 후, 호로와 로렌스가 끼어들기 전에 말을 이었다.

"하지만 동시에 프란츠 사제님의 후계자이기도 합니다."

침대에서 내려와 흐트러진 사제복을 바로잡고 엘사는 조그맣게 헛기침을 했다.

"저는 당신이 악마가 들린 자라고는 생각지 않습니다. 프란츠 사제님께서는 이 세상에 악마가 들린 자는 없다고 늘 말씀하셨지요."

로렌스는 그 발언에 적잖이 놀랐으나, 호로는 기록만 볼 수 있다면 아무래도 상관없는 모양이다.

마침내 엘사가 한걸음 물러선 것을 알자 얼굴에는 빈틈없는 표정을 지으면서도 꼬리 끝은 초조하게 살랑이고 있었다.

"따라오십시오. 안내하겠습니다."

순간, 혹시 도망치기 위한 수법이 아닌가 하는 의심이 들었지만 호로가 순순히 뒤따라가는 것을 보니 그럴 염려는 없는가 보다.

1층 거실로 내려간 엘사는 난로 옆 벽의 벽돌을 손으로 슬쩍 쓰다듬었다.

그리고 그 중 하나에 손가락을 걸어 천천히 빼낸다.

서랍처럼 빠진 벽돌을 뒤집자, 길고 가느다란 금빛 열쇠가 엘사의 손바닥 위로 떨어졌다.

그런 엘사의 뒷모습이 다부져 보인다.

초에 불을 붙여 촛대에 끼운 뒤 로렌스와 호로를 돌아본다.

"가시지요."

나직하게 말한 후 엘사는 안으로 이어지는 복도를 걷기 시작했다.

교회는 생각보다 깊었다.

평소 빠뜨리지 않고 기도를 드리고 있어 그런지 깨끗한 예배당과는 달리 복도는 빈말이라도 깨끗하다고는 할 수 없었다.

벽에 달린 촛대에는 거미집이 늘어져 있고, 낡은 벽에서 벗겨 떨어졌을 돌조각들 때문에 걸을 때마다 자박자박 소리가 났다.

"이쪽입니다."

엘사가 걸음을 멈춘 뒤 말을 하면서 돌아본 곳은 필시 예배당 바로 뒤편에 해당하는 곳.

거기에는 좌대에 얹힌, 어린아이만한 크기의 성모상이 교회 입구를 향해 손을 모은 자세로 기도를 드리고 있었다.

예배당의 뒤편은 교회에서 가장 신성한 장소다.

성인의 유품이나 뼈처럼 성스러운 유물이라 칭하며 교회에서 중요하게 여기는 물품들은 대개 예배당 뒤편에 보관하게 된다.

그런 의미에서는 이교도의 신들에 관한 기록 역시 중요하다고 판단하여 이곳에 둔 것이 당연할 수도 있겠지만, 어지간한 용기가 아니고서야 이교도의 산물을 이런 곳에 보관할 수는 없을 것이다.

"신께서 용서하시기를."

엘사도 그렇게 중얼거린 뒤 손에 들고 있던 신주 열쇠를 성모상 발밑의 작은 구멍에 꽂아 넣었다.

어두컴컴한 장소에서는 분간하기 힘든 작은 구멍에 꽂은 열쇠를 엘사가 힘주어 돌리자 성모상 밑에서 뭔가가 벗겨지는 소리가 났다.

"유언에는 이렇게 하면 성모상이 좌대에서 떨어진다고 했지만… 저는 한 번도 열리는 것을 본 적이 없습니다."

"알겠습니다."

로렌스가 고개를 끄덕인 뒤 성모상으로 다가가자 엘사는 걱정스런 빛을 보이면서도 뒤로 물러섰다.

그리고 성모상을 껴안듯이 하여 힘을 주자 의외로 번쩍 들린다.

아마도 속은 비어 있는 모양이다.

"영…차."

쓰러지지 않도록 주의하면서 벽 앞에 성모상을 내려놓고 다시 좌대를 돌아본다.

엘사는 성모상이 떼어진 좌대를 한동안 바라보고 섰다가 호로의 찌르는 듯 재촉하는 시선에 눌려 천천히 걸음을 내딛었다.

그런 뒤 방금 전 성모상의 발밑에 꽂아 넣었던 열쇠를 거꾸로 쥐더니 이번에는 좌대에서 약간 떨어진 바닥에 뚫려 있는 구멍에 꽂아 넣고 오른쪽으로 두 번 돌렸다.

"이제 좌대째 바닥이 들리면서 열릴 것… 입니다."

열쇠는 빼지 않고 그대로 둔 채 쭈그린 자세로 엘사가 말을 하자 호로의 시선이 이번에는 로렌스에게로 향했다.

거역했다가는 정말로 화를 낼 것이므로 한숨을 지으며 무언의 압력에 따르려 한 순간, 불안스러운 표정이 언뜻 보였다.

축 처진 모습을 보이다가도 "당신은 이런 내가 좋지?" 하며 태도를 확 바꿔 로렌스를 놀린 적이 있는 호로다. 보이는 겉모습 그대로 정말 불안해하고 있는지 어떤지는 알 수 없지만, 저런 표정을 보면 한심스럽게도 이내 어떻게든 해주고 싶은 마음이 솟는다.

"가능성이 있는 곳은… 좌대밖에 없는 듯하군요. 그럼 이렇게 하면 되려나."

바닥이 어떤 식으로 열릴 것인지 알 수 없으므로 잠시 살펴보고 발밑을 확인한 뒤 좌대에 손을 댄다. 바닥에 깔린 돌의 이음새 중에서 교회 입구 쪽으로 향한 면이 들릴 것 같다.

"이영… 차."

어림짐작을 하고 힘을 주자 맷돌에 자갈이 섞인 듯이 이상한 소리와 함께 좌대가 바닥과 함께 살짝 들렸다.

로렌스는 그대로 위치를 유지한 채 손을 바꿔들고 단숨에 힘을 넣었다.

으드드득 하고 돌과 돌끼리 마찰되는 듣기 싫은 소리, 녹슨 금속이 삐걱대는 소리와 함께 마루가 들리면서 뻥 뚫린 시커먼 구멍이 얼굴을 내밀었다.

그다지 깊지는 않다. 계단식으로 돌이 짜여 있는 저 앞으로 책장 같은 것이 보였다.

"들어가 봐도 되겠습니까?"

"…제가 먼저."

적어도 로렌스와 호로를 먼저 들어가게 한 다음 뚜껑을 덮어 버릴 생각은 아닌 듯하다.

그리고 여기까지 이르렀으면 더는 발버둥 칠 필요도 없을 것이다.

"알겠습니다. 공기가 정체돼 있을지도 모르니 조심하십시오."

엘사는 고개를 끄덕인 뒤 촛대를 한 손에 든 채 가파른 계단을 한 단 한 단 내려갔다.

머리가 바닥 밑으로 완전히 들어간 뒤 두세 단쯤 더 내려가고 나서야 엘사는 벽을 움푹 파 놓은 곳에 촛대를 내려두고 천천히

안으로 들어갔다.

안에 있는 것에 불을 지를 심산은 아닌가 하는 생각도 들었는데 그 점에서는 다소 안심이 되었다.

"당신이 나보다 더 의심이 많군."

로렌스의 심중을 꿰뚫어 보았는지 곁에 선 호로가 어렴풋이 웃으며 그렇게 말했다.

그리고 잠시 뒤, 엘사가 돌아왔다.

봉서 한 장과 몇 장의 양피지 다발 같은 것이 손에 들려 있었다.

돌계단을 거의 기다시피 하며 마지막까지 올라온 엘사에게 로렌스는 손을 내밀었다.

"…오래 기다리셨습니다."

"아닙니다. 그건 뭔가요?"

로렌스가 묻자, "편지입니다."하는 짧은 대답이 돌아왔다.

"안에 있는 책이 필시 두 분이 찾는 것일 겁니다."

"꺼내 와서 읽어도 될까?"

"교회 안에서만 읽어 주시겠습니까?"

당연한 대답이다.

"그럼 들어가 볼게."

그런 뒤 호로는 거침없이 계단을 내려가 안으로 들어갔다. 이내 모습이 보이지 않게 되었다.

엘사를 감시하려는 뜻은 아니지만 호로의 뒤를 따르지 않은 로렌스는, 호로가 사라진 지하실 입구를 멍하니 바라보고 선 엘사에게 말을 걸었다.

"새삼스럽습니다만 무리한 부탁을 드렸습니다. 감사의 인사와 함께 사과드리겠습니다."

"예에. 확실히 강제적이긴 했습니다."

노려보니 할 말이 없다.

"하지만…. 하지만 프란츠 사제님은 기뻐하실 거예요."

"예?"

"내가 모은 이야기는 지어낸 것이 아니다— 라고 늘 입버릇처럼 말씀하셨으니까…."

봉서를 든 손에 조금 힘이 들어가는 것처럼 보였다.

편지라면 지금은 죽은 프란츠 사제가 남긴 것인지도 모른다.

"하지만 저도 이 지하실에 처음 들어왔는데, 양이 저 정도나 될 줄은 생각 못했습니다. 만약 전부 읽으실 생각이시면 숙소를 다시 잡는 게 낫지 않을까요?"

로렌스는 그 말을 듣자 엘사를 속이기 위해 여행 채비를 완전히 갖추고 온 것을 떠올렸다.

당연히 여관도 계산을 끝내 버렸다.

"하지만 그 사이에 사람을 부를지도 모르지요."

완전히 농담인 것도 아니었지만, 어쨌든 재미없다는 표정으로 엘사는 살짝 코웃음을 쳤다.

"저는 이 교회를 맡고 있습니다. 진솔한 신앙심으로 살아갈 생각입니다. 그런 식으로 함정에 빠뜨리는 짓은 하지 않습니다."

그러면서 단단히 묶여 있는 머리를 긁듯이 쓰다듬은 뒤, 처음 만났을 때 보였던 눈빛보다도 더욱 엄격한 눈빛으로 쳐다보며 말했다.

"아까 예배당에서도 저는 거짓말을 하지는 않았습니다."

하긴, 엘사는 입을 꾹 다물고 있었으니 거짓말을 한 것은 아니다.

그러나 다부진 행동과 엄숙함을 유지하면서도 이런 어린애 같은 주장을 하는 면이 왠지 어디의 누군가와 겹쳐진다.

그래서 로렌스는 순순히 고개를 끄덕이며 깨끗이 인정했다.

"제가 함정에 빠뜨렸으니까요. 하지만 그렇게라도 하지 않으면 제 이야기를 들어 주시지 않을 것 같았습니다."

"상인 분들을 방심해서는 안 된다고 명심해 두겠습니다."

엘사가 한숨 섞인 말투로 그렇게 말하는 순간, 호로가 두꺼운 책을 안고 계단을 비틀비틀 올라왔다.

"이… 이것 좀….."

무게를 이기지 못해 당장이라도 다시 어둠 속으로 굴러 떨어질 것만 같다. 로렌스는 황급히 책을 같이 들며 호로의 팔을 붙잡았다.

동물 가죽 표지에 네 귀퉁이를 쇠로 보강한 훌륭한 책이다.

"후우. 이런 걸 들고는 도저히 왔다갔다 못하겠어. 여기서 읽어도 될까?"

"그거야 괜찮습니다만 초는 꺼 주시기 바랍니다. 이 교회는 형편이 넉넉하지 않으니까요."

"흠."

하고 호로가 로렌스에게 시선을 보내온다.

마을사람들에게 존경을 받지도 못하고 예배도 올리지 않으니 기부금 수입도 없을 것이다.

괜한 심술이거나 얄미운 소리를 하려는 것이 아니라, 거짓 없는 본심이라는 것을 쉽사리 상상할 수 있다.

로렌스는 지갑 끈을 풀었다. 신세를 진 값과 방금 전의 참회도 일단은 들어 주었으니 그에 대한 인사다.

"상인이 천국으로 올라가고 싶으면 등에 진 돈 자루를 덜어내야 한다고 들었으니까요."

"……."

새하얀 은화 3냥.

방을 꽉 채울 만큼의 초를 살 수 있을 것이다.

"신의 가호가 있으시기를."

엘사는 은화를 받아든 뒤 이내 돌아서서 걸음을 내딛었다.

돈을 받았다는 것은 그리 더러운 돈으로 여기지는 않았다고 해석해도 될 것이다.

"어때? 혼자서도 읽을 수 있겠어?"

"음. 그런 점에선 운이 좋아. 내가 평소에 워낙 행실이 발랐잖아?"

교회에서 저런 농담을 하다니, 똑똑하기는.

"평소 행실이 바르고 나쁘고로 행운을 가져다주는 건 어느 신께서 하시는 일일 것 같아?"

"그걸 알고 싶으면 나한테 공양물이라도 바쳐 보시든지?"

벽에 세워진 성모상을 돌아보면 쓴웃음을 짓고 있을 것만 같았다.

숙소로 돌아가자, 좀 전에 나갔는데 바로 돌아온 손님을 보고 여관주인이 웃으면서 놀려댄다. 일단 짐을 푼 뒤 '자, 이제 그럼.' 하며 생각에 잠긴다.

엘사가 입을 열게 만들어 프란츠 사제가 남긴 책을 끌어냈다. 여기까지는 됐다.

호로의 귀와 꼬리를 내보이긴 했으나, 엔베르크 측에게 찍혀 있는 이상 엘사는 그 사실을 떠벌릴 순 없다.

물론 마을사람들에게 공표하여, 이 마을에 재난을 가져오려 하는 악마의 끄나풀이라며 죽이려 들 수는 있다.

그러나 그렇게 해서 엘사에게 무슨 이득이 있을지를 따지면 결론은 자연히 나온다.

또한, 엘사는 호로를 보고 한 번은 기절을 했지만 눈을 뜬 이후로는 겁을 내지 않았다. 불길하다고 생각지도 않는 것 같다.

굳이 따지자면 미움을 산 쪽은 로렌스일 것이다.

그렇다면 이제 문제가 될 만한 것은 엘사 주변의 인물들. 촌장인 셈, 그리고 에반. 그들에게 호로의 정체가 알려지면 어떻게 될지 모른다.

지하실 안에는 상당한 양의 책이 있는 것 같았다. 전부 훑어보자면 시간이 꽤 필요할 것이다.

가능하면 호로가 직성이 풀릴 때까지 찾아보게 놔두고 싶고, 그러는 사이의 안전을 확보하는 것은 자신의 역할이란 생각이 든다.

호로는 로렌스더러 의심이 많다고 했으나, 이것으로도 부족하다는 생각이다.

하지만 자신이 먼저 나서서 이래라 저래라 했다가는 괜한 긁어 부스럼이 될 수도 있다.

그래도 변명 정도는 생각해 두어야지 하면서 다시금 교회로 돌아갔다.

마을사람에게 은밀히 알려서 만반의 준비를 갖춘 채 기다리는 기척 같은 건 없다. 엘사는 2층에 있는 침실과 마찬가지로 지극히 간소한 거실에서, 자신의 몸에 비해 상당히 큰 책상 앞에 앉아 편지를 읽고 있었다.

교회 문을 두드렸는데도 아무런 반응이 없어 마음대로 들어왔는데, 그건 거실에 들어와서도 매한가지였다.

엘사는 로렌스를 힐끔 쳐다봤을 뿐 말도 걸어오지 않는다.

이대로 말없이 스쳐지나가 안으로 들어가기는 좀 그렇기에 약간 농담조로 말을 걸었다.

"감시하지 않으셔도 됩니까? 책을 훔쳐갈지도 모르는데요?"

"만약 그러실 거면 저를 묶어 놓으셨겠지요."

딱 잘라 정답을 내놓는다.

만만치 않은 아가씨가 호로 외에도 또 있는 모양이다.

"그리고, 만약 당신이 엔베르크 측 사람이라면 지금쯤 발 빠른 말을 타고 엔베르크로 가는 도중이실 겁니다."

"그건 또 모르는 일이지요. 엘사 씨가 지하실에 불을 놓을 수도 있으니까요. 엔베르크를 왕복하는 사이에 잿더미가 되면 증거가 없게 되지요."

가볍게 말을 던지면 비꼬는 투로 맞받아치는 대화.

엘사는 한숨을 짓더니 로렌스를 돌아보았다.

"이 마을에 불이 나게 할 마음도 없거니와, 당신들에 대해 떠들어댈 생각은 추호도 없습니다. 확실히 당신의 일행 분은 이 교회 안에 있어서는 안 되는 존재입니다만…."

거기까지 말하고는 입을 다물더니, 답이 나오지 않는 문제는 쳐다보기도 싫다는 듯이 눈을 감았다.

"우리들은 정말로 북쪽지방에 대해 조사하고 싶을 뿐입니다. 의심을 하시는 것도 당연하다고는 생각합니다."

"아니요."

엘사는 뜻밖에 단호하게 잘라 말했다.

그리고 말을 꺼낸 뒤 무슨 말을 해야 할지 준비가 안 됐다는 것을 깨달은 모양이다.

한동안 머뭇대며 무슨 말을 하려다가는 그만둔다.

그러다 마침내 말을 꺼낸 것은, 땅이 꺼질 듯 한숨을 내쉬어 목구멍에 차 있던 것을 토해낸 뒤였다.

"아니요…. 의심스러운가 하면…. 예, 긍정합니다. 그럴 수만 있다면 누군가에게 상담을 하고 싶은 심정이에요. 하지만… 문제는 좀 더 큰…."

"제 일행이 진짜인가— 하는?"

엘사는 바늘을 삼킨 듯이 얼굴이 딱 굳었다.

"그런 것도 있고…."

엘사는 시선을 떨어뜨렸다. 이제 엘사가 다부진 아가씨라는 것을 나타내는 것은 쪽 곧게 펴고 앉은 등줄기뿐이었다.

다음 말은 나오지 않는다.

로렌스가 먼저 물었다.

"다른 것은?"

그러나 대답은 없다.

하지만 로렌스도 거래 교섭으로 밥을 먹고 사는 상인이다.

상대가 몸을 뒤로 뺄 때 이쪽에서 몰아붙일 것인지, 아니면 다시 앞으로 나오기를 기다릴 것인지 정도는 이내 판단할 수 있다.

지금은 분명히 전자의 경우다.

"저는 참회를 들어드릴 수는 없지만 간단한 상담 정도는 해드릴 수 있습니다. 단."

묻는 듯한 엘사의 시선이 동굴처럼 어두운 깊은 곳에서 이쪽으로 향해진다.

"진지하게 들을 때는 돈벌이가 아닌 경우에 대해서죠."

로렌스가 그러면서 웃자 엘사도 약간 웃은 듯한 기분이 들었다.

"아니요, 제가 안고 있는 이 의문은 확실히 당신 같은 분께 여쭤보는 게 좋을지도 모릅니다. 들어주시겠습니까?"

부탁을 하면서도 비굴하지 않게 고귀함을 유지하는 한편, 동시에 위압적이지 않은 태도를 내보이기는 쉽지 않다.

엘사가 부탁하는 방식은 바로 그런 자세.

성직자의 자세였다.

"만족스러운 대답이 될지는 보장 못합니다."

엘사는 고개를 끄덕한 뒤 천천히, 확인하듯이 한마디 한마디 말을 잇기 시작했다.

"만약… 만약 저 지하실에 모여 있는 이야기가 거짓이 아니라면…."

"아니라면?"

"우리가 믿고 있는 신은 거짓일까요?"

"웃…."

엄청 심각하면서도, 왠지 간단히 생각할 수 있는 질문.

교회의 신은 전지전능하면서도 유일한 신이다.

그런 부분에서 교회의 신과 이교의 신들에 관한 이야기는 양립할 수 없다.

"아버지는— 아니, 프란츠 사제님께서는 북쪽 지방의 수많은 이교의 신들에 관한 이야기를 모으셨습니다. 이단의 혐의를 쓰신 적도 한두 번이 아니었다고 합니다. 그래도 사제님은 날마다 기도는 결코 거르지 않으셨습니다. 훌륭한 성직자이셨지요. 하지만 당신의 일행 분이 만약 정말로 이교의 신이라면 우리의 신은 거짓이라는 애기가 됩니다. 그런데도 사제님께서는 돌아가실 때까지 결코 신을 의심하지 않으셨습니다."

그랬다면 이 비장하기까지 한 고민도 대충 이해는 간다.

존경하는 양아버지께서는 많은 말씀을 해주시지 않았던 것이리라.

엘사에게는 관계가 없는 일이라고 생각해서 그런 것이었는지, 스스로 생각하도록 만들기 위해서 그런 것이었는지는 알 수 없다.

다만, 그런 의문에 대해 의논을 할 상대가 없는 엘사에게는 매우 무거운 짐이었음이 틀림없다.

아무리 무거운 짐도 등 위에 잘만 올려놓으면 의외로 버티기 쉽다. 하지만 그런 짐은 약간만 균형이 무너져도 와르르 굴러 떨어지기 십상이다.

일단 입을 열기 시작한 엘사는 스스로의 말에 독촉을 받는 것처럼 잇달아 말을 쏟았다.

"제 신심이 부족해서일까요? 저는 모르겠습니다. 성수와 성전

을 들고 당신들을 야단칠 용기가 제게는 없어요. 그것이 좋은 일
인지 나쁜 일인지. 아니, 그것을 뭐라 해야 좋을지조차—."

"제 일행은."

하고 로렌스는 엘사가 자신의 말에 스스로 걸려 넘어지기 전에
먼저 말을 가로막았다.

"참모습은 거대한 늑대이지만 신으로 불리면서 숭배 받는 것을
싫어합니다."

구원을 찾아 헤매는 사람처럼 엘사는 조용해져서 로렌스의 말
에 귀를 기울였다.

"저는 보시다시피 비천한 상인이라 신의 가르침에 대해 자세히
는 모릅니다. 그러니 무엇이 옳고 무엇이 그른지는 도저히 판단할
수가 없지요."

반드시 호로가 듣고 있으리라고 생각하며 로렌스는 말했다.

"하지만 프란츠 사제님은 그르지 않으셨다고 생각합니다."

"그건… 그건 어째서인가요?"

가볍게 고개를 끄덕인 뒤 잠시 틈을 들이며 말을 골랐다.

얼토당토않은 이야기일 가능성은 당연히 있다. 아니, 오히려 그
럴 가능성이 더 높을 수도 있다.

하지만 로렌스는 프란츠 사제의 심경이 이해가 된다는 묘한 확
신이 들었다.

그리고 그것을 말하려는 순간, 교회의 문을 두드리는 소리가 들
렸다.

"…셈 촌장님이세요. 아마도 두 분에 관한 이야기일 겁니다."

엔베르크 측 사람이 와도 대비할 수 있도록 하기 위해서인지,

문 두드리는 소리만 들어도 누가 왔는지 알 수 있는 모양이다.

눈가에 번진 눈물을 닦으며 말을 한 뒤 의자에서 일어난 엘사는 일단 교회 안쪽을 쳐다보았다.

"저를 믿지 못 하시겠다면 복도를 따라가다 부뚜막이 있는 곳에서 바깥으로 나가십시오. 저를 믿으신다면—."

"믿습니다. 하지만 촌장님은 믿어도 될지 모르겠습니다."

엘사는 고개를 가로젓지도 끄덕이지도 않은 채 "그럼 안에 들어가 계십시오."하고 말했다.

"로렌스 씨에게서 이웃 나라와 도시의 교회 상황을 듣고 있었다고 말하겠습니다. 이건 거짓말이라기보다는….'

"예, 알겠습니다. 제 경험담으로라도 괜찮으시다면 말씀드리겠습니다."

로렌스가 웃는 얼굴로 대답한 뒤 시키는 대로 얌전히 안으로 물러나려고 할 즈음에는 다부진 모습의 엘사가 거기에 서 있었다.

속으로 잠시 '엘사가 배신하지 않을까?' 하고 자문해 보았으나, 대답은 '배신하지 않는다'였다.

신은 신용할 수 없으나, 신을 믿는 자들은 신용할 수 있다.

그런 우스갯소리가 있어도 될 것 같다.

로렌스가 그런 생각을 하면서 어두컴컴한 복도를 걸어 들어가자, 모퉁이를 돌아들어간 쪽에서 희미한 촛불의 빛이 흘러나오고 있었다.

엘사와의 대화를 듣지 않았을 리 없으니 과연 어떤 표정을 짓고 있을까 하고 조금 각오를 하며 모퉁이를 돌았다.

그러자 책상다리를 하고 앉아 그 위에 책을 올려놓은 채 책장을 넘기고 있던 호로가 약간 언짢은 듯한 얼굴을 들었다.

"내 뜻이 그렇게 잘못되기라도 했단 말인가?"

"…괜한 트집 잡지 마."

어깨를 으쓱하며 대답하자 호로는 작게 코웃음을 쳤다.

"발소리를 들으니 경계하는 투가 역력하던데? 멍청하긴."

뜨끔하기보다는 '과연.' 하며 감탄하게 된다.

"상인은 발밑을 보기는 해도 발소리를 들을 순 없으니까."

"재미없어."

딱 잘라 말한다.

"당신, 아주 친절하더라?"

예상한 바이기도 하고, 의외이기도 한 호로의 말.

로렌스는 이내 대답을 하지 않은 채 호로의 꼬리를 밟지 않도록 조심하며 오른쪽에 앉아 바닥에 놓여 있던 두툼한 책을 집어 들었다.

"상인은 거래 상대에게는 언제나 친절한 법이야. 그보다 촌장과 나누는 대화, 알아들을 수 있을까?"

상담은 신뢰와 신용의 거래다.

하지만 호로는 '내 말을 대놓고 따돌렸겠다?' 하는 표정을 있는 대로 짓더니 손에 든 책으로 시선을 되돌렸다.

할 말이 있으면 확실히 하라고, 교회도시 뤼빈하이겐에서 말한 건 누구였던가.

로렌스로서는 그 점을 지적하고 싶었지만, 그랬다가는 또 어떤 식으로 화를 낼지 알 수가 없다.

하지만 호로 역시 그저 제멋대로인 데다 신경질적인 여자애는 아니다.

일이 꼬이기 전에 양보를 해왔다.

"대충 아까 그러겠다고 한 대로 대응하고 있어. 셈인지 뭔지 하는 쪽도 상황을 살피러 온 것뿐인지… 지금 막 돌아갔어."

"촌장이 이해를 해주면 문제는 간단한데…"

"당신도 설득이 안 돼?"

순간 '지금 날 놀리고 있는 건가?' 싶었는데, 눈치 빠른 호로는 그것을 알아채고 째려본다.

"날 너무 높이 평가했어."

"내가 당신을 의지하길 바라지 않았어?"

정색을 하고 말하니 쓴웃음밖에 안 나온다.

"하지만 문제는 늘 시간이야. 우물쭈물 하다가는 눈이 올지도 모르니까."

"그게 왜 문제인데?"

이건 정말로 질문을 하고 있는 것 같아 진지하게 대답해 주었다.

"눈이 내려서 발이 묶인다면 작은 마을과 큰 도시 중 어느 쪽이 나을까?"

"그렇군. 하지만 그야말로 책이 산더미처럼 있으니, 다 읽어낼 수 있을지 모르겠어."

"너하고 관련됐을 것 같은 이야기만 찾아내면 되는 거지? 쫙 한 번 훑어보기만 할 거면 우리 둘이서 열심히 하면 어떻게든 되겠지."

호로는 "흠." 하며 고개를 끄덕이더니 기분이 약간 풀어진 듯이 웃었다.

"왜 그래?"

하지만 그렇게 물은 순간 웃음이 싹 사라진다.

"여기서 그렇게 묻기야?"

그러면서 어이가 없다는 듯이 한숨을 지었다.

"당신은 정말 눈치코치가 없다고 해야 할지… 어휴, 됐어."

손을 휘이휘이 내젓는 호로의 모습에 머쓱해졌으나, 자신이 한 말과 호로의 행동을 잠시 되새겨보았다.

혹시… 하고 짚이는 바가 있다.

'우리 둘이서'라는 말이 기뻤나?

"이제 와서 새삼스럽게 뒷북을 치면 나는 화를 낼 거야."

그렇게 쐐기를 박으니, 로렌스는 말하기 일보직전에 입을 다물 수밖에 없었다.

호로는 그로부터 몇 장을 넘긴 뒤 한숨을 폭 쉬었다.

서서히 몸을 기대어 온 것은 그 직후의 일이었다.

"혼자인 건 질렸다고 얘기했잖아?"

책망하는 듯한 말투.

하지만 그런 말은 조금 간지럽다.

"잘못했어."

"흥."

호로는 코웃음을 친 뒤 자신의 왼쪽 어깨를 손으로 탁탁 쳤다.

그것을 보니 피식 웃음이 나온다.

호로가 "못하겠어?"하는 시선으로 쳐다보기에 로렌스는 순순히 그 어깨에 팔을 둘렀다.

만족스러운 한숨과 꼬리가 바닥을 탁 치는 소리.

자신이 이런 행동을 누군가에게 하고, 이토록 조용한 시간을 보낼 수 있으리라고는, 반 년 전에는 상상도 못했었다.

혼자서 지내는 것은 질렸다.

그 말에는 진심으로 동의한다.

그렇게 생각한 직후였다.

자박 하고 돌 밟는 발소리가 들려 황급히 호로의 어깨에서 팔을 빼려고 하자, 순간 어디에서 그런 힘이 나왔는지 놀랄 만큼 세게 호로가 손을 꽉 붙들었다.

"촌장님은 일단 돌아가셨는데, 아까 얘기했던 그…."

하며 엘사가 모퉁이에서 모습을 드러냈을 때에는, 로렌스는 호로의 어깨에서 간신히 손을 빼어 평상시의 영업용 웃음을 짓고 있었다. 하지만 호로는 여전히 로렌스에게 몸을 기댄 채다. 웃음을 애써 참고 있는지 아주 가느다랗게 몸을 떨면서, 언뜻 보면 자고 있는 것처럼 로렌스의 어깨에 얼굴을 갖다 붙이고 있다.

엘사는 그것을 보더니 말을 하려던 입을 도로 다물고는 뭔가 납득이 간다는 듯이 가만히 고개를 끄덕였다.

"그럼 나중에."

여전히 애교라고는 티끌만큼도 없는 표정이긴 했으나, 나직한 말에는 배려의 기색이 엿보였다.

자박 자박, 벽에서 부스러져 내린 돌을 밟는 작은 발소리가 모퉁이 너머로 사라져가자 호로는 몸을 일으키며 소리 없이 박장대소한다.

"넌 하여간."

비난 어린 말에도 어디서 부는 바람이냐는 식이다.

실컷 웃고 난 뒤 눈가를 가볍게 훔치고는 연거푸 몇 번인가 심호흡을 한다. 그러더니 심술궂은 웃음을 지으며 말했다.

"내 어깨를 안고 있는 걸 들키는 게 그렇게 창피해?"

그 어떤 대답을 한들 농락당하게 될 것이 눈에 훤하다.

시키는 대로 순순히 따른 시점에서 이미 진 것이었으니.

"하지만."

호로는 그 이상 몰아붙이지 않기로 했는지, 얼굴이 짓궂은 웃음에서 하는 수 없다는 표정으로 바뀌었다. 그리고는 다시 한 번 로렌스의 어깨에 몸을 기대어왔다.

"일부러 보여 주려고 한 건 사실이야."

뒤로 뺄 뻔한 몸을 간신히 세워 로렌스는 호로의 몸무게를 지탱했다.

"당신을 빼앗기면 안 되니까."

남자로서 이런 소리를 들으면 기쁘지 않을 리 없다.

하지만 그런 말을 하는 것은 자칭 '현랑'이라는 호로다.

한숨 섞인 말투로 대꾸해 주었다.

"장난감을 빼앗기면 안 되니까, 겠지."

그 말에 순간 히죽 웃더니 호로는 이렇게 대답했다.

"그런 줄 알면, 나랑 놀아 줄 테야?"

로렌스는 한숨밖에 나오지 않았다.

촛대 위의 초가 제 모습을 잃고 한 번 훑어본 책더미가 기대기 딱 좋을 높이로 쌓였을 쯤, 교회에 또다시 방문자가 찾아온 모양이었다.

호로가 얼굴을 휙 들더니 귀를 쫑긋 세우고 있었다.

"누구야?"

"우후후후."

제대로 대답을 않고 즐거운 듯이 웃는 것을 보아하니 필시 에반이리라.

왜 웃는지는 생각지 않아도 알 수 있다.

"그런데 시간이 벌써 그렇게 됐나…. 어느 틈에 완전히 어두워졌네."

등줄기를 펴며 양팔을 쭉 뻗자 등골에서 우드득 하고 약간 기분 나쁜 소리가 난다.

호로를 위해서라기보다 의외로 재미있는 이야기가 많아서 자신도 모르게 푹 빠져 읽고 있었다.

"배도 고파."

"그러네. 잠시 쉴까?"

뻣뻣한 몸을 풀면서 촛대를 손에 들었다.

"우선 에반에게는 정체를 감추기로 하자. 비밀을 아는 자는 적을수록 좋으니까."

"흠. 저 계집애가 떠들어대지 않을지는 모르겠지만."

"뭐… 괜찮을 거야."

쓸데없이 비밀을 누설할 사람은 아닐 것 같다. 에반의 말로는 하루 종일 한 재채기 횟수까지 떠든다고 하지만, 실제로 로렌스 일행이 처음 교회를 찾은 이야기는 하지 않았다고 했다.

그러나 호로는 "그래?"라고 한다.

"저 계집애는 묘한 일을 가지고 고민을 하고 있잖아? 결론 여부에 따라 어떻게 나올지 알 수 없다고."

"…신에 대해. 하긴, 듣고 보니 그럴 수도 있겠네."

결국 그 후로 엘사에게 대답을 전하러 갈 기회가 잡히지 않아 그대로 책만 읽고 말았다.

하지만 지금 생각해 보면 차라리 그것이 결과적으로는 다행이었는지도 모른다 싶다.

"참고로, 당신은 뭐라고 할 셈이었어?"

"완전히 틀린 대답일지도 모르는데?"

"당신한테 완전한 건 기대 안 해."

너무하다 싶었으나, 아예 딱 부러지게 그런 식으로 나오니 차라리 대답하기가 편하기도 하다.

"내 생각에 프란츠 사제는 신이 있다는 것을 확신하기 위해 이교의 신들에 관한 이야기를 모았던 게 아닐까 해."

"호오."

"날이면 날마다 기도를 하고 또 해도 모습조차 보여주지 않으면, 정말로 있는지 없는지 의심이 들게 마련이겠지?"

의심받는 입장이었던 호로는 그 점이 상상이 되었는지 약간 언짢은 표정으로 고개를 끄덕였다.

"하지만 문득 주위를 둘러보니 교회 이외의 신에 대한 신앙이 천지에 널려 있는 거야. 그럼 저쪽의 신은 과연 있을까. 그럼 이쪽은? 하는 생각이 자연스럽게 들지 않겠어? 혹시 정말로 실제로 있는 신을 숭배하고 있다면, 그럼 자신이 모시는 신도 실제로 있을 것이다— 라는 결론을 내리게 되는 것이지."

하지만 이런 생각은 교회의 가르침과는 당연히 위배된다.

로렌스와 만난 지 얼마 되지 않았을 때, 비를 피하러 들어간 교회에서 신도들과 친근하게 대화를 나눌 수 있을 만큼은 교회에 대한 지식이 있는 호로도 당연히 그 점을 깨달은 듯했다.

"교회의 신은 참으로 우수한 존재지? 자신 말고 다른 신은 없다, 이 세상은 교회의 신이 만들었고 그것을 인간이 빌려 쓰고 있을 뿐이다— 라고 하니."

"아아, 그래서 난 사실은 이곳이 수도원이지 않을까 생각했지."

점점 더 언짢은 기색이 되는 것은 로렌스의 말이 머릿속에서 잘 연결이 되지 않았기 때문이리라.

"넌 수도원과 교회의 차이가 뭔지 알아?"

아는 척을 할 만큼 호로의 그릇은 작지 않다.

이내 고개를 가로저었다.

"수도원은 신에게 기도하는 장소. 교회는 신의 가르침을 전파하는 장소. 목적이 전혀 달라. 수도원이 외진 곳에 자리하고 있는 것 또한 누군가를 올바른 가르침으로 이끌려는 생각은 전혀 하지 않기 때문이고, 평생 수도원 안에서만 사는 것도 바깥으로 나갈 필요성이 없어서인 거야."

"흐음."

"그렇다면, 수도원 안에 있는 수도사가 문득 신의 존재에 대해 의문을 품게 되었다면 맨 먼저 어떻게 할 것 같아?"

호로의 시선이 가볍게 허공을 떠돈다.

머릿속의 물고기는 지혜와 지식의 바다 속을 그보다 더 자유자

재로 헤엄치고 있으리라.

"숭배하는 상대가 정말로 있는지 없는지를 확인하려 들겠지. 그렇군. 그럼 저 계집애가 어느 쪽으로 점점 더 쏠리느냐에 따라 우리들에 대한 대접도 달라지겠군."

"낮에 그 얘기를 하지 않은 게 다행이었어. 엘사는 수도녀가 아니야. 성직자지."

호로는 가볍게 고개를 끄덕인 뒤 쌓여 있는 책 더미를 힐끗 쳐다보았다.

지하실 안에 있는 책의 반도 읽지 못했다.

물론 전부 읽을 필요는 없겠지만, 호로가 알고 싶어 하는 이야기는 아직 나오지 않았다.

어느 지방의 어디에 어떤 신에 관한 이야기가 있다는 목록이라도 있으면 도움이 될 터인데, 책장을 넘겨 보지 않고서는 알 수가 없었다.

"가능한 한 빨리 읽는 게 상책이야. 엔베르크의 일도 있고."

"흐음. 하지만."

하며 호로는 엘사가 있는 거실 쪽으로 이어지는 복도로 눈길을 돌렸다.

"우선은 배부터 채우고."

잠시 후 들려온 발소리는 저녁식사를 권하러 온 에반의 것이었다.

"오늘도 일용할 양식을 주신 신께 감사드립니다."

라는 상투적인 문구로 시작된 식사는, 엘사의 말에 따르면 너무 과한 로렌스의 기부금으로 마련한 것인 듯 꽤 호화로운 밥상이었다.

　그러나 교회에서 말하는 호화로운 밥상이란, 다들 만족스럽게 먹을 수 있을 만큼의 빵과 몇 가지 반찬, 그리고 약간의 포도주가 곁들어 있는 것을 가리킨다.

　식탁 위에는 검은 호밀빵 외에 에반이 강에서 잡아온 물고기와 삶은 계란이 놓여 있었다. 로렌스의 경험에서 볼 때도 결코 풍족한 것은 아니지만, 규율을 느슨하게 할 수 없는 교회의 밥상치고는 호화로운 쪽이라 할 것이다.

　물론 호로의 눈에는 육류가 없는 시점에서 불만이 뚝뚝 떨어질 테지만. 그래도 다행히 호로의 안주거리는 그 외에도 또 있었다.

　"어휴, 흘리지 좀 말라니까. 빵도 손으로 뜯어 먹어야지."

　주위를 주는 엘사와, 그럴 때마다 목을 움츠리는 에반. 방금 전에는 계란껍데기가 잘 벗겨지지 않아 고전하는 에반을 보고 도와주기도 했다.

　호로가 그것을 보고 약간 아쉬운 표정을 지은 것은, 로렌스가 이미 계란을 먹어 버렸기 때문이리라. 하마터면 큰일 날 뻔했다.

　"어휴, 이제 알았다니까. 그보다 로렌스 씨, 그래서요? 그 다음은요?"

　정말로 성가시다기보다는 로렌스 일행 앞에서 위신이 서지 않는 것을 꺼리는 느낌이다.

　호로는 음식을 먹으면서 잘 숨기고 있었으나 확실히 입이 웃고 있다.

엘사만이 진지하게, 에반의 칠칠치 못한 행동에 한숨을 짓고 있었다.

"어디까지 얘기했더라?"

"배가 항구를 떠나, 파도 밑이 온통 바위 천지인 위험천만한 곳을 빠져나간 부분이요."

"아아, 그랬던가? 그 항구는 좌우간 큰 바다로 나갈 때까지가 위험하거든. 타고 있는 상인들은 다들 선창에 모여 기도를 했지."

옛날에 배에 물건을 싣고 행상을 하러 다녔던 때의 이야기를 하고 있었는데, 바다를 모르는 에반은 흥미진진해 했다.

"그래서 무사히 곶을 빠져나왔다기에 선창에서 갑판으로 나가 보니 온통 배 천지인 거야."

"바다인데도?"

"바다에 배가 있는 거야 당연하잖아?"

로렌스가 피식 웃자, 엘사는 그런 에반이 기가 차다는 듯이 한숨을 지었다.

하지만 에반이 하고 싶은 말은 이해가 가니 이렇게 말해 주었다.

"대단한 광경이었지. 바다에 빽빽하게 뜬 작은 배들이 저마다 물고기를 산더미처럼 잡고 있었어."

"물고기…. 그러다 전부 없어지는 거 아니에요?"

호로도 조금 의아한 듯이 쳐다본다. 거짓말이야 아니겠지만 말이 너무 과장된 게 아니냐는 뜻인 모양이다.

"그 계절에 바다를 본 사람들은 다들 이렇게 말했지. 바다 속에 검은 강이 흐른다고."

끝을 깎은 봉을 바다에 찔러 넣기만 해도 반드시 세 마리가 꽂혀 나온다고 할 정도로 수많은 청어가 헤엄치는 모습은 장관이라고밖에 표현할 길이 없다.

그 엄청난 광경을 이해시키는 것도, 이 이야기가 사실이라는 것도, 실제 보지 않고서는 알 수 없다는 것이 유감이다.

"헤에…. 별로 상상이 가진 않지만, 역시 바깥세상은 여러 가지가 있는 모양이네요."

"하지만 그 배 안에서 가장 놀란 건 음식이었어."

"호오?"

그 말에는 호로가 가장 흥미를 내보인다.

"다양한 지방의 상인들이 탔으니까. 예를 들면 소금 호수가 있는 에브고드라는 지방에서 온 상인이 먹던 건데, 빵이 엄청나게 짜더라고."

전원의 시선이 식탁 한가운데에 놓인 빵으로 쏠린다.

"빵을 달게 하는 건 알겠지만, 이건 빵에다가 소금을 친 것 같은 거야. 내 입맛에는 조금 맞지 않더군."

"소금을…. 빵에 소금을 치다니 부자네."

에반이 감탄한 듯이 말했다. 내륙지방인 테레오 마을 가까운 곳에서 바위소금이 채취되지 않는다면 이곳에서 소금이 고급품일 것이다.

"에브고드에는 소금 호수가 있거든. 마을 한복판을 소금기 있는 강이 흐르니, 주변 일대가 전부 소금밭이라고 봐도 돼. 소금이 너무 남아돌다 보니 빵도 그런 게 맛있게 느껴지는 모양이지."

"아무리 그래도 소금을 친 빵이라니. 그치?"

에반이 그렇게 말하며 엘사를 쳐다보자, 엘사도 살짝 고개를 끄덕였다.

"그밖에도 냄비 바닥에 구워서 납작한 빵 같은 것도 있었지."

빵은 부풀어야 가치가 있다.

빵 굽는 가마에서 구워져 나온 빵에 익숙하다 보면 그렇게 생각하기 십상이다.

"하하…. 설마요."

예상한 대로 반응을 나타내자 이야기를 하는 쪽도 흥겹다.

"하지만 귀리 같은 것으로 빵을 구우면 납작해지잖아?"

"하긴…."

"발효시키지 않은 빵 같은 것을 먹기도 하지?"

빵의 요정의 축복을 받지 못한 채, 가루를 그냥 반죽해 바로 구운 빵.

먹어 본 적이 없지는 않겠지만, 맛있다는 기억도 없는 것이리라.

"빈말이라도 귀리빵이 맛있다는 소리를 못하겠는데, 냄비 바닥에서 구운 빵은 정말 맛이 없었지. 거기다가 삶은 콩 같은 걸 얹어 먹더군."

"헤에…."

그러면서 에반은 머나먼 세계를 동경하는 눈빛과 함께 감탄사를 흘리고, 그에 비해 엘사는 손으로 뜯은 호밀빵과 상상 속의 빵을 비교하는 모습이었다.

두 사람의 그런 모습이 참으로 재미있었다.

"세상은 정말이지 엄청나게 넓어서 이런저런 것들이 있다는 애기였습니다."

끝으로 그런 말로 마무리를 지은 것은 식사를 다 마친 호로가 곁에서 초조해 하고 있었기 때문이다.

"오늘은 이렇게 성찬을 대접해 주셔서 감사합니다."

"아니요. 기부를 많이 해주셨으니 이 정도는 당연합니다."

애교어린 웃음이라도 한 번 곁들이며 말을 하면 좋으련만, 하는 생각이 들 만큼 무뚝뚝하다.

하지만 그런 만큼 정말로 무리하지 않고 대접을 해주었겠지 하는 안도감이 들기도 한다.

"그리고, 이후의 일에 관해섭니다만."

"밤에도 책을 읽고 싶으시다면 저는 상관없습니다. 북쪽으로 가시려고 한다니 눈이 오면 곤란하시겠지요?"

이야기가 빨라 좋다.

"그럼 로렌스 씨, 다음에 또 바깥세상 얘기를 해줘요."

"바쁘시다고 했잖아? 그리고 오늘은 글씨 연습하는 날이야."

에반은 어깨를 으쓱하며 괴로운 얼굴로 로렌스에게 도움을 청했다.

두 사람이 어떤 관계인지 한눈에 알 수 있게 하는 몸짓이다.

"또 때를 봐서. 그럼 잠시 더 교회에서 머물도록 하겠습니다."

"예에, 그러세요."

로렌스와 호로는 의자에서 일어나, 저녁식사에 대한 인사를 다시 한 번 한 뒤 거실을 뒤로 했다.

엘사가 아무렇지 않은 듯이 호로에게 시선을 주는 것이 느껴졌으나 호로는 그것을 모르는 척한다.

하지만 엘사는 로렌스가 자신에게 향하는 시선을 무시하지 않았다.

"아, 맞다."

하며 거실에서 나가기 전에 자연스럽게 엘사를 돌아보았다.

"낮에 드린 질문 말씀입니다만."

"역시 그냥 스스로 생각해 보겠습니다. 묻기 전에 먼저 생각을 해보라는 것이 프란츠 사제님의 입버릇이셨으니까요."

자신이 한 말에 스스로 쫓기는 약한 모습이 아니라, 어떻게든 혼자서 교회를 꾸려나가려 하는 다부진 얼굴의 엘사였다.

"알겠습니다. 생각을 하시다 막히면 하나의 의견으로서 다시 물어봐 주십시오."

"예. 그때는 부탁드리겠습니다."

무슨 말이 오가는 것인지 통 알 수 없는 에반은 로렌스와 엘사를 번갈아 쳐다보았으나, 엘사가 부르자 이내 잊어버린 듯하다.

입으로는 투덜대면서도 어딘지 모르게 엘사와의 대화를 즐거워하는 듯한 표정으로 상 치우는 일을 돕기 시작했다.

에반은 엘사에게 잔소리를 듣고 주의를 받으면 어깨를 움츠리며 시끄러워 죽겠다는 표정을 지으면서도 엘사를 거들고 말을 걸면서 이따금씩 나란히 키득대며 웃는다.

혼자서 행상을 하던 시절에는 애써 모르는 척하려 했던 종류의 모습.

아니, 그 시절엔 마음 한구석에서 일부러 무시하려 들었던 감마저 있었다.

촛대를 손에 든 채 흔들거리는 빛 속을 걸어가는 호로가 복도

저 끝에서 보인다.

이윽고 호로의 모습이 모퉁이를 돌아들어가 시야에서 사라졌다.

어두컴컴한 길 위에서 초를 켜는 것조차 사치라고 스스로를 채찍질하며, 그럼에도 길 위에 떨어져 있는 금화에만 정신이 팔려 있던 하루하루.

말이 이야기상대가 되어 주지는 않을까 하는 생각까지 하면서도 길 위에 떨어져 있을 금화에서 고개를 들지 않았던 것이 불가사의하게 느껴질 정도다.

복도 끝의 불빛을 의지하여 어두컴컴한 길을 천천히 걷는다.

모퉁이를 돌자 호로가 책장을 넘기고 있었다.

로렌스도 바닥에 앉아 아까 하던 일을 계속한다.

그러자 호로가 문득 말을 걸어왔다.

"왜 그래?"

"응?"

"지갑에 구멍이라도 뚫렸어? 딱 그런 표정이구만."

그러면서 웃는 호로의 말에 가만히 자신의 뺨을 쓰다듬어 보지만, 거래 상담 중이 아닌 한은 자신이 어떤 표정을 짓고 있는지를 잘 모르겠다.

"그런 얼굴을 하고 있어?"

"음."

"그래? 아니…, 그렇군."

호로는 어깨를 들썩이며 웃더니 책을 내려놓았다.

"포도주가 엉뚱한 데로 들어간 거 아냐?"

어쩐 머리에 안개가 낀 듯한 것이, 어쩌면 그럴지도 모르겠다 싶다.

아니, 자신이 묘하게 침울해진 원인은 알고 있다.

하지만 어느 부분에서 침울해졌는지를 모르겠다.

그래서 별 뜻 없이 말해 보았다.

"저 두 사람, 굉장히 사이가 좋더라."

정말로 별 뜻 없이 한 말이었다.

그러나 로렌스는 자신이 그렇게 말한 순간의 호로의 얼굴을 한동안 잊지 못할 것 같다.

호로의 눈이 말 그대로 점이 되어 버렸기 때문이다.

"왜… 왜 그래?"

이번에는 로렌스가 놀라서 물어보았다.

하지만 호로는 눈이 점이 된 채 말이 아닌 신음 같은 소리를 흘렸을 뿐. 간신히 정신을 차렸는가 싶더니 전에 없이 난처한 표정을 지으며 시선을 다른 쪽으로 돌렸다.

"…그게 그렇게 이상한 소리였어?"

호로는 대답은 하지 않은 채 진정이 안 되는 듯이 책 끄트머리만 드륵드륵 쓰다듬는다.

그러는 호로의 옆모습은 어이없어 한다고 할지, 화를 낸다고 할지 꼭 집어 말을 할 수가 없는 분위기라, 보고 있는 로렌스가 더 난감해질 정도였다.

"저, 저기. 당신."

한동안 그러고 있더니 뭔가를 체념한 듯이 호로가 로렌스를 힐끗 쳐다보았다.

대체 왜 그러느냐고 다시 물었다가는 그대로 쓰러져 버리지 않을까 싶을 정도로 난처한 표정이다.

게다가 뒤이어 한 말도 무슨 뜻인지 잘 이해가 되지 않았다.

"나도 대충은 그…. 음…. 나 자신의 장점과 단점 정도는 파악하고 있어."

"그, 그래."

"하지만…. 으…. 내 입으로 말하긴 좀 그렇지만…. 나이를 먹으면 대부분의 일들은 흘려 넘길 수가 있어. 물론 그러지 못할 때도 있지만. 그건 당신도 알겠지."

괴로운 결단을 독촉 받은 것처럼 말을 잇는 호로의 모습에 로렌스는 몸을 조금 뒤로 빼면서 고개를 끄덕였다.

호로는 책을 바닥에 내려놓고 책상다리를 하고 앉아 가느다란 발목을 붙잡은 채 고개를 숙이고 있다. 그러면서 마치 눈이 부셔서 이쪽을 쳐다볼 수 없다는 듯이 외면을 하고 있는 것이 어지간히 난처한 모습이다.

당장이라도 울음을 터뜨릴 것 같은 표정에 되레 로렌스가 난감해 하고 있으려니, 문득 호로가 이렇게 말했다.

"저기, 당신."

로렌스는 고개를 끄덕였다.

"그렇게, 너무 부러운 듯이 말하진 마."

인파 속에서 재채기를 했더니 길을 걷던 사람들이 모조리 사라져 버린 것처럼 머리가 띵했다.

"나도…. 아니, 나도 알아. 알고는 있지만, 그렇다고 굳이 말을 하고 싶진 않지만…. 우리도 옆에서 보면 어지간히 얼빠진 한 쌍처럼 보일걸?"

얼빠진 한 쌍이라는 말의 의미가 귓전에 딱 달라붙는다.

큰 거래를 끝낸 뒤 사실은 계산용 화폐를 착각했던 게 아닐까 하여 덜컥 겁이 난 느낌과 비슷하다.

생각해야 한다. 하지만 생각하는 게 두렵다.

호로는 억지로 헛기침을 하더니 돌바닥을 끄적끄적 손톱으로 긁었다.

"왜 이렇게 창피해 죽겠는지 나도 모르겠지만. 아니, 오히려 내가 화를 내야 하는 거 아닌가…? 사이가 좋아 보인다는, 그런 말을 그렇게 부러운 듯이…. 그럼 나랑은—."

"아니."

강제로 가로막자 호로는 어른의 막무가내에 뿔이 난 어린애 같은 표정을 지으며 로렌스를 노려보았다.

"아니, 알 것… 같아."

로렌스가 말꼬리를 흐리자 호로의 기분이 더욱 흐려져 간다.

"아니, 알아. 알고 있어. 단지 딱 말로 표현하고 싶지가 않았을 뿐이야."

호로는 의심을 한다기보다는 배신은 간과하지 않겠다는 듯한 시선으로 로렌스를 노려보면서 천천히 한쪽 무릎을 세웠다.

섣부른 답을 내놓았다가는 확 달려들지도 모른다.

호로의 그런 행동은 로렌스가 평소 입에 담기를 꺼렸던 말을 꺼내기에 좋은 구실을 준 셈이었다.

"분명히 부럽다고 생각하긴 했어. 하지만 그건 저 둘의 사이가 좋아서 그런 건 아니야."

호로는 세워져 있는 한쪽 무릎을 꽉 끌어안았다.

"역시 이곳을 뒤지는 건 포기하게 할 걸 그랬어."

그 말에는 놀란 눈을 한다.

"저 두 사람은 앞으로도 이 교회에서 지내겠지. 엘사는 다부지고 현명하니까 어떻게든 위기를 극복할 테지. 에반은, 이렇게 말하면 좀 안됐지만 아마도 상인은 못 될 거야. 하지만 우린?"

작은 소리가 들린 것 같다. 어쩌면 호로가 숨을 삼킨 소리였는지도 모른다.

"나는 크멜슨에서 한몫 잡았어. 넌 고향으로 가는 단서를 얻었지. 그리고 넌 더 큰 단서를 이곳에서 얻을지 모르고, 난 그런 널 돕고 있어. 물론."

다소 강한 어조로 말을 하다 끊은 것은 호로가 끼어들려 했기 때문이다.

"물론 내가 돕고 싶으니까 이러고 있는 거야. 하지만…."

지금껏 생각하려 하지 않았던 것이 마침내 눈앞에서 형태를 이루고 말았다.

하지만 여기까지 이르러서 말을 하지 않는다면 그건 너무한 거짓말이다.

그랬다가는 호로의 손을 내친 것보다도, 호로를 신용하지 않는 것보다도 더 크게 호로와의 사이를 벌려 버리고 말 것이다.

용케 잘 피해온 빚이라도 언젠가는 반드시 갚아야만 하는 것이다.

"하지만 넌, 고향으로 돌아가면 그 다음엔, 어쩔 거야?"

벽에 비친 호로의 그림자가 커진 듯이 보인 것은 로브 밑의 꼬리가 부풀어서였을 수도 있다.

그러나 눈앞에서 무릎을 끌어안고 있는 모습은 한층 작아진 것처럼 보였다.

"몰라."

대답하는 목소리도 작았다.

로렌스는 하고 싶지 않았던 질문을 해버렸다.

그 질문을 했다가는 대답을 듣고 싶어질 것 같아 피해 왔었다.

'오래간만'이라는 말로도 부족할 만큼 긴 세월이 흐른 뒤 돌아간 고향이다.

그 다음에 어떻게 할 것인지는 묻지 않아도 알 수 있다.

로렌스는 너무 후회가 되었다.

그 질문을 하지 않았더라면 호로와의 거리가 확 벌어지고 말았을지 모른다.

하지만 그렇게 된다 하더라도 그런 질문은 하지 말걸 그랬다 싶다.

호로가 당연한 표정으로 "거기서 끝이지."라고 했다면 그나마 낫다.

이렇게 난처해 하니 로렌스로서는 어찌할 바를 모르겠다.

"아니, 그만두자. 미안해. 가정을 해봐야 소용없을 때가 있지."

지금이 바로 그런 경우다.

그리고 로렌스의 기분 역시 반반이다.

호로와 헤어지면 한동안은 상실감에 괴롭겠지만 이내 체념할 것 같기도 하다.

장사를 하다 손해를 봤을 때도 세상 다 끝난 것 같다가 며칠만 지나면 다시 떨치고 일어나 돈 벌 궁리를 하니까.

헌데, 그렇게 냉정하게 생각하는 것 자체가 서글프게 느껴질 때는 어찌해야 할 것인가.

모르겠다.

호로가 불쑥 입을 열었다.

"나는 현랑 호로야."

멍하니, 흔들리는 촛불을 바라보며 중얼거렸다.

"나는 요이츠의 현랑 호로야."

세운 무릎 위에 턱을 일단 한 번 얹었더니 천천히 일어섰다.

꼬리는 단순한 장식처럼 축 늘어져 있다.

호로의 시선은 바닥에 놓인 초를 향했다가 로렌스에게로 돌아왔다.

"나는 요이츠의 현랑 호로."

무슨 주문을 외우듯 중얼대고는, 발을 쑥 내밀어 로렌스 옆으로 오더니 털썩 주저앉는다.

로렌스가 무슨 말을 할 틈도 없이 로렌스의 무릎을 베고 누웠다.

"불만 있어?"

평소 호로의 유들유들함은 누가 뭐래도 신(神)답다.

하지만 이런 모습은 신과는 거리가 멀다.

"아니, 없어."

이토록 일촉즉발일 만큼 팽팽한 긴장감이 흘러넘치지만 우는 것도, 화를 내는 것도, 웃는 것도 다 어울리지 않는다.

촛불은 소리도 없이 타고 있다.

로렌스는 무릎을 베고 누워 있는 호로의 어깨에 자연스레 손을 얹었다.

"잠깐 잘게. 대신 책 좀 읽어 줄래?"

옆얼굴은 머리카락에 가려 보이지 않는다.

그저 어깨에 얹은 손의 집게손가락을 깨문 것은 느껴졌다.

"그럽지요."

새끼고양이의 눈에 어디까지 칼끝을 찔러 넣을 수 있는지 담력 시험을 하는 것과 비슷하다.

깨물린 손가락에서 약간 피가 나 있었다.

책을 읽지 않으면 정말로 화를 낼 것 같아서 옆에 놓여 있던 무거운 책을 펼쳐들었다.

책장 넘기는 소리만이 울린다.

심히 강제적인 방법으로 얼버무리긴 했으나, 호로뿐 아니라 로렌스도 그 덕분에 살았다.

호로는 정말로 현랑이다.

의심할 바 없이 그런 생각이 들었다.

수도원이라면 새로운 하루를 신께 감사하는 기도를 시작할 때쯤 되었으려나.

교회가 아침 예배를 드리기에는 당연히 너무 이른 시간대.

들리는 것이라고는 책장을 넘기는 소리와 호로가 새근새근 자고 있는 소리 정도.

이런 상황에서 참 잘도 자는구나 하는 감탄이 드는 한편, 잠을

자 주는 게 차라리 마음 편하기도 하다.

강제로, 너무도 강제적으로 '말하지 말라, 묻지 말라.' 며 호로는 이야기를 얼버무렸다.

호로가 자신의 내부에서는 대답이 나와 있는데도 그랬다면 로렌스는 화를 냈을지도 모른다. 하지만 둘 다 답을 내놓고 있지 못한 상태라면 차라리 억지스럽게 얼버무린 것이 잘한 일이라 해야 할까.

적어도 그 자리에서 무리하게 답을 내놓을 필요는 사라졌다.

여행은 앞으로도 한참 계속될 테고, 요이츠에는 아직 도착하지 않았다.

빚도 갚을 날짜가 돌아오기 전에 나서서 먼저 갚을 놈은 거의 없으니까.

그런 생각을 하면서 다 훑어본 책을 내려놓고 새 책을 집어 들었다.

프란츠 사제는 상당히 머리가 좋은 인물이었나 보다. 책 속에는 다양한 신들이 계통에 따라 정리돼 있고, 각 장의 첫머리만 봐도 어떤 내용이 들어 있는지 알 수 있었다. 그 덕분에 많은 부분을 건너뛰어 가며 읽을 수 있었다. 이런 식이 아니라 들은 이야기를 그저 무질서하게 적어 놓기만 했으면 어땠을까를 생각하면 소름이 오싹 끼친다.

그리고 차례차례 책장을 넘겨감에 따라 깨닫게 된 것이 있다.

책 안에는 뱀과 개구리, 물고기처럼 흔히 들어온 신들에 관한 이야기 외에도 바위와 호수, 나무 등의 신에 관한 이야기도 많이 있었다. 번개와 비, 태양과 달, 별의 신도 있었다.

그런 중에 새와 짐승의 신에 관한 이야기도 적지 않았다.

이교도의 도시인 크멜슨에서 디아나는 요이츠를 멸망시킨 곰에 관한 이야기가 얼마간 남아 있다는 말을 했었다. 그리고 로렌스는 실제로 교회도시 뤼빈하이겐 인근에서 호로와 비슷한 괴물 늑대가 존재하는 것을 알게 되었다.

게다가 다른 무엇보다 디아나 자신이 사람보다 거대한 새라고 한다.

그렇다면 좀 더 다양한 짐승의 신에 관한 이야기가 나올 성도 싶은데, 실은 그렇지가 않았다.

무심히 지하실에서 꺼내 온 책에 어쩌다 우연히 그런 내용이 들어 있지는 않을까 싶기도 했다.

그런저런 생각을 하면서 새롭게 펼쳐든 책 첫머리에 양피지가 끼워져 있는 것을 발견한 로렌스는, 거기 적힌 글귀에 눈이 번쩍 뜨였다.

'나는 이 책에 정리되어 있는 곰의 신에 관한 이야기를 특별시하고 싶지는 않다.'

다른 책들은 그저 들은 이야기를 정리해 놓기만 한, 계약서보다도 더 무뚝뚝한 문장이었다. 그런데 별안간 프란츠 사제의 육성이 들려오는 듯한 글귀에 당황할 수밖에 없었다.

'다른 책에 정리한 신들에 관해 시간과 장소가 달라짐에 따라 같은 신으로 여겨지는 이야기가 나오는 부분이 몇 번인가 있었다. 하지만 이렇게까지 확실하게 계통이 서 있는 이야기는 이 신에 관한 것뿐일지도 모른다.'

호로를 깨워야 할지 망설여진다.

그러면서도 로렌스의 눈은 낡은 양피지에 기록된, 깨끗하면서도 왠지 흥분이 느껴지는 필체로 쓰인 프란츠 사제의 글에서 눈을 뗄 수가 없었다.

'교황님은 이 일에 대해 알고 계실까. 만약 내 예상이 맞다면 우리의 신은 싸우지 않고도 승리한 것이 된다. 그것이야말로 우리 신의 만능성을 증거하는 것이라 해도, 나는 그 사실에 평정심을 유지할 수가 없다.'

힘차게 펜을 내달리는 소리가 당장이라도 들려올 것만 같다.

프란츠 사제는 마지막으로 이렇게 결론을 짓고 있었다.

'나는 모든 이야기를 특별시하고 싶지 않다. 그렇게 되면 나 자신의 눈이 흐려지게 된다. 그러나 이 책 속에 정리한, 달을 사냥하는 곰에 관한 이야기에는 북쪽 땅의 이교도들조차 깨닫지 못하고 있는 중요한 요소가 들어 있는 것이 아닌가 하는 생각이 든다. 아니, 이런 글을 쓰고 있다는 것 자체가 이미 이 책을 특별시하고 있는 것인지도 모른다. 나는 이 책을 정리한 시점에서 신의 존재를 참으로 강력하게 느낄 수가 있었다. 가능하면 편협한 마음으로 우리의 신을 숭상하는 자들이 아니라, 드넓은 초원에서 기분 좋은 바람처럼 신을 받아들이는 자들에게 판단을 받았으면 한다. 그런 까닭에 이 책을 굳이 모든 책들의 한가운데에 둔다.'

그리고 그 양피지를 넘기면 지금까지 봐 왔던 다른 책들과 마찬가지로 이야기가 시작되고 있었다.

호로가 먼저 읽도록 해야 할까. 아니면 못 본 척해야 할까.

새삼스럽게 그런 망설임이 순간 머릿속을 스쳤다. 그러나 이것을 감추는 것은 배신에 가깝다.

호로를 깨우자.

그런 마음에 책을 덮은 직후, 묘한 소리가 들렸다.

투타, 투다다다, 하는 작고도 건조한 소리.

"…비가 오나?"

하는 생각이 든 것도 잠시, 비라고 하기엔 너무 큰 소리에 그제야 그것이 말발굽 소리라는 것을 깨달았다.

한밤중의 말발굽 소리는 악마의 무리를 이끈다고 한다.

밤에 말을 타고 걸을 때는 절대 급히 몰아서는 안 된다.

그것은 정교도와 이교도를 불문하고 전해지는 이야기다.

하지만 그 본뜻은, 한밤중에 울려 퍼지는 말발굽 소리는 결코 좋은 소식을 가져오는 게 아니라는 공통된 인식이 있기 때문이다.

"어이, 좀 일어나 봐."

책을 내려놓고 귀를 기울이면서 호로의 어깨를 두드렸다.

말발굽 소리로 보아 말은 한 필. 광장으로 들어서자 소리가 뚝 끊겼다.

"으… 왜 그러는데?"

"두 가지 보고사항이 있어."

"둘 다 좋은 소식은 아닌 모양이네?"

"하나는, 달을 사냥하는 곰에 관한 이야기가 기록된 책을 발견했어."

호로는 대번에 눈을 확 뜨더니 로렌스 옆에 놓인 책으로 시선을 돌렸다.

하지만 언제든 한 가지 일에만 정신이 팔릴 호로가 아니다.

늑대 귀가 기민하게 움직이더니 뒤쪽의 벽을 빙그르 돌아보았다.

"무슨 일이 일어났나?"

"그럴 가능성이 크겠지. 한밤중의 말발굽 소리만큼 듣기 싫은 것도 없어."

로렌스는 책을 집어 호로에게 건넸다.

그러나 호로가 그것을 받아든 뒤에도 책에서 손을 떼지는 않았다.

"네가 이것을 읽고 어떻게 하고 싶을지 난 모르겠어. 하지만 뭔가 생각하는 바가 있으면 솔직히 말해 줬으면 해."

로렌스의 얼굴을 쳐다보지 않은 채 책을 붙든 손만 내려다보며 호로는 대답했다.

"흠. 당신은 이 책을 감출 수도 있었을 텐데. 알았어. 약속할게."

로렌스는 고개를 끄덕인 뒤 일어서서 "상황 좀 보고 올게."라고 한 뒤 걷기 시작했다.

당연히 교회 안은 고요하면서도 캄캄했으나 이 정도의 어둠이라면 어느 정도는 시야가 확보된다.

그리고 거실에 도착하니 나무창 틈새로 들어오는 달빛 덕분에 대충 다 보였다.

조그맣게 삐걱대는 소리를 내면서 계단을 내려온 것이 엘사라는 것도 이내 알아챘다.

"말 달리는 소리를 들으셨나요?"

"짚이는 바는?"

짚이는 바가 있으니 바로 일어나 내려왔을 것이다.

"말할 것도 없을 정도로."

테레오처럼 작은 마을이라면 한밤중에 말발굽 소리가 들려왔다 해도 용병단의 습격을 알리는 군사의 보고일 리는 없다.

엔베르크와 관계된 일이리라.

헌데, 위기는 물러간 것이 아니었던가?

엘사는 잔걸음을 치며 창가로 달려가더니 틈새를 통해 익숙한 동작으로 광장을 엿보았다.

당연히 말은 촌장 집 앞에 서 있을 것이다.

"저는 엔베르크와 이 마을의 관계를 추측으로 파악할 수밖에 없습니다만, 엘사 씨의 책상 위에 있던 서류를 보건대 엔베르크는 더 이상 이 마을에 손을 댈 수가 없는 것이 아니었는지요?"

"상인 분의 예리하심에는 감탄이 되는군요. 하지만, 그래요. 저도 그런 줄 알았습니다. 그래도."

"제가 배신을 했다면 얘기가 다르다— 고 생각하시는 거라면 저는 지금 당장 당신을 이곳에 묶어놓을 수밖에 없는데요?"

엘사는 빈틈없는 눈빛으로 로렌스를 노려보았다.

하지만 이내 시선을 돌린다.

"저는 결국은 뜨내기 인간입니다. 뭔가 문제가 일어나게 되면 매우 위험한 입장이지요. 싸움에 휘말려 가진 것 전부를 빼앗긴 상인의 이야기는 이루 헤아릴 수 없이 많습니다."

"제가 있는 한 그런 무도한 짓은 용납하지 않을 겁니다. 하지만 어쨌건 일단은 지하실을 닫아 주세요. 만약 엔베르크와 얽힌 일이라면 셈 촌장님이 반드시 이리로 오실 겁니다."

"우리들이 한밤중에 이곳에 머물고 있는 것에 대한 이유는요?"

호로와는 조금 다른, 친근감이 느껴지는 영특함.

"…모포를 들고 예배실로."

"동의하는 바입니다. 제 일행은 수도녀, 틀림없지요?"

그것은 말을 맞추기 위한 확인사항이었으나 엘사는 대답하지 않았다.

대답을 하면 거짓말이 된다.

하여간, 고집스러울 만큼 성직자답다.

"셈 촌장님께서 밖으로 나오셨습니다."

"알겠습니다."

로렌스는 곧바로 뒤로 돌아 호로가 있는 곳으로 돌아간다.

이럴 때는 호로의 귀가 밝은 것이 참 편리하다.

꺼내 놓았던 책들은 이미 거의 대부분 지하실 안으로 되돌려 놓았고, 로브도 다시 걸쳤다.

"그 책 한 권만은 갖고 있어. 제단 뒤에라도 숨겨 두자."

호로는 고개를 끄덕인 뒤 돌계단 중간까지 내려가 있는 로렌스에게 나머지 책들을 차례로 건넸다.

"이게 다야."

"그럼 거실과는 반대쪽, 저쪽 복도를 통해서 빠져나가. 아마 모퉁이를 돌면 제단 뒤로 바로 이어지는 입구가 있을 거야. 먼저 가서 책을."

말이 채 끝나기 전에 호로는 뛰기 시작했다.

로렌스도 이내 지하실에서 나와 좌대를 원래대로 돌려놓은 뒤 성모상을 얹었다.

열쇠구멍을 찾지 못해 잠시 애를 먹었으나 간신히 찾아낸 뒤 엘사에게서 맡은 신주 열쇠로 잠근 후 모포를 안고 호로의 뒤를 따

174

른다.

교회의 구조는 어디나 비슷하다.

예상했던 데에 입구가 있었는지 문이 열린 채였다.

좁은 통로가 제단 뒤쪽으로 곧바로 이어져 있을 것이므로 촛불을 가리면서 잰걸음으로 뛰어가니 이내 시야가 트였다.

2층 나무창에서 달빛이 몇 줄기 스며들고 있어 촛불이 없어도 충분할 것 같았다.

제단의 맞은편에 있는 문 너머에서 소곤대는 대화 소리가 들려온다.

호로가 빨리 하라고 눈짓을 했다.

몸수색을 당했는데 열쇠가 나왔다가는 성가시게 될 것 같아 열쇠도 제단 뒤에 숨긴 뒤 호로와 나란히 돌바닥으로 내려갔다.

엉덩이를 붙인 것은 그곳만이 유일하게 푹 꺼져 있는, 아마도 프란츠 사제가 매일 기도를 올렸을 장소.

로렌스는 초를 끈 뒤 호로와 함께 모포를 몸에 둘렀다.

문 하나를 사이에 두고 도둑놈 같은 짓을 하는 것도 오랜만이다.

예전에 어느 항구도시의 상회에 동료 상인과 몰래 숨어들어가 주문서를 훔쳐본 적이 있다.

어떤 상품에 대한 수요가 있는지 혼자서는 아직 판단을 할 수 없던 시절의 일이다. 생각해 보면 등골이 오싹할 만큼 무모한 짓이었는데, 지금 하고 있는 짓보다는 그래도 나았던 것 같다.

좌우간 이런 짓을 해봐야 지갑은 결코 두둑해지지 않으니까.

"하지만 나는 촌장으로서…."

문이 열리면서 셈 촌장의 목소리가 날아들었다.

로렌스는 일단 심호흡을 한 뒤, 막 잠에서 깬 것처럼 뒤를 돌아보았다.

"교회에서의 신성한 시간을 방해하여 미안하오."

촌장의 뒤에는 엘사와, 그리고 긴 봉을 든 마을사람이 하나.

"무슨 일이… 있으신지요?"

"오래도록 여행을 다니셨으니 이해해 주실 것으로 믿소. 잠시 불편을 감수해 주시오."

봉을 든 마을사람이 한걸음 앞으로 나서자 로렌스는 그에 맞서 일어섰다.

"저는 로엔 상업조합에 소속돼 있습니다. 또한, 크멜슨의 로엔 상관에는 제가 이 마을에 와 있다는 것을 아는 이들이 많이 있습니다."

마을사람이 놀라서 촌장을 돌아본다.

상업조합과 문제를 일으켰다가는 테레오 정도의 마을은 무사히 끝나지 못한다.

상인 집단은 돈의 양으로 따지면 하나의 국가다.

"물론 촌장님께서 테레오 마을의 대표자로서 그에 걸맞은 대응을 취해 주신다면 저는 한 사람의 나그네로서 촌장님의 말씀을 따를 겁니다."

"…알겠소. 물론, 내가 로렌스 씨와 일행 분 앞에 이렇게 나선 것은 무슨 악의가 있어서 이러는 건 아니오."

"무슨 일이 있으십니까?"

우당탕탕 하는 발소리는 잠에서 깬 에반의 것인가 보다.

셈 촌장은 발소리가 난 쪽을 한 번 돌아본 후 천천히 입을 열었다.

"엔베르크에서 우리 마을의 보리를 먹고 사람이 죽었소."

제 4 막

보리를 먹고 죽었다는 말에 가장 먼저 떠오른 것은 리델리우스의 업화라 불리는 독보리였다.

그 독보리를 먹으면 사지의 뼈가 안에서부터 타들어가는 듯이 썩어 비명을 내지르며 죽음에 이른다. 소량이라도 먹게 되면 사람들은 이 세상의 것이 아닌 악마의 환각을 보게 되고, 아이를 밴 여자는 유산하게 된다.

독이 든 검은 가짜 보리인 독보리는 악마가 만든 것으로, 정상적인 보리 이삭들 속에 섞여 보존된다. 그것을 수확 시에 발견하지 못하거나 자칫 가루로 함께 빻아 버리면 아무도 행방을 알 길이 없게 된다.

그것이 독보리로 판명되는 것은 누군가가 그것을 먹고 이상을 일으켰을 경우.

보리농사를 짓는 농촌에서 마을사람들이 가뭄과 수해와 더불어 가장 두려워하는 사태.

독보리의 무서움은 그것을 먹은 사람이 죽거나 고통을 받아서가 아니다.

그 해에 수확한 보리 중 어딘가에 리델리우스의 업화가 섞여 있는 한, 모든 보리가 먹을 수 없게 되는 것이 가장 끔찍한 일이다.

"우리 마을에서 독을 먹고 증상을 보인 사람은 없지?"

"그럴걸요, 촌장님. 진 할머니가 앓아누워 계시긴 하지만 단순한 감기예요."

"다들 수확제 때에만 햇보리로 빵을 만들었잖은가. 그럼 적어도 그때까지 빻은 보리는 안전한 것 아니겠나?"

마을 광장 한복판에 놓인 커다랗고 평평한 반석은 마을에서 중요한 회합이 열릴 때 쓰이는 회의장이었던 모양이다.

붉은 화톳불을 군데군데 피워 놓고 졸린 눈을 비비는 마을사람들이 지켜보는 가운데, 건물들이 늘어선 광장에서 중요한 입장에 있는 사람들이 각자의 의견을 내놓고 있었다.

"하킴의 이야기로는 어제 저녁에 린도트 제분소에서 산 보리로 빵을 구워 먹은 제화 직인이 죽었다고 하네. 사지가 보랏빛이 되어 고통 끝에 죽었다고. 엔베르크 참사회는 곧바로 우리 마을에서 난 보리를 지목했는데, 하킴은 거기까지만 듣고는 마을에 알리기 위해 바로 말을 달려 왔기 때문에 그 후에 어떻게 됐는지는 모르겠다지만 대충 예상은 가네. 영주님이신 바돈 백작님께 급히 전갈을 띄우는 한편, 우리 마을로 보리를 반품하는 작업에 착수했겠지. 날이 밝을 때쯤이면 엔베르크에서 정식으로 사자(使者)가 올 게야."

"보, 보리를 반품…."

여관주인이 그렇게 중얼거리자 바위 위에 빙 둘러앉아 있던 전원이 침묵했다.

잠시 후 입을 연 것은 둘러앉은 대열 바깥쪽에 서 있는 몇 안 되는 여자들 중 한 사람인 이마였다.

"받은 돈도 돌려줘야 해. 그렇죠, 촌장님?"

"…그렇지."

마을사람들은 하나같이 창백하게 질려 머리를 끌어안고 있다.

돈은 쓰면 사라진다.

그리고 마을사람들이 은화를 애지중지 쌓아 두었을 리는 없다.

그래도 바위 위에 있는 사람들 가운데 몇몇은 머리를 싸안고 있지 않았다.

촌장인 셈, 선술집 여주인인 이마, 교회의 수장인 엘사, 로렌스가 촌장 집을 찾아갔을 때 편지를 들고 왔던 남자, 그리고 로렌스와 호로.

단순히 저축해 놓은 돈이 있다거나 배짱이 두둑해서가 아니라, 이 소동을 냉정하게 파악하고 있기 때문이리라.

곁에서 보자면 이토록 빤히 속이 들여다보이는 일도 없다.

이 독보리 소동은 엔베르크의 자작극.

"촌장님, 어떡해요? 돼지랑 닭을 사들인데다 솥이며 가래를 수리하느라 돈을 다 써 버렸는데."

"그뿐이 아니지. 올해는 대풍년이었던 덕에 나도 사들인 술이며 먹을 것이 예년보다 훨씬 고급이었다구. 그러느라 돈이 다 들어갔는데, 당신네들도 많이 썼겠지."

술을 너무 퍼마셨다가는 누구나 머리를 싸매는 꼴에 처한다.

이마의 말에 남자들은 점점 고개가 처졌다. 반면 이마는 촌장을 돌아보며 말했다.

"그런데 촌장님. 문제는 그게 다가 아니지요?"

술 만드는 냄비를 등에 지고 혼자서 맥주를 팔러 다녔다는 이마는 과연 관록이 남달랐다.

큰 도시에 가서 상회와 담판을 지었던 적도 있으리라.

"그래요. 독보리가 우리 마을에서 난 보리 속에 섞여 있었다고 하는 이상, 우리 마을 보리는 내다팔 수가 없어. 올해는 대풍년이었지. 하지만 작년에도 그랬던 건 아니야."

보리는 씨를 뿌려 열매가 맺히면 수확한다. 뿌린 씨보다 3배로 불면 평작. 4배로 불면 풍년이다.

그 중에서 다시 밭에 뿌릴 씨앗만큼을 제외하고 나면, 혹시 이듬해에 흉년이 들 때를 대비해 보관해 둘 수 있는 양은 빤하다.

어쩌면 올해의 풍작을 믿고 지난해의 묵은 보리를 다 먹어치웠을 수도 있다.

어느 쪽이건 마을의 식량 사정은 최악의 상황에 처하게 된다.

그리고 새 씨앗을 살 돈 같은 것은 없다.

"어떡해야 돼요? 헐벗는 건 참아도 굶주리는 건 참을 수가 없는데."

"맞는 말일세. 하지만 나는—."

그 순간, 말을 이으려는 촌장을 가로막으며 여관주인 옆에 앉아 있던 남자가 벌떡 일어나 로렌스 쪽을 가리켰다.

"혹시 저 자들이 독보리를 섞은 거 아냐?! 듣자하니 저 상인이란 남자가 곡물을 들고 마을에 왔다던데! 독보리를 섞어서 보리를 못 쓰게 한 뒤, 자기가 갖고 온 보리를 비싼 값에 팔려는 수작 아니냐고!"

예상했던 바다.

촌장이 무슨 악의가 있어서 로렌스와 호로를 이 자리에 데리고 나온 것은 아니라는 것도 물론 안다.

만약 로렌스와 호로의 모습이 보이지 않게 되면 의구심에 사로잡힌 마을사람들이 손에 손에 무기를 든 채 찾아다녔을 가능성이 충분하기 때문이다.

"마, 맞아! 혼자서 에반한테 가루를 빻으러 갔다잖아! 아니, 에반과 짜고 우리 마을을 파멸시키러 온 거겠지!"

"그래, 에반이야! 그 거짓말쟁이 방아꾼은 어디로 간 거야?! 에반 놈이랑 같이 포박해서 어느 보리에 독을 섞었는지 실토하게 해!"

줄줄이 일어나 일제히 달려들려 한다.

그 순간 한걸음 앞으로 내딛으며 나선 것은 엘사.

"잠시만 기다리십시오."

"여자가 나설 자리가 아니야! 물러서!"

"뭐가 어째?!"

몸집으로 따지면 엘사의 세 배는 돼 보이는 이마가 불쑥 튀어나와 엘사 곁에 서니, 남자들은 기가 꺾여 움츠러든다.

셈 촌장이 한 차례 헛기침을 하자 좌중은 일단 가라앉았다.

"에반은 교회에 있습니다."

"의심을 하는 건 나중에 해도 돼. 지금 가장 중요한 문제는 마을로 되돌아올 보리와, 보리 대금을 어떻게 다시 내놓느냐 하는 걸세."

"어, 없는 걸 어떡합니까? 내년까지 기다려 달라고 하는 수밖에…."

"그것으로 끝난다면 다행이겠지만."

촌장의 말에 남자들이 놀란 눈을 했다.

"무슨 말씀입니까― 촌장님?"

"엔베르크는 이 일을 계기로 우리 마을과 엔베르크의 관계를 옛날로 되돌리려 들지도 몰라…."

"설마…."

나이가 많은 남자들부터 차례로 얼굴이 일그러진다.

"그, 그게 무슨 소립니까, 촌장님? 엔베르크 놈들은 우리 마을에 손을 댈 수가 없잖아요? 프란츠 사제가 그렇게 만들어 줬잖아요?"

이 마을과 엔베르크 간의 자세한 관계를 촌장인 셈이 감추고 있었던 것인지, 그게 아니면 마을 남자들이 이해를 하려 들지 않았던 것인지는 모르겠다.

하지만 그 점은 이내 판명되었다.

"애초에, 프란츠 사제의 뒤를 엘사가 잇는 것을 인정한 게 잘못이었던 거야. 얕잡히는 게 당연하지."

"그래, 맞아. 하루 종일 교회에 틀어박혀 일도 하지 않는 주제에 먹을 것은 잘도 받아가지. 올해 보리가 풍년이었던 것도 다 토르에오 님 덕분인데, 왜 저딴 교회의 여자애한테—."

"그만들 하게!"

불안은 불만에 쉽사리 불을 붙인다.

그것도 공격하기 쉽고 타들어가기 쉬운 부분부터 차례로 불이 붙는다.

엘사 정도로 성실한 성격이면 이 마을을 위해 프란츠 사제가 남긴 유산을 지키려고 얼마만큼 열심히 애를 썼을지 쉽게 상상이 간다.

촌장도 그런 엘사와 협조했으니 그것은 잘 알고 있으리라.

그럼에도 마을사람들의 눈에 엘사가 어떻게 비치고 있는지는 방금 전의 쏟아져 나온 말들을 통해 지나칠 만큼 훤히 드러났다.

로렌스는 엘사가 무표정한 채로 주먹을 꽉 쥐는 것을 눈치 챘다.

"그럼 촌장님. 우린 어떡해야 하는 겁니까?"

"우선은 각자 수확제 후에 배분한 돈이 얼마만큼 남아 있는지, 겨울을 나기 위해 비축한 식량이 얼마만큼 남아 있는지 확인해 보게. 엔베르크와의 교섭은 저쪽에서 사자가 오지 않는 한 알 수가 없어. 필시 이르면 날이 밝을 무렵이겠지. 우리도 날이 밝을 때까지는 일단 해산하세. 각자 그때까지 방금 내가 한 말을 확인해 주게."

남자들은 불만에 찬 한숨을 내쉬었으나 촌장이 재차 말을 하자 마지못해 자리에서 일어났다.

회의장이었던 바위에서 내려갈 때에도 로렌스 일행과 엘사에게 원한이 담긴 시선을 보낸다.

어처구니가 없긴 했으나 촌장인 셈이 아직까지는 이쪽 편을 들고 있는 것만으로도 다행일 것이다.

만약 촌장까지 적으로 돌아선다면 로렌스는 호로에게 최악의 수단을 부탁하는 수밖에 없어진다.

"엘사."

그런 와중에 셈 촌장이 지팡이를 짚어가며 다가와 엘사를 불렀다.

"괴롭겠지만 지금은 참아 주게."

엘사가 말없이 고개를 끄덕이자, 이어서 촌장은 이마에게 시선을 돌렸다.

"이마 씨는 엘사와 함께 교회로 가 주시게. 혈기 왕성한 녀석들이 밀어닥칠지도 모르니까."

"내가 알아서 할게요."

이 마을 내의 권력 구조가 바로 드러난다.

그러면 자신들이 처한 상황은 어떤 것일까.

"로렌스 씨."

끝으로 촌장은 로렌스와 호로를 돌아보았다.

"나도 마을사람들과 마찬가지로 당신들을 의심하고 있소. 모든 것이 너무 딱 맞아 떨어지니까. 그래도 바로 그렇다고 단정할 만큼 어리석지 않다는 것은 알아 주셨으면 하오."

"제가 셈 촌장님의 입장이라도 같은 말을 할 겁니다."

촌장은 나이 탓으로 얼굴에 새겨진 것보다 한층 더한 주름을 미간에 지은 채 약간 안도한 듯이 고개를 끄덕였다.

"신변의 안전과 더불어 우리들의 의심이 이 이상 깊어지지 않도록 로렌스 씨와 일행 분은 우리 집으로 가 주었으면 하오."

다짜고짜 포박을 당하지 않는 것만으로도 다행이다. 게다가 섣불리 저항했다가는 피를 보게 될지도 모른다.

로렌스는 순순히 고개를 끄덕인 뒤, 앞장선 촌장과 마을사람을 따라 촌장의 집을 향해 걷기 시작했다.

그 마을에는 감옥이 있어서 말이지— 하는 풍문을 술자리에서 간혹 듣는 적이 있다.

술도 살짝 들어갔겠다, 가볍게 떠들어 댈 수 있는 돈벌이 얘기도 다 떨어졌겠다 싶을 때쯤이다.

괜찮은 이야기가 있다고 해서 희희낙락 촌장 집으로 따라들어 갔다가 감옥에 갇혀 그것으로 끝.

마을사람들이 하나 같이 입을 다물어 버리면 그 상인의 행방은 아무도 알 길이 없어진다.

금전 회전이 묘하게 좋은 마을은 그런 쪽 소문이 반드시 따라붙게 마련이다.

하지만 적어도 테레오 마을에 관한 한은 그런 것도 아닌 듯하다.

로렌스와 호로가 들어간 곳은 창문도 달린 평범한 방으로, 로렌스가 촌장 집을 처음 방문했을 때 안내되었던 방의 바로 옆방이었다.

잠겨 있는 것은 아니니 강제로 밀고나가려 들면 못 나갈 것도 없고, 현재 상황으로는 교회에 있는 것보다 안전할 것이었다.

작전을 짜기에는 나쁘지 않은 환경이다.

"어떻게 생각해?"

방 한복판에 있는 낮은 테이블을 사이에 두고 마주 놓인 2인용 긴 의자에 나란히 앉아, 문 앞에 있을 감시인에게 들리지 않을 만큼 목소리를 낮춰 이야기를 꺼냈다.

"얌전히 책을 포기하고 마을을 떠났어야 했어."

의외로 약한 소리를 한다.

하지만 얼굴에 떠오른 표정은 죄의식에 시달리는 것도, 정말로 후회를 하고 있는 것도 아니었다.

시선은 어딘가 한 점을 응시한 채 머릿속이 팽팽 돌아가고 있는 것처럼 보였다.

"그러는 게 옳았을지 어떨지 판단하긴 조금 미묘해. 우리가 이 마을에 와서 수도원으로 가는 길을 물은 뒤 그날 중으로 얌전히 이곳에서 떠났다고 쳐. 그럼 날짜로는 그저께였겠지. 그리고 지금 이 시간에 엔베르크에서 독보리가 발견됐다는 보고가 이곳에 들어오는 거야. 누군가 악의를 품은 자가 보리 속에 독을 섞지 않았을까 의심을 할 게 뻔하지 않겠어? 그럴 때 가장 먼저 손꼽히는 게 누구일까? 바로 우리들이야."

"하기야 신통찮은 상인과 아리따운 아가씨가 함께 다니는 여행객이 우리 말고 또 있겠어? 당장에 말을 타고 쫓아오겠지."

절로 쓴웃음이 나오게 만드는 얄미운 말투였으나, 자기 때문에 이렇게 됐다느니 어쩌니 하며 우는 소리를 하는 것보다는 훨씬 호로답다.

"우리가 이 마을을 찾아온 시점에서 우리는 독보리를 섞은 장본인으로 의심을 사게 되어 있었어. 마을에 재앙을 가져오는 악마는 늘 마을 바깥에서 찾아오기 마련이니까."

"그리고 말만 가지고는 우리가 무고하다는 것을 증명하긴 불가능하고?"

로렌스는 고개를 끄덕였다.

악마가 독보리를 넣었건 누군가 악의를 품은 자가 넣었건, 재앙이 일어나면 사람들은 그 원인을 캐고 싶어 한다.

악한 짓을 해서 악마인 것이 아니다. 나쁜 일이 일어났기 때문에 악마인 것이다.

"상황이 너무 그럴 듯해. 이건 아무리 생각해도 엔베르크 측이 테레오 마을을 장악하기 위해 취한 수작으로밖에 안 보여. 엔베르크와 테레오가 세금 등과 관련해 갈등을 겪고 있는 것은 이 근방 제후들이라면 다들 알고 있을 거야. 그런 와중에 느닷없이 테레오 마을의 보리에 독이 섞였단 얘기가 나와 봐. 누구나 이게 엔베르크의 자작극이 아닐까 하는 의심부터 하겠지. 그러면 테레오 마을의 뒤를 봐주고 있는 사람들이 그 얘길 듣고 가만있을 리가 있겠어? 그러니 엔베르크는 누군가 대신할 사람이 필요했을 텐데, 그런 와중에 마침 나타난 것이 우리들. 때는 이때다 하고 계획을 실행에 옮겼겠지."

이렇게 되면 결말이 어떤 식으로 돌아갈지도 대충 짐작이 간다.

"그리고 마을과 교섭할 때 이런 거래를 제안하겠지. 보리에 독을 섞은 범인을 색출해내면 돈 갚는 날짜를 조금 연장해 주겠노라고."

그리하여 엔베르크는 자신들의 자작극이 아니라는 것을 주위에 주장하는 한편 테레오를 장악할 수 있게 되고, 로렌스와 호로는 마을의 욕망에 희생되어 단두대의 이슬로 사라지는 것이다.

"엔베르크도 우리 조합과 문제를 일으키기는 싫으니까 당연히 우리가 진범인지 어떤지를 가리는 재판 같은 건 열 턱이 없지. 재빨리 범인으로 규정하고 목을 날린 뒤에, 필시 테레오 사람들에게는 우리가 어디서 온 누구인지 입을 다물어 주면 갚아야 할 돈을 얼마간 깎아 주겠다고 할 거야. 그러면 모든 일이 수습되는 거지."

호로는 한숨을 쉬더니 송곳니로 엄지손톱을 깨물었다.

"당신은 그걸 가만 내버려둘 거야?"

"그럴 리가."

그러면서 어깨를 으쓱하며 코웃음을 치긴 했지만, 어떻게 이 사태를 타개할 것이냐는 질문에는 난감할 뿐이다.

"도망치면 우리가 독을 섞었다고 인정하는 꼴이 돼. 그럼 당신의 인상착의를 적어 수배하게 될 테고, 장사는 불가능해지겠지."

"상인으로서의 내 생명은 끝장이 나는 거지."

어떻게 해야 할 것인가.

그 순간 호로가 문득 뭔가를 깨달은 듯이 끼어들었다.

"음…. 아, 당신이 속해 있다는 그 조합인지 뭔지에 도움을 청하는 건 어때?"

"조합에 도움을? 그게 가능하다면…. 아아, 그렇군…."

그러면서 로렌스는 자신의 머리를 톡톡 두드렸다. 그러자 호로가 그런 로렌스의 얼굴을 의아한 표정으로 들여다본다.

"네가 있었지."

"무슨 뜻이야?"

"호의적인 뜻에서 하는 말이야. 네 등을 타고 달리면 말보다도 빨리 다른 마을로 도망칠 수가 있잖아?"

"당연하지."

"이게 무슨 초장거리 무역은 아니니까. 그런 경우에도 말보다 빠른 건 배밖에 없어. 우리를 붙잡으려고 수배망을 펼칠 엔베르크 쪽 놈들은 찍해 봐야 말 달리는 속도로밖에 못 쫓아오지. 그렇다면?"

호로는 조그맣게 "흐응." 하고 한숨인지 장단인지 모를 콧김을 흘렸다.

"너랑 둘이 움직이다가 우리가 어느 상관에 연락을 취하기도 전에 추격자에게 잡히지 않을까 했었어. 조합으로 도망칠 수 있다면 조합은 필시 우리를 보호해 줄 거야. 독보리를 이용해서 장사를 꾀하려는 놈이 조합원 중에서 나왔다는 얘기가 돌았다간 일이 커질 테니까 전력을 다해 막으려 들겠지."

"우리를 함정에 빠뜨리려고 획책한 놈들도 머리란 게 있다면, 우리가 상관으로 한발 먼저 도망친 순간 포기를 할지도 모르겠군."

"그런데."

사태가 호전될 것이란 생각에 마음이 가볍던 것도 한순간, 이내 그 너머의 결말이 머릿속에 떠올랐다.

"그럼 그 다음에는 누가 범인으로 지목될까?"

굳이 물을 것까지도 없다. 거짓말쟁이라는 소리를 들으며 늘 의심의 눈총을 받는, 그러면서 독보리를 섞기에 딱 좋은 위치에 있는 방아꾼 에반.

호로도 로렌스가 무슨 말을 하고 싶은 건지 이내 이해한 듯했다.

다만 그 경우에 대해서는 노골적으로 귀찮은 듯한 표정을 지으면서도 항변을 하는 것은 애초에 포기한 듯이 말했다.

"그럼 그 녀석도 등에 태우고 가지, 뭐. 원래 바깥세상으로 나가고 싶어 했잖아? 싫다고는 안 하겠지. 계집애도 위험할 것 같으면 개도 태워. 당신은 멍청할 정도로 착해 빠졌으니까. 하여간 귀찮기 짝이 없어…."

로렌스와 에반이 마을에서 사라지고 나면 엔베르크 측도 그 이상은 다른 사람을 범인으로 지목하지 못할 것이다.

또한, 만약 일이 그렇게 되면 적어도 '방아꾼 에반이 범인이었다. 그래서 도망을 간 것이다.'라고 주위에 주장할 수 있게 된다. 굳이 조합에 소속된 로렌스를 얽어 들여, 조합과 갈등을 일으키게 될 것을 뻔히 알면서 일을 크게 벌일 필요도 없어지는 것이다.

"하지만 문제는 네가 네 본모습을 내보여야 한다는 거야."

그러자 호로는 어이가 없다는 듯이 웃었다.

"난 그렇게까지 속이 좁진 않아. 그야… 겁을 먹고 떨면 내 가녀린 마음에 상처가 가긴 하지만."

다소 비난하는 투의 눈빛인 것은 일전에 파치오의 지하수로에서 로렌스가 처음으로 호로의 모습을 보고 한심스럽게도 뒷걸음을 친 기억 때문이리라.

하지만 호로는 이내 송곳니를 드러내며 장난기 어린 웃음을 짓더니 이렇게 말했다.

"혹시 그런 거야? 내 비밀은 혼자만 알았으면 좋겠다 싶은 거야?"

그 소리에 로렌스는 그만 할 말을 잃고 기침을 터뜨렸다.

호로가 목을 클클 대며 즐겁게 웃는 소리가 나직하게 울린다.

"만약 당신만 괜찮다면 그렇게 해도 난 상관없어."

어쩔 도리가 없다. 그 이상의 해결책은 없을 것 같다.

"물론 최악의 예상이긴 하지만 일이 그렇게 풀릴 가능성이 높으니까. 아쉽긴 하지만 짐마차와 짐은 계곡 밑에라도 떨어뜨렸다 치는 수밖에 없겠지."

"내가 당신의 새로운 짐마차가 되어 줄 수도 있는데?"

초특급 농담이다.

"세상 어느 천지에 고삐를 쥐고 흔드는 짐마차가 있냐?"

호로가 천하무적의 웃음을 지은 것과, 문을 노크하는 소리가 들린 것은 거의 동시의 일이었다.

문이 열리자 그 자리에 서 있는 것은 촌장인 셈.

마을의 위기가 늙은 몸에겐 너무 버거운 짐이었던가.

복도에 걸려 있는 촛불 때문일지도 모르겠으나 잠깐 사이에 확 여위어 버린 것처럼 보였다.

"잠시 말씀 좀 나눌 수 있겠소?"

호로와 나눈 밀담을 엿들었을 가능성은 별로 없다.

호로가 그런 쪽을 방심했을 리 없을 테니까.

"예에. 그건 저희 쪽도 바라던 바입니다."

"그럼 잠시 실례하겠소."

셈 촌장이 느릿느릿 지팡이를 끌면서 방 안으로 들어오자 마을 사람 하나가 열린 문 앞을 가로막고 섰다.

거친 일에 익숙지 않은지 긴장하고 있는 기색이 역력하다.

"문을 닫아 주게."

셈 촌장의 말에 마을사람은 순간 놀라서 눈을 휘둥그렇게 떴으나 거듭 문을 닫으라는 소리를 듣고는 마지못해 시키는 대로 했다.

저런 행동을 보니 로렌스와 호로를 범인으로 확신하고 있는 게 틀림없다.

"자, 그럼."

테이블 위에 촛대를 내려놓은 뒤 셈은 말을 꺼냈다.

"당신들은 대체 누구요?"

썩 능숙한 첫 물음이다.

로렌스는 영업용 웃음을 지으며 대응했다.

"이름을 댈 만한 사람은 못 됩니다— 라고 했으면 좋겠습니다만, 제가 누구인지는 이미 말씀을 드렸습니다."

"그래요. 로렌스 씨가 누구인지는 들었소. 물론 확인은 못 했지만 틀림없을 테지."

셈의 시선은 로렌스에게서 곁에 있는 호로 쪽으로 이동했다.

호로는 후드를 깊이 눌러쓴 채 고개를 숙인 자세로 꼼짝 않고 있다.

곁에서 보기엔 자고 있는 것처럼도 보인다.

"당신은 디엔드란 수도원으로 가는 길을 물어보았소. 그 수도원에는 대체 무슨 용건이 있는 거요?"

한걸음 물러서는 셈.

로렌스가 수도원에 대해 물으러 갔을 때, 셈 촌장은 표면상 수도원의 존재를 모르는 척했었다.

셈은 로렌스 일행이 엔베르크 측 사람인지 어떤지를 판명하고 싶을 것이다.

그러면 그것을 판명한 뒤에는 어떻게 나올 것인가.

"크멜슨에서 만난 분이 디엔드란 수도원의 수도원장님을 소개해 주셨습니다. 정확하게는 제가 아니라 제 일행에게입니다만."

셈 촌장이 가장 두려워하는 것은 로렌스 일행이 엔베르크 측 사람인 것.

그러나 현재의 촌장으로서는 미묘한 전술을 써서 로렌스와 호로의 속마음을 탐색할 여유가 없을 것이다.

탄식과 같은 심호흡을 한 차례 하더니 매달리는 듯한 시선으로 로렌스를 쳐다보았다.

"당신은 엔베르크의 부탁을 받고 온 것이 아니었소? 그럼 대체 며칠 만에 우리 마을에 왔소?"

"엔베르크에 들르긴 했습니다. 하지만 여행길의 통과 지역 중 하나였습니다. 저희들은 어디까지나 우리의 목적을 위해 디엔드 란 수도원을 찾고 있을 뿐입니다."

"그, 그런 거짓말을!"

메마른 목소리로 버럭 화를 내더니 촛불에 비쳐 악마 같은 형상으로 몸을 불쑥 내민다.

"저희들은 엔베르크와 이 마을 간의 갈등과는 전혀 상관없습니다. 제가 두 곳의 관계를 파악한 것은 선술집에서 들은 이야기와 에반에게서 들은 이야기, 엘사 씨에게서 들은 이야기, 그리고 제 자신의 경험을 통해섭니다."

셈 촌장은 로렌스와 호로가 엔베르크에 온 첩자일까 봐 두려워하고 있다.

독보리를 둘러싼 문제는 이단 어쩌고가 아니라 돈으로 결판이 나는 이야기다.

교섭 여부에 따라서는 아직 마을의 재건을 강구할 수 있다.

그러나 이야기가 교회로까지 파급되면 문제는 거기에서 끝나지 않는다.

"저, 정말로, 정말로 상관없는 거요?"

그렇게 묻는 촌장 자신도 그 질문에 대해 완벽히 납득할 수 있는 답변은 없다는 것을 알고 있을 터였다.

그럼에도 묻지 않고는 견딜 수 없었을 테고, 로렌스 또한 이렇게 대답하는 수밖에 없었다.

"정말입니다."

시뻘겋게 달군 쇠구슬을 삼킨 것 마냥 고개를 푹 숙인 셈은 의자에 앉아 있으면서도 지팡이에 매달려 간신히 상반신을 지탱하고 있었다.

그러던 셈이 천천히 얼굴을 들었다.

"만약 그렇다면…"

셈의 귀에는 마을사람들의 주머니 사정이 전해지고 있을 것이다.

로렌스가 얼추 따져 봐도 한 번 납품했던 보리를 모조리 반품당하게 되면 절망적인 상황에 처하게 되리라는 것이 쉽게 상상이 되었다.

반 년, 어쩌면 1년에 한 번 들어오는 큰 수입이 뻥 뚫려 버리는 것이니까.

"만약 그렇다면 지혜와… 돈을 좀 빌려 주지 않겠소?"

호로가 살짝 반응을 보였다.

돈을 빌려 달라는 말에 뤼빈하이겐의 일이 떠올랐는지도 모른다.

로렌스도 함정에 빠져 파산 일보직전에 처한 상황에서 돈을 빌리기 위해 온 도시를 뛰어다녔었다.

연못에 빠져 물을 먹었어도 숨을 쉬려고 애를 쓰듯이.

하지만 로렌스는 상인이다.

"지혜는 빌려 드리겠습니다. 그러나."

"공짜로 빌려 달라고는 않겠소."

셈 촌장의 날카로운 시선과 교차한다.

테레오 마을에 그 대가로 지불할 만한 것이 있을 리 없다.

그렇다면 남은 수단은 기껏해야.

"당신들의 신변 안전을 교환 조건으로."

작은 마을이라고는 해도 하나의 집단이고, 셈 촌장은 이곳의 수장이다.

상인이 가진 돈의 힘은 가난한 마을에서는 확실히 위력적이다.

그러나 그들이 낫과 가래를 손에 들게 되는 순간, 상인만큼 나약한 존재도 없다.

"협박하시는 겁니까?"

"다짜고짜 포박하지 않은 것은 로렌스 씨가 우리 집에 밀가루를 들고 인사를 왔었기 때문이오."

영리한 핑계다.

그러나 이쪽이 고집을 부린다고 상황이 호전되지는 않는다.

게다가 앞으로 어떻게 할 것인지는 이미 호로와 이야기가 끝났다. 그러기 위해서는 셈의 의향에 따르는 것이 움직이기 쉬워진다.

"알겠습니다, 라고 할 수밖에 없겠군요."

"……."

"단."

로렌스는 등줄기를 쭉 편 뒤 셈의 눈을 똑바로 쳐다보며 말했다.

"만일 사태가 만회된 후에는 그 나름의 보수를 주십시오."

목숨을 구걸하지도, 얼마간 현금을 남겨 달라고 애원하지도 않고 되레 의연히 보수를 요구하자 셈은 순간 멍한 표정을 지었으나 이내 정신을 차린 뒤 고개를 끄덕였다.

그 만큼 자신감이 넘치는 인물로 로렌스를 평가했는지도 모른다.

아니, 그렇게 믿고 싶었을 뿐인지도 모른다.

사실 로렌스가 그렇게 말한 것은 셈의 비위를 맞추기 위한 거짓말이다.

가능한 원만하게 이 마을을 떠나고 싶다. 그러려면 엔베르크에서 사람이 오고, 이 마을이 어떻게 되는지 확인한 뒤 그러는 게 낫다.

엔베르크가 별 무리 없이 테레오 마을을 장악할 계기를 만드는 정도로 끝낼 심산이라면 독보리가 자연히 발생한 것인지, 누군가 악의를 품은 자가 조작한 것인지를 판가름하려 들지는 않을 것이다.

유야무야 흐지부지한 상태로 끝낼 가능성이 높다.

"그럼 자세한 이야기를 말씀해 주십시오."

어쩌면 기적적인 타개책이 떠오를지도 모른다.

로렌스는 마음 한구석으로 그런 생각을 하면서 촌장에게 자세한 설명을 청했다.

들으면 들을수록 첩첩산중인 상황이었다.

무엇보다 프란츠 사제가 엔베르크 측과 맺은 계약 자체가 듣도 보도 못한 엄청난 것이었다. 거의 테레오 마을이 부르는 대로 엔베르크 측에게 보리를 마음껏 팔아치울 수 있는 부분부터가 이상하다.

하긴, 프란츠 사제가 수집한 지하실의 책만 보더라도 프란츠 사제에게는 강력한 후견인이 있었으리라고 쉽사리 상상할 수 있다.

네 귀퉁이를 쇠로 보강한 가죽 장정의 책은 한 권 만드는 데에만도 한 재산이 들어간다.

엘사의 책상 위에 있던 서찰을 보면, 연락을 취하고 있는 변경의 백작이며 대주교구의 주교도 프란츠 사제와 개인적으로 친분이 있는 사람들인 듯했다.

몇 차례나 이단으로 의심을 받았으면서도 죽을 때까지 무사히 넘어갈 수 있었던 것도 그 같은 인맥 덕분이리라는 것을 상상하기 어렵지 않다. 수많은 가닥으로 꼰 밧줄이 매우 질기듯 사람들과의 연줄은 그대로 힘이 된다.

셈 촌장도 프란츠 사제가 어떻게 하여 엔베르크와 그런 계약을 맺었는지는 모른다는데, 그 말이 거짓은 아닐 것이다.

추측컨대 엔베르크를 지배하는 바돈 백작의 약점을 쥐고 있었을 수도 있다고 한다. 아마도 그럴 것이다.

프란츠 사제는 걸출한 인물이었음이 틀림없다.

하지만 지금은 고인의 대단함에 감탄사를 터뜨리고 있을 때가 아니다.

로렌스 역시 이 마을을 위기에서 구해내면 자신의 장사에 도움이 되리라는 것이 눈에 훤했으므로 조금은 문제를 진지하게 생각하고 싶다.

하지만 프란츠 사제가 남긴 계약 하나만 꽉 믿고 돈을 흥청망청

써 버린 마을사람들의 행동은 참담 그 자체였다.

　로렌스가 갖고 있는 금화와 은화를 보태는 것만으로는 어림도 없었다.

　보리를 모두 반품 당하게 되면 그 순간 마을은 파산할 게 뻔하다.

　그러나 그런 말은 해봐야 소용없다. 로렌스는 고려할 수 있는 가능성부터 먼저 이야기했다.

　"순리대로 생각하자면, 엔베르크 측은 부족한 지불 액수만큼은 내년에 보리를 수매하는 값으로 메우자고 할 겁니다."

　"…무슨 말씀인지?"

　"이만한 밭에서 내년에 거두게 될 보리를 이러이러한 값에 사겠노라고 하는 겁니다."

　보리의 입도선매(立稻先賣)조차 모르니, 이 마을이 얼마만큼 오랜 세월 동안 천하태평하게 지내왔는지 눈에 선하다.

　"그, 그게 가능하다면야 일단은 버틸 수 있으련만."

　"하지만 그건 상대측에게 상당히 유리하게 돌아가는 얘깁니다. 아직 존재하지 않는 것에 돈을 내는 것이니, 저쪽으로서는 얼마간 할인을 받지 않으면 채산이 맞지 않지요. 그리고 이쪽은 일단 그 금액으로 보리를 팔아 버렸으니 설령 대풍년이 든다 해도 추가요금은 못 받습니다."

　"그, 그런 말도 안 되는 얘기가…."

　"그렇게 되면 내년에 올해와 같은 풍년을 맞는다 해도 수입은 줄어듭니다. 그러면 부족분은 다시금 내후년의 보리로 지불해야 하게 되니 3년 후의 수입은 더욱 더 줄어듭니다. 설상가상 이 마을의 약점을 파고들어, 대흉년일 때는 이런 거래 자체를 없던 것으로 하고 싶다고 나올지도 모릅니다. 그럼 그 다음이 어찌될지는 아시겠지요?"

그렇기 때문에 농촌마을에서는 농사일이 없는 겨울철이면 필사적으로 부업에 몰두하는 것이다.

농사지을 땅을 빼앗기지 않기 위해서, 조금이라도 돈을 벌기 위해서.

"마을에 세금만이라도 징수되지 않으면… 하는 생각에 프란츠 사제님이 남겨준 것을 필사적으로 지키려고 애썼는데…."

"그것 자체는 그릇된 것이 아닙니다. 하지만 마을 분들은 그것이 얼마나 대단한 혜택인지를 전혀 이해하지 못하고 계시죠."

"맞소…. 이제 와 하는 말이지만, 원래 프란츠 사제는 엔베르크와의 관계를 개선시켜 주는 대신 교회에서 살 수 있게 해달라면서 훌쩍 우리 마을에 나타난 분이었소. 우리들은 교회를 짓기는 했어도 옛날부터 우리 마을의 토착신인 토르에오 님을 모시는 것을 버릴 수가 없었지. 프란츠 사제는 그래도 좋다고 하면서 선교다운 선교도 하지 않고 살다가 가셨지."

오히려 프란츠 사제를 토르에오 님이 보낸 행복의 사자로 여기기라도 했을지 모른다.

"그러던 것이 설마 이런 식으로….'

"촌장님께서는 언젠가는 이렇게 되리라고 예상하셨던 것이 아닙니까?"

로렌스가 딱 잘라 묻자 약해질 대로 약해져 있는 촌장은 얼굴에서 쓰윽 표정을 거두더니 눈을 감고 한숨을 지었다.

"어렴풋이는…. 하지만 케파스의 술이 나올 줄이야…."

"케파스의 술?"

"아아, 이번과 같은 독보리를 그렇게 부르오. 케파스의 술은 검은 보리로 만들어지거든. 우리는 그걸 알고 있지. 부주의로 사람이 죽을 만큼 도수가 높은 독이 보리에 섞였으리라고는 생각지 않소."

그 말에는 로렌스도 동감이다.

"누군가가 인위적으로 섞었다고 의심하게 되는 것이 타당하지요."

"마을사람들은 나그네를 의심하고 있소. 의심스러운 건 늘 외부인이니까."

"그 다음으로 의심스러운 건 방아꾼인 에반."

셈 촌장은 고개를 끄덕인 뒤 다시 한 번 머리를 끄덕했다.

"엘사와는 방금 전 이야기를 나누었소만, 곧바로 엔베르크가 의심스러웠던 모양이오. 나는 정말 한심스럽소. 보리를 길러서 그것을 팔 데만 있으면 그것으로 족하다는 생각에 그 이상의 것은 전혀 안중에 없었거든."

"엔베르크의 자작극인지 아닌지는 엔베르크에서 사자가 오면 분명해지겠지요. 저는 가능하면 그 전에 엘사 씨와 잠시 이야기를 나눌 수 있었으면 합니다만."

셈 촌장의 상담에 응한 것은 이 말을 매끄럽게 꺼내기 위해서이기도 했다.

"알겠소…."

셈 촌장은 자리에서 일어나 문을 열고는 감시를 서고 있는 남자에게 두어 마디 건네더니 로렌스를 돌아보았다.

"안내하겠소. 이 사람을 따라가도록 하시오."

셈 촌장은 지팡이에 매달리듯 하면서 로렌스와 호로를 위해 길을 터 주었다.

"늙은 몸에는 조금… 과했던 모양이오. 이야기는 나중에 들려주시오. 면목 없소만…."

감시를 하던 마을사람이 허둥지둥 앉아 있던 의자를 내밀자 셈 촌장은 힘에 겨운 듯이 자리에 앉았다.

셈 촌장이 교회에 따라오지 않은 것은 잘된 일이지만, 머리에 피가 거꾸로 솟은 마을사람들로부터 로렌스와 호로를 지켜줄 방벽이 될 수 있는 인물 또한 셈 촌장이다.

일이 원만히 해결된다면 그보다 더 좋을 건 없다.

셈 촌장이 쓰러지면 곤란하므로 로렌스는 연기가 아니라 진심에서 걱정스런 인사말을 남기고는 촌장의 집을 뒤로 했다.

광장에는 여전히 붉은 화톳불이 곳곳에 피워져 있고, 마을사람들이 여기저기에 모여 이마를 마주대고 뭔가 이야기를 나누고 있었다.

그리고 로렌스 일행이 셈의 집에서 나온 순간 그들의 시선이 일제히 쏠려온다.

"과연 오싹하네."

호로가 조그맣게 속삭였다.

앞장선 마을사람이 배신을 하면 로렌스와 호로는 즉시 뭇매질을 당한 끝에 매달려질 것이다.

일촉즉발의 분위기.

교회까지의 짧은 길이 한없이 길게 느껴졌다.

"이마 씨, 촌장님께서 보내셨습니다."

마침내 교회에 도착하자 앞장선 남자는 문을 두드리며 들으란 듯이 큰소리로 말했다.

로렌스 일행을 데리고 온 것은 촌장의 지시에 따라서라는 것을 주위에 전하려는 것이리라.

마을사람들이 가장 두려워하는 것은 같은 마을사람으로부터 적대시 당하는 것이다.

곧 문이 열리면서 이마가 이끄는 대로 로렌스와 호로가 교회로 들어가자 남자는 노골적으로 안심한 듯이 어깨를 축 늘어뜨렸다.

자신들에게 쏠린, 화톳불로 인해 검붉게 물든 증오의 시선들은 이내 교회의 문에 의해 차단되었다.

훌륭한 나무문이지만 저들이 시선 이외의 것을 꺼내든 순간 얼마만큼 버텨낼 수 있을지는 의문이다.

"촌장님이 보냈다는데 어떻게 된 거유?"

교회 안에는 들였지만 그 이상은 안내해 주지 않고 가로막듯 버티고 서서 이마가 물었다.

"엘사 씨와 얘기를 나누고 싶어서요."

"엘사와?"

의심스러운 듯이 눈을 가늘게 뜬다.

"셈 촌장님께는 저의 지혜와 재산을 빌려 드리기로 하고 신변의 안전을 보장받았습니다. 하지만 제가 내놓을 지혜와 재산을 가장 효과적으로 쓰기 위해서는 정확한 정보가 필요하지요. 그런 점에서는 엘사 씨가 셈 촌장님보다 현 사태에 대해 더 잘 알고 있을 것 같아서요."

홀로 세상을 누빈 적이 있던 이마라면 얼토당토않은 상황에 휘말린 로렌스의 처지를 동정해 줄 것이다.

그런 바람이 통한 것인지, 거실과는 반대쪽을 턱으로 가리키더니 "저쪽에 있으니까 따라오슈."하며 앞장서기 시작했다.

호로의 시선은 여전히 예배당 쪽으로 쏠려 있다.

로렌스가 없었다면 진작 교회로 밀고 들어가 책을 물고 지평선 저 너머로 사라졌으리라.

교회 예배당 왼편에는 필사실과 집무실이 있다.

불빛이 새어나오고 있는 복도 모퉁이를 돌자 이내 에반의 모습이 보였다.

복도 왼편에 있는 문 앞에 서서 손에 도끼까지 들고 있었다. 어째서 거기 서 있는지는 불을 보듯 뻔하다.

그리고 로렌스와 호로의 모습을 보자 순간 놀라더니 복잡한 표정을 지었다.

이 마을에서 보리에 독을 섞었을 것으로 의심받는 것은 두 사람. 에반은 당연히 자신이 한 짓이 아니니까, 그가 의심할 수 있는 것은 남은 한 사람. 그러나 에반은 마을 내에 보리가 들고나는 상황을 빠짐없이 지켜볼 수 있는 몇 안 되는 인물 중 하나다.

로렌스가 보리에 독을 섞었을 가능성은 없다고 믿고 있는지도 모른다.

"엘사, 안에 있지?"

"아, 예에. 그렇긴 하지만."

"촌장님이 허락했다더군. 엘사! 엘사!"

에반은 이마에게 떠밀리듯 문 앞에서 물러섰다.

에반의 손에 들린 도끼는 날 부분에 녹이 슬었고, 자루 부분도 개미 같은 것에 갉아 먹힌 것처럼 보였다.

저런 무기라도 손에 들고 문 앞을 지켜서고 싶은 에반의 심정이 이해가 간다.

로렌스도 파치오의 지하수로에서 비틀대는 몸으로 호로의 앞을 막고 섰었으니까.

"무슨 일이신가요?"

"손님이 왔어."

"예? 아…."

"말씀을 나누러 왔습니다."

지금껏 본 그 어느 때보다도 반듯한 표정이었다.

"그럼 안으로—."

"엘사."

그 순간 엘사를 불러 세운 것은 이마.

엘사는 안으로 들어가려다가 어깨 너머로 돌아보았다.

"괜찮겠어?"

라는 것은 로렌스와 호로를 가리킨 말이리라.

맞붙었다가는 로렌스조차 당해낼 수 있을지 의심스러울 것처럼 한 덩치 하는 이마가 가차 없는 시선으로 노려본다.

그 너머에는 에반이 마른침을 삼키며 지켜보고 있다.

"신뢰는 할 수 없습니다만 신용은 할 수 있습니다. 적어도 이분들은 기도하는 방법은 알고 있으니까요."

'호로가 좋아할 만한 투의 비아냥인데.' 하는 생각을 하고 있노라니, 그 말을 한 당사자인 엘사 역시 희미하게 웃고 있었다.

아마도 후드 아래 호로의 얼굴은 '잔챙이와는 상대 안 해.'라면 서도 뭐라 반격을 해주고 싶어 죽겠는, 그런 언짢은 표정이리라.

"그래, 알았어. 에반, 잘 지켜라."

에반의 어깨를 딱 때린 뒤 이마는 복도를 되돌아갔다.

자신도 동석시켜 달라고 하지 않는 점에서 이마의 속 깊은 면을 알 수 있다.

그녀가 있으면 엘사도 에반도 안심이 되리라.

"실례하겠습니다."

로렌스가 먼저 들어가자 호로도 뒤를 이었다.

도끼를 손에 든 에반도 따라 들어가려는 것을 엘사가 막아 세웠 다.

"넌 바깥에 있어."

"아, 아니. 왜?"

"부탁이야."

에반이 버티는 것도 무리는 아니다. 엘사가 거듭 부탁하자 마지 못해 고개를 끄덕이긴 했으나 영 불만스런 표정이었다.

로렌스는 허리춤에 동여매고 있던 지갑을 천천히 풀어 에반에 게 내밀었다.

"이 안에는 이걸 잃어버렸다가는 그 어떤 상인이라도 대성통곡 할 만한 재산이 들어 있어. 이걸 맡겨 두지. 신용의 증표로 생각해 주게."

그래 봐야 들고 다닐 수 있는 현금 정도일 뿐, 별로 거금이 든 것 도 아니었지만 에반은 뜨거운 것이라도 받아드는 것처럼 지갑과 로렌스의 얼굴을 번갈아 쳐다보더니 울먹이는 표정을 지었다.

"망 좀 봐 주게."

로렌스의 말에 에반은 고개를 끄덕인 뒤 한걸음 물러섰다.

문을 닫은 엘사는 그대로 자세를 틀어 방 안을 돌아보았다.

"대단하시네요. 로렌스 씨가 엔베르크 측에 붙었다면 포기하는 수밖에 없겠습니다."

그리고는 한숨 섞인 말투로 그렇게 말했다.

"그렇게 의심하십니까?"

"그렇다면 이 마을을 찾아오는 건 교회의 높은 분들이지, 보리를 실은 마차의 행렬은 절대 아닐 테지요."

문에서 떨어져 의자에 앉으며 로렌스와 호로에게도 적당히 의자를 권하고는 엘사는 지끈대는 두통을 참는 것처럼 관자놀이에 손가락을 댔다.

"로렌스 씨가 보리에 독을 섞었다고 의심하는 것은, 두 분이 이단의 증거를 찾으러 여기 왔다는 말을 믿는 것 이상으로 상상하기 어렵지요."

"그러시다면?"

"후우…. 촌장님마저도 두 분을 의심하시는 모양이지만 이런 건… 아무리 봐도 엔베르크 측의 소행이지요. 설마하니 정말 이런 식으로 나올 줄은…."

"프란츠 사제님께서 돌아가신 것이 지난여름이라 하셨지요? 반 년 남짓한 기간에 독보리를 모으기는 매우 어렵습니다. 리델리우스의 업화… 아니, 케파스의 술이 보리 속에서 나오면 어디에서건 쉬쉬하며 처분해 버리니까요."

독보리를 모아 놓고도 지금껏 실행에 옮기지 않았던 것은 로렌스처럼 그럴 듯한 핑계거리로 쓰기 위해 필요한— 때 아닌 나그네가 없었기 때문이었을 수도 있다.

　아니, 무난하게 생각하자면 프란츠 사제의 존재를 두려워했던 것이리라.

　다시 말해 엘사라면 어쩔 수 있으리라고 판단한 것이다.

　"마을의 재정 상태는 절망적입니다. 후견인 분들에게 도움을 청하려 해도 다들 아버지를 봐서 협력해 주고 있는 것이나 다름없지요. 어떻게든 앞으로도 계속 그리 해주십사 설득하는 것만으로도 벅차니…. 이 이상 부탁을 했다가는 후견인조차 잃을 수도 있어요."

　"…그렇겠지요."

　로렌스는 그렇게 말한 뒤 헛기침을 하고 다시 말을 이었다.

　"그런데 엘사 씨는 우리들이 앞으로 어떻게 될 것 같습니까?"

　신의 가호를 믿는다면 아무것도 걱정할 필요 없습니다, 신께서는 모든 진실을 아시니까요, 라는 말을 웃으면서 하는 것이 성직자다.

　그러니 엘사는 입가에 웃음을 머금은 채 "저한테 물으시는 건가요?"라며 나직하게 물었다.

　"엔베르크가 꾸민 연극의 흐름을 읽을 수 있는 분은 엘사 씨 아니면 이마 씨 정도밖에 없지 않습니까?"

　"그리고 로렌스 씨도요?"

　자신의 입으로 말하기는 싫다는 투다.

　앞으로 엔베르크 측에서 사자가 와서 어떤 요구를 해올 것이며,

운반된 보리와 교환하여 누가 엔베르크로 끌려가게 될 것인지에 대해서는 로렌스와 엘사의 의견이 일치하는 것으로 봐도 된다.

로렌스는 고개를 끄덕인 뒤 곁에 있는 호로를 돌아보았다.

호로는 로브 밑에서 졸린 듯한 얼굴을 하고 있다.

어느 순간에 자신이 등장해야 할지를 알고 있으니 그때까지는 좀 쉬게 해달라는 식이다.

훌쩍 엘사에게 시선을 돌려 가벼운 인사말을 하듯이 말했다.

"우리는 도망칠 생각입니다."

엘사는 놀라지 않았다. 그 대신 기억력이 좋지 않은 어린아이를 쳐다보는 듯이 언짢은 눈빛을 했다.

"도망칠 시기는 이미 놓치신 듯한데요?"

"길이란 길에는 이미 엔베르크 측 사람들이 깔려 있을 거란 말씀이시지요?"

"그럴 수도… 있겠지요. 이번 소동을 꾸민 것이 엔베르크라면 두 분의 존재가 필요하니까요."

역시 엘사와 로렌스의 생각은 일치한다. 그렇다면 마음에 걸려 하는 점도 같을 터.

"마을사람들은 당신과 에반을 의심하고 있습니다. 해명을 하긴 쉽지 않겠지요. 하지만 그렇다고 해서 도망을 친다면, 그건 인정을 하는 것이나 마찬가지지요."

약간 더 나이가 있고, 또한 남자였다면 프란츠 사제의 뒤를 훌륭하게 이었을지도 모르겠다는 생각이 들었다.

"그리고 설령 두 분이 말을 타고 도망친다 해도 이 마을에서조차 벗어나기 힘들 겁니다."

"제 길동무가 겉모습대로 보통 소녀라면 그렇겠지요."

엘사는 순간 놀란 눈으로 호로를 쳐다보았다.

후드 밑에서 호로의 귀가 조금 움찔한 듯싶었는데, 엘사의 시선이 귀찮아서였을 수도 있다.

"결론부터 말씀드리자면 도망치는 건 가능합니다. 언제든 어떤 상황에서든 가능하지요."

"그렇다면 어째서… 도망치지 않으셨지요?"

그 말에 로렌스는 고개를 끄덕했다.

"우선은 이 교회에 남아 있는 책들을 미처 다 읽지 못했기 때문이고, 또 한 가지는 우리들이 사라지게 되면 다음으로 누가 표적이 될지 알기 때문입니다."

마른침조차 삼키지 않는다.

엘사의 머리는 냉정하게 거기까지 파악하고 있고, 어쩌면 그에 대한 각오도 이미 서 있는지 모른다.

"어떻게 도망치실 것인지는 모르겠지만 에반도 데리고 도망치실 자신이 있으신가요?"

"에반뿐 아니라, 당신도."

엘사는 비로소 자연스러운 웃음을 지었다. 말도 안 된다는 웃음이었다.

"저는 두 분이 도망치는 것을 권유할 수도 막아 세울 수도 없습니다. 이 마을사람으로서는 가장 의심스러운 두 분을 도망치게 둘수 없고, 신을 모시는 사람으로서는 부당한 의심을 사서 처벌을 받을 가능성이 있으니 도망치게 두고 싶지요."

어딘지 자포자기한 듯한 분위기인 것은, 막다른 골목에 내몰린 로렌스가 망상을 떠들고 있는 것으로 여겼기 때문이리라.

"하지만 첫 번째 소망에 대해서는 새삼 거절할 이유가 없습니다. 어떻게든 마저 읽게 해드리고 싶긴 한데…."

"지금 상황에서는 최소한 딱 한 권만이라도."

호로가 움찔하고 반응을 보였다.

"제단 밑에 감춰 뒀어. 난 그것만 읽을 수 있으면… 이런 상황에서는… 많은 건 바라지 않아."

엘사는 한동안 눈을 감고 있더니 결론을 내린 듯했다. 죽어가는 사람에게 적선하는 셈 쳤는지도 모른다.

의자에서 일어나 문을 열었다.

"으, 으왓!"

"몰래 엿듣는 건 벌 받을 짓이야."

"아, 아니. 난 그러려던 게 아니라…."

"하여간…. 됐어. 제단 뒤에 책이 있는 모양이니까 가서 좀 가져다 줘."

그렇게 큰 소리로 이야기를 나눈 것도 아니니 에반이 얼마만큼 자세히 알아들었는지는 알 수 없다.

하지만 에반은 엘사의 말에 잠시 주저한 끝에 결국 복도를 달려갔다.

그런 에반의 모습을 보고 엘사가 조그맣게 뭐라 중얼거린 듯했으나 로렌스의 귀로는 알아들을 수가 없었다.

도망칠 수 있다면, 이라고 말한 것 같았으나 호로에게 미처 확인해 보기 전에 엘사가 이쪽을 돌아보았다.

"두 분이 도망치는 것을 막지도 권하지도 않겠습니다. 하지만."

고귀한, 너무도 성직자다운 얼굴.

"그때까지 지혜를 빌려 주시지 않겠습니까? 이 마을에는 돈에 대해 잘 아는 사람이 없거든요."

로렌스는 당연히 고개를 끄덕였다.

"하지만 만족할 만한 답변을 드릴 수 있으리라는 보장은 못합니다."

엘사는 잠시 놀란 듯이 눈을 깜박였다. 그런 뒤 에반에게 지었던 것처럼 살며시 웃었다.

"상인 분들은 그런 말투를 좋아하시는 모양입니다."

"조심성이 많으니까요."

그렇게 말했다가 호로에게 발을 밟혔다.

"책 가져왔어."

금세 발견했는지 생각보다 빨리 돌아온 에반을 보고 호로는 의자에서 바로 일어섰다.

"하지만 이건 사제님의… 이교도의 옛날이야기 책이잖아? 로렌스 씨의 일행 분이 왜 이런 걸 읽고 싶어 하는 건데?"

호로는 말없이 다가가 거의 낚아채다시피 책을 받아들었다.

저 속에는 프란츠 사제 자신이 특별시하고 싶지 않다고 썼을 만큼의 뭔가가 기록되어 있다.

에반의 질문에 대답할 여유가 있을 리 없겠지.

그래서 로렌스가 대신 대답해 주었다.

"나이를 먹으면 말이야. 옛날이야기가 특별한 의미를 갖게 된다네."

"예에?"

에반이 내지른 얼빠진 소리를 피하듯이 하며 호로는 책을 안고 복도로 나갔다.

남의 눈이 있는 곳에서 읽고 싶지 않아서 그런다는 것쯤은 이내 이해가 갔다. 새로운 초에 불을 붙여 촛대에 꽂은 뒤 호로의 뒤를 따랐다.

로렌스가 예배당 뒤쪽에 도착하니, 거기에는 뿔난 어린애처럼 책을 껴안고 고개를 숙이고 있는 호로가 있었다.

"아무리 눈이 밝아도 어둠 속에서는 책을 못 읽지 않겠어?"

책을 껴안고 고개를 숙이고 있는 호로는 희미하게 떨고 있었다.

울고 있는가 싶었으나 천천히 고개를 든 호로의 표정은 그런 나약한 것이 아니었다.

"저기, 당신."

촛불로 인해 호로의 눈이 금빛으로 빛나고 있다.

"내가 너무 화가 난 나머지 책을 찢어 버리면 당신이 대신 사과 좀 해줘."

농담처럼 들리지 않는 말.

하지만 훌쩍대는 것보다는 훨씬 호로답다.

어깨를 으쓱한 뒤 고개를 끄덕였다.

"사과야 해줄 수 있지만 종잇장을 찢어서 눈물을 닦진 마."

꽤 그럴싸한 대꾸를 했다 싶다.

호로는 한쪽 송곳니를 드러낸 채 눈을 치켜뜨고 웃었다.

"내 눈물이라면 당신이 기꺼이 비싼 값을 쳐줄 테니, 당신 앞에서 울지 않으면 손해지."

"보석은 가짜가 많아. 유사품에 주의해야지."

평소와 같은 가벼운 말투.

얼씨구 하는 표정으로 나란히 웃고는 가볍게 한숨 한 번.

"잠시 혼자 읽게 해줄래?"

"알았어. 단, 나중에 감상은 얘기해 줘."

가능한 호로 곁에 있어 주고 싶다.

하지만 그런 말을 했다가는 호로가 화를 내겠지.

걱정을 하는 것은 상대를 신용하지 않는다는 것과 매한가지.

호로는 자긍심이 강한 현랑이다. 언제까지 눈물이나 훌쩍대는 여자아이 취급을 했다가는 호된 보복을 당하게 될 것이 눈에 훤하다.

걱정은 호로가 먼저 기대어 왔을 때 하면 된다.

로렌스는 더 이상은 쳐다보지도, 아무런 말도 하지 않은 채 호로의 앞에서 일어섰다. 호로 또한 로렌스 같은 건 잊어버린 것처럼 심호흡을 한다.

그런 직후, 결심한 듯이 첫 번째 장을 펼치는 소리가 났다.

어두운 복도를 걸으며 로렌스는 생각을 전환시키려는 듯이 자신의 머리를 톡톡 두드렸다.

엘사는 이 마을의 재기를 포기하지 않고 있다. 자신이 갖고 있는 지식이 도움이 된다면 기꺼이 제공할 것이다.

그리고 여차하면 에반과 함께 이 마을에서 빠져나가자고 설득하자는 방법도 머릿속 한구석에 담아 둔다.

"어? 로렌스 씨? 같이 있어 주지 않아도 돼요?"

방으로 돌아가자 에반이 뜻밖이라는 투로 물었다.

아닌 척하면서도 분위기를 살피고 있었는지 에반에게서 슬쩍 손을 떼어 눈가를 덮는 엘사만큼이나 호로 역시 귀염성이라곤 없다.

"자리를 피해 주길 바란다면 다시 돌아갈 수도 있는데?"

그 말에 엘사는 기침을 터뜨리고, 에반은 눈이 동그래진다.

곁에서 보면 자신도 저렇게 보일지 않을까 싶어 조금 염려가 되었으나, 지금 걱정해야 할 것은 그런 평화로운 일이 아니다.

엘사도 가능하면 오래도록 에반의 곁에서 아무것도 보지 않고 듣지도 않으며 지내고 싶으리라.

그럼에도 이내 무표정을 되찾았다.

"헌데, 제 지식과 경험이 무슨 도움이 될까요?"

"좀 전에 촌장님께 들었습니다만, 보리를 전부 반품 당하게 된다면 아마도 70리마가 부족할 것이라고 합니다."

리마는 금화의 단위. 1리마가 트레니 은화 20냥 정도이니, 은화로 따지면 약 1천4백 냥.

농기구의 수리와 겨울을 나기 위한 여러 가지 비축물, 그리고 평상시의 술과 음식, 기호품 등을 구입하는 데 쓴 액수일 것이다. 하지만 테레오 마을의 가구 수를 크게 어림잡아 1백 가구라 친다 해도 1가구 당 은화 14냥. 광대한 경작지가 있는 것도 아니니 분수에 맞지 않게 지나친 금액이다.

"제 재산을 모두 내놓는다 해도 새 발의 피이겠군요. 마차에 실려 있는 밀가루까지 합한다 해도, 매입해 줄 상대가 엔베르크라면 값을 크게 후릴 테니 기껏해야 2백 냥이나 쳐 줄는지."

"부족한 것은 그뿐만이 아닙니다. 팔지 않고 창고에 쌓아 둔 올해의 보리도 먹지 못할 테니 새로운 식량을 구입할 대금도…."

"개한테 조금씩 먹이면서 독보리인지 어떤지 확인해 보면 안 돼?"

여차하면 그런 방법도 선택하게 된다.

하지만 문제는 독이 들었을지 모를 보리로 만든 빵을 먹으면서 내년의 수확기까지 견뎌낼 수 있느냐 하는 것이다.

아마도 무리겠지.

"케파스의 술은 눈에 보이지 않아. 그리고 자루 속의 가루를 한 움큼 꺼내 먹여 봤는데 거기엔 독이 없었다 해도 바로 그 밑에 독이 있을 수도 있지."

설령 호로가 독보리인지 아닌지를 가려낼 수 있다 해도 그것을 믿게 할 방도가 없다.

무작위로 보릿가루를 퍼내 무사히 빵을 구웠다 해도, 그 다음에 만든 빵에도 독이 들어 있지 않을지는 결코 알 수 없기 때문이다.

"이번 일은 아무리 생각해도 엔베르크 측이 꾸민 일입니다. 그런데도 그것을 폭로할 수 없는 건 어째서지요? 먼저 거짓말을 한 쪽이 오히려 신용을 받다니 말이 안 되지 않습니까?"

엘사가 이마를 짚으며 퍼붓듯 내뱉었다.

장사를 할 때도 비슷한 일이 자주 일어난다.

먼저 핑계를 댄 쪽이 이기는 추한 싸움은 수도 없이 보아왔다.

신은 정의에 대한 규범은 제시해 주어도 정의를 증명해 주지는 않는다는 말을 흔히들 한다.

엘사의 무력감과 안타까움은 이만저만한 것이 아니리라.

"하지만 한탄만 하고 있어서는 아무 소용도 없습니다."

로렌스가 그렇게 말하자 엘사는 이마에 손을 얹은 채로 고개를 끄덕였다.

고개를 끄덕인 뒤 얼굴을 든다.

"그렇지요. 제가 한탄만 하고 있어서는 아버지께… 프란츠 사제님께… 야단을… 맞…."

"엘사!"

무릎 아래쪽이 사라진 것처럼 무너져 내리는 찰나, 곁에 있던 에반이 받아 안았다.

축 늘어진 채 눈꺼풀이 살짝 열려 있긴 했으나 눈의 초점이 맞지 않는다. 이마를 짚고 있던 것은 빈혈 때문이었을 수도 있다.

"이마 씨를 불러오자."

로렌스의 말에 에반은 고개를 끄덕인 뒤 의자를 치우고 천천히 엘사를 눕혔다.

엘사는 로렌스와 호로가 억지로 밀고 들어왔을 때도 쓰러졌었다.

예배를 드리러 오는 이 하나 없는 교회의 책임자.

그것은 아무에게도 숭배 받지 못하는 신이나 매한가지.

들어오는 기부금도 공물도 없이, 함께 지내는 사람이라곤 방아꾼 소년뿐.

얼마 안 되는 먹을 것을 어떻게 나눠 가며 살아왔을지, 그 상황이 뭉클한 심정과 함께 손에 잡힐 듯이 느껴진다.

로렌스가 예배당 정면의 입구로 돌아나가자 의자를 꺼내 놓고 우두커니 앉아 있던 이마가 무슨 일인가 싶어 자리에서 일어섰다.

"엘사 씨가 쓰러졌습니다."

"또? 빈혈이지? 그 애도 고집이 여간한 게 아니어서 말이야."

이마는 로렌스를 제치고 복도를 뛰어갔다가 잠시 후 엘사를 안고 돌아와 거실 쪽으로 들어갔다.

한발 늦게 에반도 촛대를 한쪽 손에 들고 왔으나 표정은 당연히 석연치 않다.

"저기요, 로렌스 씨."

"응?"

"우린… 어떻게 되는 건가요?"

거실 쪽을 보면서 멍하니 중얼거리는 에반의 모습은 조금 전과는 전혀 판판이다.

엘사가 쓰러져서 별안간 불안감이 인 것일까?

그런 생각이 들었다가 이내 '아니, 그런 게 아니다.' 싶었다.

엘사의 앞에서는 불안한 표정을 절대 내보이고 싶지 않았으리라.

다부진 엘사도 잠시 로렌스가 자리를 비운 순간 에반에게 도움을 청하고 있었다.

도움을 부탁받는 쪽인 에반이 약한 모습을 내보일 수 있을 리없다.

하지만 그렇다고 에반에게 불안한 마음이 없다는 뜻은 결코 아니다.

"엘사는 그럴 리 없다고 우기지만, 마을사람들은 나와 로렌스 씨를 의심하고 있죠?"

에반은 절대 이쪽을 쳐다보지 않는다.

로렌스도 딴청을 부리며 대답했다.

"그래."

힉 하고 숨을 삼키는 소리가 한순간 들렸다.

"그렇겠지…."

에반의 옆얼굴은 어딘지 모르게 마음이 놓인 것처럼도 보인다.

그것이 체념의 경지라는 것을 로렌스가 알아챈 것과 "하지만." 하고 에반이 고개를 든 것은 거의 동시였다.

"아까 한 얘기는 진짜인가요?"

"무슨 얘기?"

"엿들은… 건 아니지만, 저기… 그, 도망을 칠 수 있다는 얘기."

"아아, 그 얘기? 그래. 도망칠 수 있어."

에반은 거실 쪽을 한 번 쳐다본 뒤 로렌스에게 얼굴을 바짝 갖다 대며 물었다.

"엘사도?"

"그래."

의심받는 것은 익숙해도, 남을 의심하는 것에는 익숙지 않은 눈이다.

그 말을 믿어도 되느냐는 의심의 불꽃 아래로 믿고 싶다는 본심이 훤히 들여다보였다.

"나랑 내 일행만 도망치면 틀림없이 너랑 엘사 씨가 매도당하게될 거야. 나 혼자 멋대로 한 생각이지만, 이왕 도망칠 바에야 너희들 두 사람도 데려갔으면 싶다."

"말씀만 들어도 고맙네요. 난 이런 데서 죽고 싶지 않아요. 엘사도 죽게 하고 싶지 않고요. 도망칠 수 있다면 도망치고 싶어요. 엘사도…."

고개를 숙이고 눈가를 닦은 후 에반은 말을 이었다.

"이딴 마을에서 나가고 싶을 거예요. 프란츠 사제님을 은인이니 어쩌니 하긴 해도 마을사람들은 고마워한 적이 없어요. 프란츠 사제님의 가르침은 들으려고 하지 않고, 옛날부터 마을에서 모셔온 신한테는 공물을 산더미처럼 바치면서 교회에는 빵 한 조각도 안 주려고 든다고요. 셈 촌장님과 이마 아주머니가 없었으면 우린 진작 굶어 죽었을 거야."

즉흥적인 말로는 여겨지지 않는 에반의 암울한 이야기.

에반은 그래도 할 말이 남아 있는지 입을 벌리긴 했으나 생각만 앞설 뿐 말이 나오지 않는다.

그 순간 끼어든 것은 거실에서 나온 이마였다.

"바깥세상도 분명히 편치만은 않지만."

허리에 손을 얹은 채, 하는 수 없다는 투로 이마는 말했다.

"이 마을보다는 낫다고 누누이 말했건만, 저 애는 정말…."

"이마 씨는 여행을 많이 다니셨죠?"

"아아, 그랬지. 술자리에서 들었잖수? 그러니까 평생 한 마을, 한 도시에만 연연할 필요는 없다고 생각하우. 프란츠 사제님이 병으로 자리보전을 하게 된 후로는 마을사람들의 태도가 말이 아니었는데, 하지만 엘사도 고집불통이니. 너야 말을 안 해도 마을에서 나가고 싶어 죽겠는 모양이다만."

그런 말을 듣자 에반은 화를 내야 할지 부끄러워해야 할지 모르겠다는 식으로 딴 데를 쳐다보았다.

"이번 일은… 이 마을에겐 대참사이고, 나도 내일부터 어떻게 살아가야 할지를 생각하면 겁이 나서 죽겠수. 하지만 이 마을 내에서는 이질적인 이 교회가 이 마을을 포기할 좋은 기회가 아닐까 하우."

　포기한다고 표현하니 듣기엔 그럴듯하나, 실은 쫓겨나는 것이
나 다름없다. 호로가 귀 기울여 듣고 있지 않으면 좋겠다 싶은
이야기다.

　하지만 이대로 이곳에 남아 같이 망하는 것은 현명한 선택이라
생각할 수 없다.

　"그러니까 당신… 어— 저기."

　"로렌스. 그래프트 로렌스입니다."

　"그래요. 로렌스 씨가 어떻게든 얘네들 둘을 데리고 이곳에서
도망칠 수 있다면 도망치는 게 낫지 않을까 하고 나는 생각한다
우. 아니, 도망쳤으면 싶어. 어쨌거나 저쨌거나 나한테는 여기가
고향이우. 그런 내 고향에서 어처구니없이 매도당해 사람이 죽는
다면 어떤 평판이 퍼질지 알 수 없는데, 그보다 서글픈 일이 어디
또 있겠수."

　독보리가 나왔다는 구실로 보리를 반품 당하게 되어 온 마을이
위기적 상황에 처한 이 와중에, 마을의 평판을 걱정할 수 있는 이
가 몇이나 될까.

　"그럼 역시 엘사를 설득해야겠네."

　에반의 말에 이마는 고개를 끄덕였다.

　로렌스처럼 말 그대로 고향을 등지고 나온 사람이 있는가 하면,
어쩔 수 없이 떠나온 사람도 있고, 이마처럼 고향을 파괴당해 잃
어버린 사람도 있다.

　호로는 잠시 나들이를 하는 기분으로 고향을 떠났다가 그 후로
수백 년 동안 돌아가지 않았는데, 그 사이에 고향이 사라져 버렸

다.

원했건 원치 않았건, 어찌하여 세상은 뜻대로 돌아가지 않는 것일까.

교회 안에 있는 탓인지 로렌스는 평소답지 않게 그런 생각이 들었다.

"아마 엔베르크에서 사자가 올 때까지는 다들 조용할 테니, 이 마을을 떠날 거면 그때까지 준비를 해서 떠나는 게 좋을 거유."

셈 촌장은 엔베르크 측의 사자가 온다면 날이 밝을 무렵이 될 것이라고 했다.

날이 밝을 때까지는 아직 한동안 시간이 있다.

에반은 고개를 끄덕이자마자 바로 거실 쪽으로 뛰어갔다.

로렌스도 호로가 어쩌고 있는지 잠시 살펴보러 갔다 오겠노라고 이마에게 말했다.

"그러는 거야 상관없지만, 당신들 대체 어떻게 도망칠 작정인 거유?"

지극히 타당한 질문이다.

하지만 그에 대한 대답은 얼토당토않은 것이다.

그래서 로렌스는 주저 없이 말했다.

"어느 날 우연히 산속에 들어갔다가 거기에서 맛 좋은 맥주를 만들고 있는 처녀를 만나게 된 사람이 있다면, 그와 마찬가지로 어느 날 우연히 불가사의한 존재와 만나게 된 사람도 있을 수 있겠지요?"

이마는 순간 멍한 표정을 지었다가 의심스럽다는 듯이 웃었다.

"설마하니 요정이라도 만났다는 거유?"

이건 하나의 도박이다.

로렌스는 어깨를 으쓱한 뒤 애매하게 고개를 끄덕였다.

"하하… 하하핫. 그런 일이 진짜 있단 말이우?"

"그거야 이마 씨를 발견한 백작의 이야기를 처음 듣는 사람도 같은 생각을 하겠지요."

이마는 웃었다. 그리고 나서 느릿느릿 자신의 뺨을 쓰다듬었다.

"길에서 살다 보면 종종 그런 이야기를 듣게 되긴 하지만, 설마 하니 정말로…. 그거, 당신 일행이 그렇단 얘기 아니우?"

도박은 로렌스의 승리였다.

"이곳은 교회이니 그런 말을 함부로 할 순 없지요."

"하긴 그야 그렇지. 하지만 나는 선술집 여주인이니 일 년 내내 취한 상태나 다름없거든. 내가 바라는 건 이 마을이 좋은 마을로 남아 있는 것뿐이우. 여하튼 오래 붙잡고 있어 미안하우."

그 말에는 분명하게 고개를 가로저었다.

그러자 이마는 씨익 웃더니 이렇게 말했다.

"행운의 요정을 잡으려면 꽃에서 딴 꿀로 술을 만들어 취하게 한 뒤, 단지 속으로 유인을 해야 한다는 말을 들은 적이 있수. 내가 이 마을에 붙들린 것도 술이 인연이 되어서였고."

"상황이 난감할 때는 술을 이용해 보지요."

"그럼 됐수."

로렌스는 웃으면서 돌아선 뒤 어두운 복도를 걸어 들어갔다.

그리고 호로가 있을 터인 예배당 뒤쪽으로 가기 위해 두 번째 모퉁이를 돈 순간 벽에 얼굴을 찧었다.

아니, 그것은 벽이 아니라 느닷없이 눈앞에 나타난 두꺼운 책이었다.

"멍청하긴. 술에 넘어갈 내가 아니지."

로렌스는 코를 비빈 뒤 책을 받아들고 호로의 얼굴을 힐끗 훔쳐
보았다.

흐느껴 운 것처럼은 보이지 않는다.

그 점에서는 조금 안심이 되었다.

"얘기는 끝났어?"

"대충."

"흠. 난 이제 목적은 달성했어. 남은 건 당신의 신변을 안전하게
지켜 주는 일뿐이야."

이렇게 두꺼운 책을 벌써 다 읽었단 말인가.

로렌스가 책 쪽으로 시선을 돌리자 호로는 벽에 기대서며 조그
맣게 웃었다.

"감상은— 반반이야."

"반반?"

"'보지 말 걸 그랬다'와 '보길 잘했다'."

애매한 대답이었으나, 호로는 대충 훑어보면 알 거라는 듯이 턱
짓을 하더니 촛불 앞에 앉아 꾸물꾸물 꼬리를 꺼냈다.

양피지가 끼워져 있는 곳이 요이츠에 관한 부분인가 보다.

하지만 로렌스는 첫째 장부터 펼쳐들었다.

이 책에는 괴물 곰이 어디에서 와서 어디로 갔으며, 무엇을 했
는지가 다양한 지방의 이야기를 쭉 잇듯이 하여 하나의 이야기처
럼 기술돼 있었다.

달을 사냥한다는 얼토당토않은 표현으로 묘사된 괴물 곰은 그

에 걸맞을 만큼 몸집이 거대했던지, 제아무리 높은 산도 허리께까지밖에 차지 않았다고 쓰여 있으니 정말 대단한 놈이었던 모양이다.

성격이 포악하고 온몸이 눈처럼 새하얗기 때문에 죽음의 사자로 불리기도 했다고 한다. 자신에게 거역하는 것에게는 가차가 없었던 정도가 아니라, 이곳저곳에서 신이라 불리는 것들에게 싸움을 걸어서는 닥치는 대로 죽이고 그 땅의 먹을 것을 모조리 먹어치운 뒤 다른 곳으로 옮겨간다. 그런 이야기 천지였다.

양피지가 끼워져 있는 부분을 제외하고는 어디를 펼치건 엇비슷한 내용뿐이었다.

그중에서도 가장 쪽수가 많았던 것은 책의 마지막에 수록되어 있는 거대한 바다뱀과의 싸움이다. 투페로반의 대왕바다뱀이라 불리는 이 괴물 바다뱀은 등에 대륙 하나와 무수한 섬들을 싣고 다녔다는데, 당시의 격렬했던 싸움을 그린 노래까지 기재돼 있고, 현재 남아 있는 라둔 지방의 섬은 그때의 싸움으로 바다에 남겨진 파편이었다고 기술돼 있었다.

다른 이야기들 역시 그 정도까지는 아니어도 모두 화려한 것들이었는데, 얼마만큼 그 곰이 천하무적이고 포악했는지, 또한 얼마만큼 많은 신들이 죽어갔는지가 묘사되어 있었다.

프란츠 사제가 군이 특별 취급하고 싶지 않다고 한 기분도 잘 이해되었다.

이 책의 이야기를 믿는다면, 북쪽 지방의 이교도의 신들은 남쪽에서 교회가 밀고 올라오기 이전에 이미 참담한 지경에 처해 있던 것이다.

그리고 호로에게 가장 중요한 요이츠에 대한 기술에 대해서는, 마지막으로 그 부분을 읽고 난 로렌스의 심정은 뭐라 말할 수 없이 복잡했다.

요이츠에 대한 기록도 있긴 했는데, 그 땅의 신들이 꼬리를 만채 죄다 도망쳐서 요이츠는 나뭇가지에서 열매가 떨어지는 정도의 단시간 내에 곰의 손톱에 의해 갈기갈기 찢겼다고만 쓰여 있었다.

요이츠 땅의 신들이라고 한 것은 호로의 동료들일 것이다. 그들은 꼬리를 만 채 도망쳤다니 무사하긴 하겠으나 한심하기 짝이 없는 노릇이다.

보지 말 걸 그랬다, 그리고 보길 잘했다— 라고 한 호로의 심정이 이해가 갔다.

게다가 요이츠에 대한 이야기만이 별 볼일 없이 달랑 몇 줄 쓰여 있는 것도 호로에게는 영 재미가 없었을 것이다.

그래도 극렬히 저항한 끝에 큰 피해가 난 건 아니니 불행 중 다행이라 할 것이다. 그렇다면 땅만 황폐해졌을 뿐 요이츠의 이름을 아는 자들은 고스란히 어디론가 옮겨가 살고 있을 수도 있다.

그러나 호로가 그에 대해 쌍수를 들고 기뻐하지 않은 것과 마찬가지로, 로렌스 역시 호로에게 뭐라 말을 해야 할지 알 수가 없었다. 고향땅의 동료들이 죽임을 당하지 않은 것은 겁쟁이 짓을 한 덕분이니까.

책을 덮은 뒤 로렌스는 살며시 호로의 등을 바라보았다.

신이라 불리는 존재가 무조건 세상의 중심이었던 시대는 지나려 하고 있다. 그것은 교회가 강대한 영향력을 행사하고 있는 남쪽에서도 마찬가지다.

하지만, 옛날에도 세상의 중심이 되지 못한 신들은 많았다.

인간 세계와, 그다지 변한 것이 없는 신들의 상황을 눈앞에 두고, 호로의 등이 평소보다 한층 작아 보였다.

호로는 마을사람들에게조차 소홀한 대접을 받았다.

호로가 외로움을 타는 까닭을 알 것만 같다.

사람과 마찬가지로, 보이는 겉모습 그대로 어린애나 다름없는 게 아닐까 하는 생각이 든— 그 순간.

"왠지 열 받게 하는 시선인 것 같은데, 내 착각인가?"

호로가 뒤돌아 빤히 쳐다보자 로렌스는 그만 기가 눌린다.

소국(小國)의 왕이라도 왕은 왕인 것이다.

"그렇지 않… 아니, 맞아. 그랬어. 미안해. 너무 화내진 마."

평소 같으면 금세 고개를 홱 돌려버릴 터이건만 끈질기게 노려보는 호로의 모습에 당황하여 항복했다.

혹시 자신이 정곡을 찌른 것이었나?

"흥. 옛날 동료들이 무사한 것만으로도 난 만족해. 다른 건 전혀 없어."

그러니까 그 이상은 아무것도 탐색하려 들지 말라고 덧붙이고 싶었겠지만, 자긍심 높은 현랑께서 그런 창피한 소리를 할 수 있을 리 없지.

하지만 저런 어린애 같은 면에서 로렌스는 피식 웃음이 난다.

자꾸만 입가가 실룩대려는 것을 헛기침을 해서 가린 뒤 말했다.

"확실히 좋은 내용이긴 한데, 요이츠가 어디 있는지에 관한 정보는 없네?"

책을 다시 팔랑팔랑 넘긴다.

요이츠 자체에 관한 정보는 말할 것도 없고, 곰과 관련된 이야기는 죄다 상당히 오래된 것들인 듯, 들어본 적 없는 나라의 들어본 적 없는 마을과 도시에서 전해 내려오고 있는 것들이 대부분이었다.

그래도 그중의 몇몇 이야기, 특히 대왕바다뱀의 이야기는 로렌스도 몇 번인가 들어 본 적이 있다. 바다뱀과 곰의 처절한 싸움의 무대가 된 라둔 지방도 알긴 하지만 정작 요이츠의 위치를 파악하는 데는 도움이 되지 않는다.

그건 그렇고, 이토록 무시무시한 발톱자국을 곳곳에 남긴 곰에 대한 이야기 중에서 유독 요이츠에 관한 이야기만 신통치 않은 것은 우연일까.

생각해 봐야 뾰족한 수가 없기는 해도 약간 마음에 걸렸다.

"세상일, 참 뜻대로 안 되네."

그러면서 책을 덮자 호로는 꼬리 끝을 깨물며 "그러게."하고 한숨 섞인 대답을 했다.

"이 마을의 멍청한 놈들은 어떻게 할 거야? 도망칠 거면 빨리 결정해 줘. 어둠을 틈탈 수 있으면 그게 제일이니까."

"우리들의 운명은 엘사의 예측이나 내 예측이나 같아. 아마 틀림없이 그렇게 되겠지. 그렇다면 삼십육계 줄행랑을 치는 수밖에."

"쓸데없이 궁리해 봐야 소용없다는 건가?"

아훔, 하고 하품을 섞어가며 말한 뒤 호로는 자리에서 일어섰다.

"그런데 일이 그렇게 되면 이번엔 당신이 큰 손해네?"

"할 수 없지, 뭐. 밀을 꺼내올 도리가 없으니까."

"그런 데 비해 이번에는 참 침착하네?"

"그런가?"

하며 턱을 쓰다듬었지만, 로렌스가 이런 일에 휘말린 것은 이번이 처음이 아니다. 어쩔 수 없이 손해를 보는 적도 간혹 있는 것이다.

물론 크멜슨에서 뜻밖의 한몫을 잡은 덕분이라고도 할 수 있지만, 로렌스는 스스로 생각해도 놀라울 만큼 차분했다.

그리고 마을이라는 폐쇄적인 공간에서 나그네의 목숨은 파리목숨이다. 생명의 위험이 없다는 것만으로도 충분히 득을 본 셈이었다.

"하지만 들고 다닐 수 있는 고급품이었으면 이런 상황에서도 무슨 수가 있었겠지."

"일전에 산 후추 같은 거?"

그러나 같은 생각을 하는 상인들은 많다. 게다가 후추와 같은 향신료는 희소가치가 있기 때문에 값이 비싸다. 애초에 구할 수가 없으면 운반도 할 수 없다.

그런저런 생각을 하다가 문득 떠오른 것이 있었다.

"향신료 이상으로 가벼워서 들고 다닐 수 있으면서도 비싼 것이 있긴 해."

"호오?"

"신용."

호로는 드물게도 감탄한 표정을 짓더니 장난스럽게 웃었다.

"당신한테서 신용을 많이 얻으면 내다 팔아야겠군."

"내가 너한테 너무 놀림을 당하는 바람에 의심병에 걸린 건 알기나 해?"

호로는 목구멍을 울리며 큭큭 웃더니 로렌스의 오른팔에 슬쩍 팔짱을 끼어왔다.

"그럼 다시 만회해야지."

"이런 짓을 하니까 그렇게 된다는 걸 몰라?"

그러나 호로는 꼼짝도 않고 눈을 가늘게 뜨더니 속삭이듯 말했다.

"거짓말은 신용을 떨어뜨리는데?"

정말 '약았다'는 말밖에 나오지 않는다.

"그래도 당신은 한 번도 날 책망하지 않았지. 그건 솔직히 기뻤어."

"뭐?"

"내가 여기 오고 싶다고 하지 않았으면 당신은 손해를 보지 않았을 거 아냐?"

이런 때에 저런 카드를 꺼내들다니.

저 말은 분명히 본심이다.

"그럼 손해난 걸 메울 수 있도록 앞으로는 먹고 마시는 걸 좀 삼가시지?"

로렌스가 그렇게 말하자 호로는 분한 듯이 신음했다.

"당신도 요즘엔 만만치 않아졌어."

"그럼 부디 고삐를…."

하며 책 틈에서 떨어지려던 양피지를 다시 끼워 넣으며 말을 하는 찰나, 호로와 눈이 마주쳤다.

주거니 받거니 두 사람의 바보 같은 대화에 어이가 없어 내내 고개를 숙이고 있는 듯한 성모상에게 축복을 받으려는 이유에서는 아니다.

로렌스의 귀에도 들릴 만큼 교회 문을 마구 두드리는 소리가 들렸던 것이다.

"불길한 예감이 드는데."

"그럴 때는 대개 맞지."

그러면서 호로가 로렌스의 팔에서 팍 떨어지자, 곧바로 나란히 복도를 뛰어나갔다.

문을 두드리는 소리와 이마가 뭔가 고함을 치는 소리가 들려온다.

로렌스와 호로를 내놓아라 못 내놓겠다 하며 옥신각신하는 중이라는 것은 이내 알았다.

"아, 이쪽으로 오면 안 돼. 안으로, 안으로 들어가슈."

"하지만."

"당신네들을 범인으로 삼아 엔베르크 측에 건네면 용서받을 거라는 말도 안 되는 소리를 지껄이고들 있단 말이우. 이 마을 놈들은 자기네들 스스로가 어떻게든 해보려는 생각은 애초에 없수. 보리도 결국은 땅에서 저절로 나는 건데, 자기네들한테 이득이다 싶으면 앞뒤 생각 않고 베어 버리려 들거든."

이마가 말을 하는 중에도 문이 쿵쿵쿵 울렸다.

아무리 변변치 않다 해도 이곳은 이교도가 넘치는 땅에 세워진 교회다. 문 안쪽에는 견고한 나무로 된 빗장이 설치돼 있다.

문이 부서지지는 않겠지만 거실 쪽에는 허술한 나무창이 있다. 마을사람들이 작정을 하고 들면 그쪽을 부수고 교회 안으로 쉽사리 들어올 수도 있다.

상황은 일각을 다툰다.

그런 와중에 에반이 엘사를 데리고 나왔다.

"제가 나가서 설득을."

"바보 같은 소리 마."

"하지만."

이마는 안쪽에서 문을 한 번 냅다 치더니 곧바로 엘사를 돌아보면서 타이르듯이 말했다.

"네가 나가 봐야 불에 기름을 붓는 격이야. 너희들 둘은 숨길 작정이었겠지만 옆에서 보면 에반 녀석과 단짝인 게 훤히 보이거든. 섣불리 나섰다가는 마을 놈들이 엔베르크에 아부 하기 위해 널 이단으로 내몰지도 몰라."

이마는 사태를 제대로 파악하고 있다.

로렌스의 머리로도 그 같은 그림은 쉽게 그려졌다. 그나마 의지할 수 있는 셈 촌장은 마을사람들과 엘사 사이에 끼어 결국은 마을을 택할 것이다.

누구든 목숨과 지위와 명예, 그리고 고향은 아쉬운 법이니까.

"알겠어? 이제 이 마을에 있어 봐야 소용없다고. 저 이상한 두 여행객을 보면 몰라? 바깥세상은 넓어. 그리고 이 마을 놈들의 소 갈딱지는 좁아 터졌고. 어디 있건 큰일이라면 하다못해 믿을 수 있는 배우자와 새로운 생활을 하는 게 나아."

버려야만 할 것이 많지만 새로이 손에 넣는 것도 많다.

이마가 거듭 그렇게 말하자 엘사는 에반을 돌아보았다. 나란히 고개를 숙인다.

그것이 말을 하지 않고도 두 사람이 서로의 기분을 알 수 있는 몸짓이라는 것을 알아챈 것과, 호로가 옷소매를 슬며시 붙든 것은 거의 동시였다.

말로 한 적은 없지만 호로 역시 몇 백 년이나 살던 마을에서 떠날 때에는 버려야 할 것도 많았을 것이다.

"자, 그 어떤 여행길이건 갈림길에서 어느 쪽으로 가야 할지를 정하는 건 한순간이야."

"동의하는 바입니다."

로렌스가 덧붙이자 엘사는 눈을 질끈 감너니 숨기지 않고 에반의 손을 잡았다.

그런 뒤 눈을 떴다.

"도망치고 싶습니다."

이마가 로렌스를 돌아보자 로렌스는 호로를 쳐다보았다.

로렌스의 옷자락을 붙들고 있던 손을 슬쩍 떼어 자신의 허리에 얹더니 이렇게 말했다.

"나한테 맡겨— 라고 하는 대신에 한 가지 조건이 있어."

그런 뒤 호로는 쓰고 있던 후드를 주저 없이 벗너니, 놀라는 이마와 에반에게는 아랑곳없이 조용히 말을 이었다.

"이제부터 보게 될 것은 동트기 전에 꾼 꿈으로 생각하도록 해."

일단 각오를 하고 나면 여자들이 더 빨리 적응을 하는지도 모른다.

엘사가 먼저 고개를 끄덕이자 그것을 보고 에반도 덩달아 고개를 끄덕였다.

"나는 숲에서 맥주를 만들었던 요정이거든. 취해서 아무것도 기억이 안 나."

이마의 말에는 호로도 웃으며 "그럼 나한테 맡겨."라고 말했다.

"그런데, 바깥에 있는 놈들이 설령 긴 창을 들고 있다 하더라도 훌쩍 뛰어넘을 자신이 나한테야 있지만, 곤란해지는 건 당신들일 거야."

"이 교회에 뒷문 같은 건?"

로렌스가 호로의 말에 뒤이어 묻자 엘사는 순간 고개를 가로젓다가 "아니, 어쩌면."하고 말했다.

"프란츠 사제님께서 딱 한 번 지하실의 존재를 설명해 주셨을 때, 그 안에 지하통로가 있다고 하셨습니다."

교회의 구조가 어디든 엇비슷하다면, 하는 짓 역시 어디든 엇비슷한 것이다.

적이 많은 교회가 지하에 비밀통로를 만들어 두는 것은 그쪽 방면의 사람들 사이에서는 유명한 사실이다.

"그럼 그쪽으로."

엘사는 고개를 끄덕인 뒤 이마에게 시선을 돌렸다.

"얼마 간은 괜찮을 거야. 어차피 바깥에서는 어떻게 해야 할지 갈팡질팡하고 있는 거니까."

확실히 이마가 문을 한 번 내리친 뒤로는 문 너머로 웅성거리는 소리가 들릴 뿐이었다.

"그럼 우리들은 먼저 가서 지하실 입구를 열겠습니다."

"부탁드릴게요."

엘사의 말투는 다부졌으나 얼굴은 몹시 불안한 표정이었다.

어느 날 갑자기 나서 자란 고향을 떠나야 한다는 소리를 들으면, 평소 바깥으로 나가기만 꿈꾸었다면 또 모를까 누구든 동요하기 마련이다.

"먼 길을 떠나기에 앞서 조금이라도 준비를 할 수 있는 것만으로도 다행이지."

해적에게 마을이 불타 목숨만 간신히 건진 채 도망 나왔다는 이마.

"흠. 고향이 내일 당장 사라지는 것도 아니니까. 고향이 남아 있는 것만으로도 다행이지."

"어이구, 요정님도 그렇수?"

"날 저런 약해빠진 놈들과 똑같이 취급하지 마."

다른 누군가가 엄청 고생을 한다고 해서 자신의 고생이 덜어질 리는 없다.

그래도 스스로에 대한 채찍 정도로는 이용할 수 있다.

엘사는 이내 기운을 되찾고 힘차게 말했다.

"곧 준비하고 오겠습니다."

"그런데 노잣돈은 있수?"

"에반."

로렌스가 이름을 부르자 에반은 로렌스가 맡긴 가죽주머니를 그제야 생각난 듯이 꺼내어 건넸다.

"네 사람이라도 흥청망청 쓰지만 않으면 충분할 겁니다."

"그러우? 자, 그럼 어서들 가시우."

이마의 말에 네 사람은 그 자리에서 일제히 흩어졌다.

저런 것을 보고 '여걸'이라고 하는가 보다.

로렌스는 달려가면서 그런 생각을 했는데, 성모상 앞에 도착하자 마치 등짝이라도 읽어낸 것처럼 호로가 한마디 했다.

"천하의 나도 겉으로 보이는 관록에선 졌다."

로렌스는 순간 뭐라 하려다가 말았다.

하지만 그것을 눈치 못 챌 호로가 아니다.

"걱정 마. 내가 취할 수 있는 사람의 형태는 이것뿐이니까."

즐거운 듯이 웃는 호로에게 로렌스는 괜히 쑥스럽기도 한 마음에 뿌루퉁해서 대꾸해 주었다.

"그거 유감이네. 난 조금 더 풍성한 몸집이 좋던데."

호로는 고개를 갸웃거리며 싱긋 웃더니 로렌스의 뺨을 주먹으로 쳤다.

"빨리 지하실이나 열어."

어느 쯤에서 화가 났는지는 괜한 화를 자초할 것만 같아 자세히 생각지 않기로 했다.

제 5 막

여행을 해본 적이 없는 사람에게 단시간 내에 여행 채비를 꾸리라는 게 무모한 일일 수도 있다 싶어 내심 불안했는데, 날이면 날마다 바깥세상으로 나갈 생각만 한 에반이 곁에 있던 덕분인지도 모른다. 엘사와 에반이 준비해 온 물건들 중에는 쓸데없는 것이 없었다. 굳이 있다고 하자면 손때 묻어 닳은 성경뿐. 합격점이다.

"통로는?"

"있었어요. 벽으로 위장돼 있긴 하지만."

지하실 계단을 내려가 바로 맞은편은 거기에만 휑하니 책장이 놓여 있지 않은 벽이 있었다.

지하실에 비밀 통로가 있다면 그곳부터 의심이 가지 않을 수 없다. 몇 차례 벽을 두드려 보고 이내 벽 너머가 텅 비어 있다는 것을 알았다. 발로 몇 번 차자 돌 사이를 메우고 있던 진흙에 금이 가면서 결국 구멍이 뚫렸다.

벽 너머는 기분 나쁠 만큼 둥그렇게 생긴 이상한 지하통로.

통로라기보다 무슨 동굴처럼 보였다.

"그럼, 갈까요?"

성모상이 지켜보는 중에 로렌스가 말하자 엘사와 에반은 고개를 끄덕였다.

이마는 마을사람들이 무모하게 나오지 않을지 입구에서 망을 보고 있을 것이다.

로렌스는 심호흡을 한 번 한 뒤 촛대를 들고 선두에 섰다. 그 뒤를 호로, 엘사, 그리고 에반의 순으로 섰다.

지하실에는 아직 읽지 못한 책이 많이 있다. 그중에는 혹시 호로의 동료에 대한 이야기가 직접 기술되어 있는 책도 있을지 모른다.

또한, 상인의 눈으로 보더라도 그렇게 훌륭하게 장정된 책은 한 재산 값어치를 한다.

노잣돈을 보충할 겸 한 권 갖고 가고 싶긴 했으나, 이교도의 신 이야기가 빼곡히 들어찬 책을 들고 다닐 배짱이 로렌스에게는 없다.

귀와 꼬리가 달린 이형의 소녀는 상인 저리가라의 달변을 과시하지만 책은 침묵을 고수할 뿐이니까.

이윽고 지하통로로 들어섰다.

순간 몸에 얽혀드는 묘한 냉기. 동굴의 높이는 로렌스가 살짝 몸을 숙여야 할 정도이고, 폭은 양팔을 벌리면 닿을 정도. 공기가 정체돼 있거나 곰팡이로 뒤덮여 있지 않은 것이 다행이었다.

그런데 동굴 안에 들어가 촛불로 비춰 보고야 알게 된 사실이지만, 역시 이 동굴은 묘하게 둥그렇게 생긴 것도 그렇고, 군데군데 커다란 바위가 그대로 뻥 뚫려 있는 것도 특이했다.

그것도 일부러 끌로 깎은 것처럼 깨끗하게 파여 있는 것이다.

그렇다고 동굴이 똑바르게 일직선인 것이 아니라 구불구불 꺾여 있었다.

통로를 똑바로 낼 생각도 아니었다면 굳이 바위를 파는 짓은 하지 않아도 됐을 터이건만, 영 알 수가 없다.

게다가 통로 안에서는 뭔지 모를 비린내가 나는 것이 항구도시 파치오에서 들어간 지하수로와는 질이 다른 기분 나쁜 느낌이 들었다.

오른손으로 촛대를 들고 왼손으로는 호로의 손을 잡고 있는데, 그 손에서 약간의 긴장이 느껴졌다.

통로 안에서는 아무도 말이 없었다.

지하실의 입구는 이마가 때를 봐서 닫아 줄 예정이다. 혹시 이 통로의 끝이 나갈 수 없게 되어 있는 경우, 다시 이마가 입구를 열어 줄 수 있을지 몹시 불안하다.

그래도 긴장감에 눌려 쓸데없는 말을 하는 일 없이 앞장 서 걸을 수 있었던 것은 구불구불하긴 해도 이 길이 완벽한 외길이었기 때문이다.

만약 갈림길이 있기라도 했다면 중압감에 져서 무슨 말이든 했으리라.

그런 식으로 전원이 입을 꾹 다문 채 통로를 걸은 지 얼마나 시간이 흘렀을까. 어딘지 모르게 비릿한 공기가 감돌던 통로 안에 신선한 바깥 공기의 냄새가 났다.

"바깥에 다 나왔어."

하고 호로가 딱 한마디 하자 에반은 안도의 한숨을 있는 대로 내쉬었다.

깜박이는 촛불이 꺼지지 않도록 조심하면서도 다리는 제멋대로 종종걸음이 되고 만다.

견디기 힘든 으스스한 느낌에 등이 떠밀려 나아가자, 실제로는 심호흡을 세 번쯤 할 정도의 짧은 시간이었겠으나 기다림 끝에 마침내 달빛이 보이기 시작했다.

동굴의 출구는 울창한 수풀에 감추어져 있거나, 바위와 바위 사이의 틈새에 숨어 있을 줄로만 알았는데, 출구에 다가감에 따라 그렇지 않다는 것을 알게 되었다.

뻥 뚫린 출구가 달빛을 게걸스럽게 들이삼키고 있었다.

그뿐 아니라, 남몰래 은밀하게 나 있으리라고 생각한 동굴 앞에 무슨 제단 같은 것이 있었다.

가까이 다가가 보니 평평한 돌이 커다란 사각 돌 위에 올려져 있고, 그 위에는 말라비틀어진 과일과 보리다발이 놓여 있다.

로렌스는 그것을 본 순간 '설마.' 하고 속으로 중얼거렸다.

호로도 이내 알아차렸는지 로렌스를 쳐다본다.

한발 늦게 엘사가 놀란 소리를 냈다.

"이, 이건."

"핫하, 이거 끝내주네."

맨 끝으로 에반이 웃었다.

교회에서부터 이어져 온 동굴은 마을의 동구 밖에 있는 언덕 밑을 뚫고 반대쪽 경사면으로 나오게 되어 있는 듯했다.

완만한 경사면을 밑으로 내려가면 그 앞에는 엉성한 숲이 있고, 좁은 그 틈새로 작은 개울이 흐른다는 것을 달빛에 반사된 빛으로 알아보았다.

네 사람 모두 동굴에서 나와 주변에 마을사람이 없다는 것을 확인한 뒤 동굴을 뒤돌아보았다.

"로렌스 씨, 저 동굴이 뭔지 아세요?"

에반의 물음에 일부러 고개를 가로저었다.

"글쎄, 모르겠는걸?"

"이거, 토르에오 님이 옛날 옛적에 북쪽에 왔을 때 겨울잠을 잤다는 동굴이에요."

공물을 바치는 제단 같은 돌을 보고 혹시 그렇지 않을까 싶었는데 정말 그랬다고 하니 역시 놀라움을 감출 수가 없다.

"매년 수확기와 파종기에는 마을 분들이 이 앞에서 기도를 올리고 잔치를 합니다. 우리들은 가끔씩밖에 참가하지 않았지만… 어째서 교회의 통로가 여기에…."

"경위는 모르겠으나 머리를 잘 썼네요. 이러면 마을사람들은 절대 동굴 안으로 안 들어올 테니."

하지만 로렌스도 이상한 점이 있다는 것은 물론 깨달았다.

만약 이것이 프란츠 사제가 판 동굴이라면 아무리 그래도 동굴을 팔 때 들키지 않은 것이 이상하고, 더욱이 토르에오는 교회가 세워지기 전부터 숭배되고 있었을 것이다.

그런 생각이 들어 호로 쪽을 쳐다보니 호로는 넌지시 동굴 안을 보고 있었다.

그것만으로도 로렌스는 알 수 있었다.

묘하게 구불구불하면서도 군데군데 돌이 깨끗이 깎여 있는 것도 그렇고, 저 정도로 대단하면서 박쥐 한 마리 보이지 않는 동굴.

그리고 동굴 안에서 감돌던 야릇한 비린내.

로렌스의 시선을 알아챈 호로는 씩 웃더니 하늘에 떠 있는 달 쪽으로 빙그르 몸을 돌렸다.

"자, 자, 이런 데 있으면 날 잡아 잡슈 하는 거나 마찬가지지. 일단은 저 강변 있는 데로 내려가자고."

반대할 이유가 없다.

엘사와 에반은 마른 풀이 무성한 경사면을 종종걸음으로 내려가고, 로렌스는 촛불을 끈 뒤 다시금 주위를 둘러보고 나서 호로에게 시선을 되돌렸다.

"이 동굴, 진짜지?"

두 사람 앞에서는 도저히 물을 수 없었다.

"거대한 뱀. 얼마만큼 옛날인지까지는 나도 모르겠어."

그것이 토르에오인지 아닌지는 알 수 없다.

교회의 지하실이 이 큰 동굴로 통해 있었던 것은 우연일 수도 있다. 평범하게 생각하자면 그 지하실은 이 큰 동굴의 중간에 세워진 것일 테니, 통로 반대편에는 이 동굴의 연장선이 이어지고 있을 것이다.

하지만 호로는 즐거우면서도 서글픈 듯한, 그리운 추억을 보는 듯한 눈빛으로 조그맣게 말했다.

"우연히 뚫은 굴을 일일이 숭배하고 들어서야 낮잠도 제대로 못 자겠다."

"…영험한 덕 좀 보자고 성인들이 걸어간 길을 따라 행상을 하러다니는 처지가 듣기엔 귀 따가운 소리네."

호로는 웃으면서 어깨를 으쓱했다.

"인간들은 금세 뭔가를 숭배하는 이상한 생물이니까."

그리고는 질이 다른 웃음을 히죽 지었다.

"당신도 날 숭배하고 싶어지지?"

겁에 질려 신으로 받들어 모시는 것을 싫어하는 호로다. 그러니 들리는 말 그대로의 의미는 물론 아닐 것이다.

하지만 그렇더라도 호로의 말에 아무런 대꾸도 할 수가 없었다.

심사가 뒤틀리게 했다가는 그 화를 가라앉히기 위해 즉각 공물을 갖다 바쳐야 할 테니.

로렌스가 한숨을 지으며 눈길을 외면하자 호로는 큭큭 대며 숨 죽여 웃었다.

　그리고는 대뜸 로렌스의 손을 잡고 "가자."하며 경사면을 달려 내려가기 시작했다.

　호로의 옆얼굴은 로렌스를 놀려 먹어 만족스러운 표정이 아니 라 어딘지 모르게 마음이 놓인 듯한, 안도한 듯한 표정이었다.

　마을사람들에게 숭배 받고 있는 토르에오의 굴을 보고 옛날에 자신이 살던 마을을 떠올렸는지도 모른다.

　끝에 가서 로렌스를 놀렸던 것은 아마도 감상적이 된 기분을 얼 버무리기 위해서일 것이다.

　달빛 속을 달리는 호로.

　로렌스에게는 호로가 안고 있는 약한 부분을 어떻게 해줄 재간 이 없다.

　할 수 있는 일이라고는 호로가 그것을 아파하면 그저 곁에 있어 주는 것과, 감추고 싶어 하면 눈치 채지 않은 척하는 것뿐.

　그러는 자신이 한심하단 생각이 들기도 하지만, 그래도 호로는 로렌스의 손을 잡아 준다.

　호로와의 거리는 이 정도가 딱 좋을지도 모른다.

　아주 약간 쓸쓸해 하며 그렇게 납득했다.

　그런 생각을 하면서 경사면을 내려가, 한발 먼저 강변에 도착해 있는 두 사람을 따라잡았다.

　"이제 어떻게 도망칠 거야?"

　에반이 했던 질문을 로렌스는 호로에게 그대로 다시 던졌다.

　"일단 엔베르크 쪽으로 가자."

"뭐?"

"거기는 우리가 한 번 지나온 곳이잖아. 몰래 도망칠 작정이면 조금이라도 지리를 아는 곳이 나아."

'옳거니.' 하듯이 에반은 고개를 끄덕였다.

그러나 호로는 어딘지 모르게 불만스러운 표정으로 돌을 걷어 차더니 강을 바라보며 한숨을 지었다.

"한 가지만 말해 두지."

그리고 돌아서서 손을 잡고 있는 엘사와 에반에게 이렇게 말했다.

"무서워하면 그 자리에서 잡아먹을 줄 알아."

그 말이 더 협박으로 들리겠다, 하고 끼어들 뻔했으나 그것은 호로도 당연히 알고 있을 것이다.

고집불통 어린아이가 스스로도 억지라는 것을 알면서도 기어코 말을 하고 마는 기백 같은 것이 느껴졌다.

아니나 다를까, 그런 서슬에 눌려 어색하게 고개를 끄덕인 두 사람을 보고는 호로는 왠지 멋쩍은 듯이 고개를 외면했다.

"두 사람은 뒤로 돌아서 있어. 그리고 당신."

"응."

케이프를 끄르고 로브를 벗고, 로렌스에게 차례차례 옷을 건넨다.

보고 있는 것만으로도 추울 것 같은데, 별안간 옷을 벗기 시작한 소리에 에반이 그만 뒤를 돌아보고 만 모양이다.

하지만 호로에게 비난을 받았다기보다는 곁에 있던 엘사에게 야단을 맞고 있었다.

에반에게 약간 동정이 갔다.

"참 나, 인간의 모습은 왜 이렇게 추운 거야."

"보고 있는 나도 추워."

"흥."

신발도 벗어 로렌스에게 던지듯이 건넨 뒤, 마지막으로 목에 걸고 있던 보리가 든 주머니를 벗었다.

달빛 아래, 잎이 떨어진 나무들이 성글게 서 있는 숲속.

그 앞에 우뚝 선 날씬한 몸에, 유독 그것만이 묘하게 따스해 보이는 한껏 부푼 꼬리, 민첩하게 움직이는 귀가 달린 이형의 소녀.

동트기 전에 꾸는 꿈만 같은 광경이다― 싶은 것도 과언은 아니다.

호로는 입에서 흰 숨결을 내쉬며 문득 로렌스를 쳐다보았다.

"칭찬하는 말이 듣고 싶어?"

어깨를 으쓱하며 말해 보자 어이없는 웃음이 되돌아왔다.

로렌스는 빙그르 몸을 돌려 호로에게서 눈길을 뗀다.

교교하게 비치는 달빛 아래 소녀가 늑대로 변신한다.

세상이 교회만의 것은 아니다.

그리고 그 사실은 시냇물이 흐르는 이쪽과 저쪽만큼의 차이도 없는 것이다.

「역시 내 털가죽은 참으로 빼어나.」

나지막하게 땅을 기는 듯한 목소리에 뒤를 돌아보니 붉은 기가 도는 달빛 같은 한 쌍의 눈동자가 로렌스를 쳐다보고 있었다.

"팔고 싶으면 언제든 말해."

입술이 치켜 올라가면서 날카로운 이가 주르륵 얼굴을 내민다.

그래도 그것이 웃음이라는 걸 알 정도는 호로를 이해하고 있다.

문제는 엘사와 에반이 겁에 질리지 않았을까 인데, 이쪽은 뒷모습부터가 호로에게 절로 한숨이 나게 했다.

「흥. 애초에 기대도 안 했어. 빨리 타기나 해. 들키면 귀찮아지니까.」

그러나 사냥개가 노려보는 앞에서 작은 새는 사람이 다가가도 날아오를 줄을 모른다.

로렌스가 엘사와 에반의 앞으로 가서 턱짓을 하자 두 사람은 그제야 뒤를 돌아보았다.

로렌스도 처음 봤을 때는 기겁할 뻔했다.

두 사람이 졸도하지 않은 것만으로도 마음속으로 박수를 쳐 주고 싶다.

"이건 동트기 전에 꾸는 꿈. 그렇지요?"

호로의 옷을 개면서 경직돼 있는 두 사람에게 다짐했다.

특히 엘사를 향해.

하지만 두 사람은 그 이상 소란을 피우거나 도망치는 일 없이 천천히 로렌스를 돌아보았다가 다시 앞으로 고개를 돌렸다.

"프란츠 사제님은 거짓말쟁이가 아니셨네."

에반이 불쑥 중얼대자 호로는 이를 슬쩍 드러내며 웃었다.

"어서 타자."

호로는 하는 수 없다는 듯이 한숨을 재차 쉬더니 그 자리에 엎드리는 자세를 취했다.

로렌스, 엘사, 에반의 순으로 호로의 등에 올라탄 뒤 각자 뻣뻣한 털을 움켜잡았다.

「등에서 떨어지면 입으로 물고 갈 테니까 각오해.」

등에 사람을 태울 때면 꼭 하는 말인가 보다.

엘사와 에반이 털을 잡은 손에 힘을 꽉 주자 호로가 숨죽여 웃는 것이 느껴졌다.

「그럼, 가자.」

달리기 시작한 호로는 이내 완전한 늑대가 되었다.

호로의 등 위는 마치 얼음 속에 있는 것처럼 추웠다.

호로의 다리는 겁이 날 정도로 빨라, 마을을 크게 우회하여 언덕을 돌아들어간 뒤 엔베르크로 향했다. 로렌스와 호로가 짐마차로 온 길을 순식간에 되돌아간 것이다.

엘사와 에반은 호로의 등 위에서 겁에 질려 있는 정도가 아니리라.

덜덜 떨고 있어도 그것이 추워서 그런 건지 무서워서 그런 건지 본인도 분간이 안 갈 것이었다.

길이 아닌 길을 가는 동안 호로의 등에 납작 밀려 붙거나, 거꾸로 몸이 공중으로 붕 뜨기도 하는 등 바쁘기 짝이 없다.

로렌스는 필사적으로 호로의 등에 매달린 채, 뒤에 있는 엘사와 에반이 떨어지지 않기를 바랄 뿐이었다.

얼마쯤 시간이 흘렀을까. 정신이 아득해질 만큼 긴 시간이었던 것 같기도 하고 깜박 졸기만 한 얼마 안 되는 시간밖에 흐르지 않은 듯한 시간이 흐른 뒤, 호로는 걸음을 늦추고 털썩 몸을 낮춰 엎드린 자세를 취했다.

혹시 들켰느냐고 묻는 이 하나 없다.

지금 이 순간 가장 지쳐 있지 않은 것은 틀림없이 세 사람을 등에 태운 호로다.

로렌스와 엘사, 에반— 셋 다 몸은 있는 대로 경직되어 있고, 손도 호로의 털을 여전히 움켜쥔 채 떼지 못하고 있었지만, 호로의 꼬리가 풀밭을 쓰는 소리만은 귀에 들린다.

호로는 그만 내리라고도 하지 않았다.

꼼짝도 못하는 상태라는 것을 알기 때문이리라.

별안간 걸음을 멈춘 것도 그 이상 달렸다가는 세 사람 중 누군가는 한계에 이르리라고 판단해서였을 수도 있다.

"…얼마나, 왔어?"

로렌스가 그렇게 묻는 데에도 상당한 시간이 걸렸다.

「반쯤.」

"이건 잠시 쉬는 거야? 아니면…"

하고 묻자 뒤에서 축 늘어져 호로의 등에 널브러져 있던 엘사와 에반이 움찔하고 반응을 보였다.

물론 호로도 알아챘을 것이다.

「당신이 죽으면 아무짝에도 소용없어. 아침까지 휴식이야. 말을 달려도 상당히 걸릴 거리까지 와 있으니까 한동안은 안심해도 돼.」

로렌스 일행이 테레오 마을에서 사라졌다는 소식은 그 아무리 빨리 퍼진다 해도 말 달리는 속도를 넘어서지 못한다.

쫓아올 때까지는 쉴 수 있다.

그 말에 왈칵 피로가 몰아닥쳤다.

「내 위에서 자지 마. 내려가서 자.」

언짢은 듯한 호로의 목소리에 로렌스와 에반은 어떻게든 자력으로 호로의 등에서 내려올 수 있었다. 하지만 엘사는 이미 한계였는지 두 사람이 달라붙어 등에서 내렸다.

그럴 수만 있다면 불을 피우고 싶었지만 호로가 진을 치고 있는 곳은 테레오와 엔베르크를 잇는 도로 중간의 작은 언덕을 끼고 있는 수풀 속이었다. 가만히 있으면 괜찮겠지만 불을 피웠다가는 들킬 것만 같다.

하지만 추위 문제는 금세 해결되었다.

어쩌니 저쩌니 해도 두툼한 모피가 있으니까.

「어미가 된 기분이군.」

호로의 목소리가 몸을 기댄 옆구리에서 직접 들려온다.

엘사와 에반이 교회에서 갖고 나온 모포를 뒤집어쓴 뒤 호로에게 바짝 기댄다. 그러자 꼬리가 세 사람을 감싸듯이 놓였다.

그것이 얼마나 따스한지, 호로의 말에 쓴웃음을 지었는지 어쨌는지조차 기억이 나지 않을 만큼 세 사람은 이내 곯아떨어졌다.

장사꾼은 언제 어디서건 잠은 챙겨 잘 수 있지만 그래도 이런 상황에서 숙면을 취하지는 못한다.

호로가 살짝 몸을 움직였나 본데, 그 바람에 눈이 뜨였다.

하늘이 밝고 엷은 아침 안개가 끼어 있었다. 마을이었다면 시장이 문을 열기 직전 정도인 시간이리라.

곁에서 나란히 자고 있는 엘사와 에반을 깨우지 않도록 조심하면서 일어나, 꽤 가뿐해진 몸을 느릿느릿 이리저리 풀었다.

마지막으로 늘어지게 하품을 한 뒤 한숨과 함께 팔을 내린다.

머릿속은 앞으로 해야 할 일로 꽉 차 있었다.

어느 마을로 가건 엘사와 에반을 그대로 내버려둔 채 작별을 할 수는 없다. 역시 한 번은 크멜슨으로 되돌아가 상관에 사정을 설명하고 보호를 받은 뒤, 상관의 연줄을 통해 엔베르크와 테레오에게 대화를 시도하는 수밖에 없다.

그리고 나서 맡겨둔 돈을 찾아 레노스로 간다.

그렇게 하면 되려나.

그런 계산을 마치고 나자 그제야 로렌스는 호로가 자신을 쳐다보고 있는 것을 알아챘다.

엎드려 있어도 커다란 호로의 몸집은 무섭다기보다는 역시 불가사의한 인상이 짙다.

신이 장난삼아 만든 정교한 인형처럼 호로는 한동안 로렌스를 빤히 쳐다보고 있더니 이윽고 다른 쪽으로 고개를 획 돌렸다.

"왜 그래?"

마른 풀을 파삭파삭 밟으며 다가가자, 호로는 나른한 눈빛으로 돌아본 뒤 불쑥 턱짓을 했다.

설마 머리를 쓰다듬어 달라는 뜻은 아닐 테니 그 앞에 뭔가가 있는 것이리라.

봉긋한 언덕 너머에는 엔베르크와 테레오를 잇는 길이 있다.

이내 무슨 뜻인지 알았다.

"보러 가도 괜찮을까?"

그 질문에 호로는 대답은 하지 않은 채 기지개를 한껏 피더니 나란히 뻗은 앞다리에 머리를 얹고 귀를 두어 번 턴다.

로렌스는 그런 몸짓을 긍정으로 받아들인 뒤, 그래도 일단은 몸을 낮추고 발소리를 죽여 가며 언덕 쪽으로 다가갔다.

이런 시간에 누군가가 길을 지나간다면 어떤 자들일지는 이내 짐작이 간다.

언덕 꼭대기 부근으로 가까이 가자 더욱 머리를 낮춰 살며시 길 쪽으로 시선을 응시해 보았다.

언뜻 봐서는 아무도 없기에 조금 더 앞으로 나아가서 둘러보자 엔베르크 방면에서 조그맣게 잡다한 소리가 들려왔다.

잠시 후, 안개 너머로 부옇게 대열의 모습이 보였다.

테레오로 보리를 싣고 가는 행렬이리라.

그렇다면 테레오에는 이미 엔베르크 측에서 전령이 도착했을 터이고, 그 내용 여부에 따라서는 마을사람들이 강제로 교회를 부수고 들어가 로렌스 일행을 찾고 있을 것이다.

로렌스 일행의 편을 들었을 뿐 아니라 도망치게까지 한 이마는 괜찮으려나.

상당히 강해 보이는 위치에 있는 듯하니 신변의 안전 자체야 괜찮을 것이다 싶으면서도 역시 걱정이 된다.

그러나, 이제 로렌스 일행이 테레오로 가는 일은 다시는 없을 것이다.

그런 생각을 하고 있는데 저벅저벅 발소리가 뒤에서 들려 돌아보았다.

에반이었다.

"몸은?"

로렌스의 말에 고개를 끄덕인 뒤 곁에 쭈그리고 앉아 먼 곳을 바라본다.

"어? 엔베르크 놈들인가요?"

"그렇겠지."

"그렇구나…."

무기가 있으면 당장 달려가 한판 붙고 싶은, 그러면서도 수중에 무기가 없는 것에 안심을 하는 듯한 복잡한 표정을 짓고 있다.

로렌스는 그런 에반에게서 시선을 뒤쪽에 있는 호로에게로 돌렸다.

호로는 여전히 납작 엎드려 있고, 엘사도 호로에게 기대고 있는 그대로다.

하지만 엘사는 진작 잠에서 깨어났는지 멍한 얼굴을 하고 있었다.

"엘사 씨는 어디 아픈가?"

빈혈로 쓰러진 뒤 철야의 강행군이다.

앞으로의 일을 생각하면 엘사의 몸 상태가 가장 마음에 걸린다.

"글쎄요…. 안색은 좋았는데 내내 무슨 생각을 하고 있는 것 같아요."

"생각?"

에반은 고개를 끄덕였다.

저런 상태로 봐서는 무슨 생각을 하고 있는 것인지 털어놓을 리 없겠지만, 거의 느닷없이 고향을 뛰쳐나올 수밖에 없는 상황에 처하면 누구든 멍하니 생각에 빠져들게 되리라.

엘사를 돌아보는 에반의 옆얼굴은 지금 당장이라도 곁으로 달려가고 싶은 충견 같은 표정이었다.

그래도 지금은 가만히 두어야 한다고 생각하는 모양이다.

무언가를 꾹 참는 듯하더니 상당히 가까워진 엔베르크의 행렬을 바라보았다.

"저놈들, 수가 꽤 되네요."

"마을에서 산 보리를 전부 도로 무를 작정일 테고, 짐마차 주위에 있는 놈들이 들고 있는 긴 막대는⋯ 창이겠지."

필시 마을사람들이 저항할 때를 대비해 준비한 것이겠지만, 저런 삼엄한 태세가 행렬을 오히려 더 무시무시하게 보이게 한다.

"저기요, 로렌스 씨."

"응?"

"로렌스 씨의⋯ 저기, 우리들을 태워 주신 저 신령님께 부탁을 하는 건 안 될까요?"

에반이 아무리 목소리를 낮췄어도 호로에게는 고스란히 들렸을 것이다.

그래도 호로는 못 들은 척하고 있다.

로렌스는 뒷말을 물었다.

"뭘 부탁할 건데?"

"저놈들을 모조리 죽여 달라고."

위기에 몰리면 꼭 신을 찾지.

그리고 그 부탁이란 게 엉뚱한 것이기 십상이다.

"가령 저 녀석이 그 부탁을 들어줘서 실행에 옮긴다고 쳐. 그거야 금방 실현되겠지. 하지만 그렇게 되면 엔베르크는 다음번에는 테레오 마을에 처음부터 군대를 투입할 거야. 우린 그것들에 전부 대응할 순 없어."

에반은 처음부터 대답은 알고 있었다는 듯이 선선히 고개를 끄덕였다.

"그렇겠죠."

보리를 실은 행렬은 꽤 가까워져 있었다.

두 사람은 자세를 웅크리고 상황을 살폈다.

"우리는 앞으로 어떻게 되는 건가요?"

"일단 크멜슨이라는 곳으로 가려고 해. 거기까지 가면 적어도 신변의 안전은 확보될 수 있으니까. 그 다음은 거기 가서 다시 생각해 보자."

"그렇군요…."

"희망하는 데가 있으면 생각해 둬. 이렇게 된 것도 무슨 인연이 겠지. 도와줄게."

에반은 눈을 감고 웃은 뒤 "고마워요."라고 짤막하게 말했다.

테레오 마을에 파멸을 불러올 행렬은 아침 공기를 흩뜨리듯이 덜커덕대는 소리를 울리며 길을 지나간다.

짐마차로 치면 열다섯 대 정도 될까. 창을 든 자들도 스무 명은 되어 보였다.

그리고 그중에서도 로렌스의 눈길을 끈 것은 대열의 맨 끝에 선 머리카락 색이 약간 다른 집단.

마차를 끄는 말에는 고위 성직자가 타고 있다는 것을 나타내기 위해 복면과 말다래*가 씌워져 있고, 그 주위에 창을 든 자들이 네

※말다래 : 말을 탄 사람의 옷에 흙이 튀지 아니하도록 가죽 같은 것을 말의 안장 양쪽에 늘어뜨려 놓은 기구.

명 가량, 그보다 한걸음 뒤에서 걸어가는 여행복 차림의 성직자들이 몇몇.

로렌스는 속으로 '오호라, 그렇군.' 하고 중얼거렸다.

테레오 마을에서 수확한 보리에 리델리우스의 업화가 섞여 있었고, 엔베르크에서 사망자가 나왔다.

그러나 사실 보리 속에는 리델리우스의 업화가 섞여 있지 않았고, 테레오에서는 보리를 먹고 중독된 사람도 하나 없었다.

그것을 이용할 속셈이리라.

테레오 마을에서 중독자가 나오지 않은 것은 악마가 편을 들었기 때문이라는 구실로 마을 전체를 이단으로 내몰기 위해.

"그만 가자."

로렌스가 그렇게 말하자 어렴풋이 뭔가를 느낀 듯한 에반은 말없이 고개를 끄덕였다.

경사면을 내려가 호로의 곁으로 돌아가자 엘사가 할 말이 굴뚝 같은 표정으로 쳐다보았으나 로렌스는 그것을 못 본 체했다.

무슨 질문을 하더라도 대답은 한 가지. 테레오 마을은 절망적인 상황이라는 것뿐이기 때문이다.

"조금 이동한 뒤에 아침밥을 먹도록 하자."

로렌스의 말에 엘사는 탐색하듯 눈을 내리깐다.

그리고 여태 기대고 있던 호로에게서 잠자코 몸을 일으켰다. 그러자 호로도 벌떡 일어선다.

짐은 에반과 로렌스가 나눠 진 뒤, 호로가 앞장서 걸음을 뗐다.

사박 사박 사박 하고 마른 풀을 밟는 소리가 울리기 시작한다.

맨 처음 걸음을 멈춘 것은 에반. 이어서 로렌스.

호로는 조금 더 걷다가 이쪽을 돌아보지 않고 자리에 앉았다.

"엘사?"

그렇게 물은 것은 에반.

엘사는 모포를 몸에 두른 채 우뚝 서 있었다.

로렌스는 아까부터 에반도 쳐다보지 않은 채 발끝만 내려다보고 있었다.

에반과 로렌스는 잠시 얼굴을 마주했다. 에반은 고개를 살짝 끄덕이더니 되돌아가려 했다.

엘사가 입을 연 것은 그 순간이었다.

"호로….."

엘사가 부른 것은 에반의 이름이 아니었다.

"당신은… 정말로, 신인가요?"

호로는 잠자코 꼬리를 한 번 탁 친 뒤 일어나더니 방향을 틀어 엘사 쪽으로 돌아섰다.

「나는 요이츠의 현랑 호로. 그러나 신으로 불린 세월도 길다.」

자리에 앉아 엘사를 똑바로 응시하며 말한다.

로렌스는 호로의 그런 대답이 적잖이 의외였다.

그뿐 아니라, 호로의 눈은 매우 진지하게 엘사를 바라보고 있으면서도 어딘지 모르게 상냥함이 어려 있었다.

「나는 보리에 깃들어 늑대의 모습을 하고 인간의 모습도 취할 수 있지. 인간들은 보리를 관장하는 풍작의 신으로 나를 받들고, 나 또한 그 기대에 부응할 수 있다.」

호로는 뭔가를 꿰뚫어보고 있다.

어깨에 두른 모포를 끌어 모으듯 붙들고 서 있는 엘사의 팔과 모포 속에 있는 엘사의 무언가를 꿰뚫어보고 있다.

호로는 스스로 신이라 칭하지 않는다.

"풍작을? 당신은 그렇다면 토르에오의…?"

「그에 대해서는 스스로 대답을 내었을 텐데?」

슬쩍 송곳니가 엿보였다. 쓴웃음을 지은 것일 수도 있다.

엘사는 그 말에 목을 조금 움츠리더니 고개를 끄덕였다.

"토르에오는 토르에오. 당신은 당신."

호로가 웃는 것처럼 한숨을 내쉬자 발밑의 마른 잎들이 화악 일어난다.

호박색 눈빛이 전에 없이 상냥해 보였다.

신이 정말 존재한다면 저런 것들을 가리키는 것이리라 하고, 두려움이 아닌 경의를 품고 말할 수 있을 것 같은 눈빛.

엘사는 고개를 들었다.

그리고 호로를 똑바로 쳐다보았다.

"…그렇다면—"

「그 전에 질문에 대한 답은.」

호로의 꼬리가 마른 잎을 촤악 쓸었다.

엘사는 말을 삼켰다. 그럼에도 호로에게서 시선을 떼지 않는다.

호로는 천천히 대답했다.

「내가 할 일이 아니다.」

순간 엘사의 얼굴이 일그러지면서 오른쪽 뺨에서 눈물이 흘러내렸다.

그것이 신호였던 것처럼 에반은 엘사 곁으로 달려가 어깨에 손을 얹는다.

하지만 엘사는 괜찮다는 듯이 고개를 끄덕인 뒤 코를 비비고 흰 숨을 커다랗게 토해냈다.

"저는 프란츠 사제님의 뒤를 잇는 자입니다. 지금은 그것을, 분명히 말할 수 있습니다."

「그래?」

호로가 맞장구를 치자 엘사는 온화하게 웃었다.

육중하면서도 단단한 무언가를 깨끗이 잘라낸 듯한 시원스런 웃음.

엘사도 프란츠 사제가 이교도의 신들에 관한 이야기를 모은 목적을 알고 있었던 것이 아닐까.

아니, 알고 있었으리라. 훨씬 오래 전부터. 프란츠 사제에게서 지하실에 대해 듣고 이내 알았을지도 모른다.

하지만 이해하고 싶지 않았겠지.

이마의 말은 언제나 옳다.

세상은 넓고 마을사람들의 소갈딱지는 좁다.

엘사는 넓은 세상을 알았다. 그렇다면 그 다음에 나올 말도 자연히 정해진다.

"마을로, 돌아가겠습니다."

"뭐…?!"

외마디 소리를 내지른 에반이 무슨 말을 더 하기 전에 엘사는 몸에 감고 있던 모포를 벗어 에반에게 내밀었다.

"로렌스 씨, 죄송합니다."

그것이 무슨 의미인지는 헤아릴 수 없으나, 이 자리에서 하기에는 걸맞은 말이리라.

로렌스는 말없이 고개를 끄덕였다.

하지만 에반은 납득이 갈 리가 없다.

"마을로 돌아가다니, 어쩌려고 그래? 돌아가 봐야 마을에선 이미."

"그래도 돌아가야 돼."

"어째서?!"

다그치듯 다가서는 에반을 피해 몸을 뒤로 빼지도 밀쳐내지도 않고 그대로 받아들인 채 엘사는 대답했다.

"나는 마을의 교회를 이끄는 사람이야. 마을사람들을 버릴 수 없어."

에반은 따귀를 얻어맞은 것보다도 더 큰 충격을 받은 듯이 휘청하더니 한걸음 물러섰다.

"에반, 훌륭한 상인이 되어 줘."

엘사는 그제야 비로소 에반의 가슴을 떼민 뒤 빙그르 몸을 돌려 뛰어갔다.

테레오 마을까지는 서둘러 가지 않는다고 해도 저녁 무렵이면 도착할 것이다.

하지만 그 앞에 무엇이 기다리고 있을지는 불을 보듯 뻔하다.

"…로, 로렌스 씨."

넋이 나간 듯, 당장이라도 울음이 터질 것만 같은 얼굴로 에반이 로렌스를 돌아본다.

로렌스는 엘사의 말에 감탄할 수밖에 없었다.

"엘사 씨는 네가 훌륭한 상인이 되길 바라는 모양인데?"

"…윽!"

에반은 분노로 얼굴이 일그러져 로렌스에게 덤벼들 기세다.

하지만 그래도 냉정하게 말을 이었다.

"상인에게 필요한 것은 냉정하게 손익을 따질 줄 아는 머리다. 네가 그걸 할 수 있겠어?"

눈속임 그림을 처음으로 본 어린아이들이 대개 저런 표정을 짓는다.

그런 얼굴을 한 채 에반은 꼼짝도 않고 서 있었다.

"그 아무리 다부지고, 그 어느 누구에게도 지지 않을 결심을 했다 해도, 불안한 마음이 전혀 없지는 않을 테지."

로렌스는 어깨를 으쓱한 뒤 다시 한 번 말했다.

"상인에게 필요한 것은 손익을 따질 줄 아는 머리다. 너는 상인이 되고 싶은 거지?"

에반은 이를 악물고 눈을 감은 채 주먹을 꼭 쥐었다.

그런 후, 등에 지고 있던 짐을 전부 내던지더니 뒤돌아 달려 나간다.

사람이 고향을 애틋하게 그리는 것은 거기에 소중한 사람들이 있기 때문이다.

로렌스는 에반의 뒷모습을 눈부시게 여기면서 내던져 있는 짐을 주워들고 마른 잎들을 털어냈다.

이내 뒤쪽에서 기척이 느껴지자 뒤를 돌아보며 로렌스는 말했다.

"자, 이제 어떡—."

할까? 라는 말은 입에서 제대로 나오지 못했다.

로렌스의 몸은 호로의 커다란 앞발에 고목처럼 픽 쓰러졌다.

「내가 틀렸어?」

호로의 앞발이 로렌스의 가슴을 누르고, 두 개의 두껍고 날카로운 발톱이 귓전에서 푹푹 소리를 내며 땅바닥을 파고든다.

「내가 틀린 거야?」

두 눈이 붉게 타오르고 날카로운 이가 있는 대로 드러나 있다.

부드러운 지면에 등이 묻혀 들어가는 것이 느껴졌다.

호로가 좀 더 체중을 실었다가는 로렌스의 갈비뼈는 쉽사리 부서질 것이다.

그래도 가까스로 목소리를 쥐어짜냈다.

"그, 그걸… 그걸 누가, 판단하는데?"

그 말에 호로가 커다란 머리를 가로저었다.

「판단 같은 거 못 해. 하지만 난… 나는.」

"고향을 위해…, 절망적일지언정 싸우려고 하는 건…."

로렌스는 호로의 앞발에 손을 대고 뒷말을 이었다.

"적어도, 후회는 되지 않아."

호로의 몸이 확 부푼 것만 같다.

눌려 죽는다.

그런 공포가 이성을 압도하려는 순간, 호로의 모습이 사라졌다.

백일몽이 따로 없다.

로렌스의 목을 살짝 조르고 있는 것은 호로의 작은 손. 가벼운 몸체가 로렌스의 위에 놓여 있다.

"내 발톱은 바위도 깰 수 있어. 인간들이 떼로 몰려든다 해도 상대가 안 돼."

"실감했어."

"요이츠의 그 어떤 놈도 나를 당해낼 순 없었어. 인간도, 늑대도, 사슴도, 멧돼지도."

로렌스의 목을 한 손으로 조른 채 내려다보며 호로는 말했다.

"그럼 곰은?"

그냥 단순한 곰이 아니다.

"달을 사냥하는 곰은 어때?"

울지 않는 것은 슬프지 않아서가 아니라 화가 나 있기 때문이리라.

그래서 로렌스는 다정한 말 같은 건 하지 않는다.

"이기진 못했겠지."

그 순간, 호로는 로렌스의 목을 조르던 오른손을 확 들었다. 그리고.

"그래도 철저히 항전해서, 프란츠 사제가 모은 책 속에 요이츠의 이름이 3쪽 정도는 나오게 했을 순 있지."

그 말에 호로의 오른손이 힘없이 떨어지더니 로렌스의 가슴을 쳤다.

"그게 좋은 건지 나쁜 건지는 알 수 없어. 하지만 어디까지나 그건 가정일 뿐이야. 내 말이 틀려?"

"…틀리지 않아."

그러면서 호로는 로렌스의 가슴을 다시 한 번 쳤다.

"만약 네가 요이츠를 떠난 직후에 달을 사냥하는 곰이 쳐들어왔다는 이야기를 들었다면 서둘러 돌아갔겠지. 하지만 현실은 그렇지 않았어. 네가 요이츠를 떠나고 얼마나 지나 생긴 일인지는 모르겠지만, 너는 전혀 알지 못하는 상황에서 재앙을 맞은 거야."

호로는 엘사의 속마음을 알아채고 있었다.

고향을 버려야 할 것인지, 아니면 따돌림을 당하며 구할 가능성이 전혀 없다 해도 싸워야만 할 것인지 갈등하는 것을.

그런 엘사를 보면서 호로는 어떤 생각을 했을까.

당연히 후회하지 않는 쪽으로 선택을 하게 했으리라.

하지만 한편으로 그것은, 자신이 취하고 싶었으나 그럴 수 없었던 과거의 선택을 눈앞에서 목격하는 것과 같다.

마을사람들을 버릴 수 없다는 엘사의 말은 때와 장소를 뛰어넘어 호로를 책망하는 말처럼 들렸으리라.

로렌스는 그래서 때와 장소가 다르다는 부분을 들어 호로를 책망했다.

"울지 않는 걸 보니, 자신이 얼마나 멍청한 일로 어물대고 있는지 알긴 하나 보네?"

"그런 건!"

호로가 날카로운 송곳니를 드러내며 불타는 호박색 눈빛으로 로렌스를 노려본다.

그럼에도 로렌스는 그런 호로는 신경 쓰지 않는다는 투로 호로를 몸 위에 올려놓은 채, 호로에게 떼밀렸을 때 뺨에 붙은 흙과 마른 잎을 털어냈다.

"그런 건… 나도 알아."

로렌스는 한숨을 지은 뒤 팔꿈치로 땅을 짚고 머리를 살짝 들었다.

말 탄 자세로 올라타 있는 호로는 그런 로렌스를 보고는 뿔난 어린애처럼 시선을 피했다.

그렇다고 로렌스에게서 도망치지는 않는다. 어색한 동작으로 몸을 비켜 로렌스의 왼쪽 무릎 위에 다리를 모으고 바로 앉더니 그제야 손을 내밀었다.

로렌스는 호로의 손을 잡고 반쯤 땅에 묻혀 있던 몸을 일으킨 뒤 어이가 없다는 듯이 한숨을 한 번 지었다.

"엘사와 에반이 돌아왔다면 뭐라고 둘러댈 건데?"

실오라기 하나 걸치지 않은 호로가 눈앞에서 바로 고개를 홱 돌린다.

"둘러대긴 뭘 둘러대?"

"사람을 죽이려 들었잖아."

그러자 호로는 겸연쩍은 표정을 있는 대로 짓더니 콧등에 주름을 잡으며 말했다.

"내가 인간 암컷이었으면 당신은 죽어도 말 못할걸?"

"죽으면 당연히 말을 못하지. 그나저나."

꼭 안아 주고 싶을 만큼 추워 보이는 호로가 눈을 치켜뜨고 흘끔대며 로렌스의 다음 말을 기다린다.

"어쩌고 싶은 건데?"

"누가 할 소릴?"

재깍 반격을 당하자 로렌스는 뜨끔한 뒤 하늘을 슬쩍 올려다보았다.

호로는 이럴 때에도 호로.

고삐는 늘 호로가 쥐고 있는 것이다.

로렌스는 고삐를 빼앗긴 복수로 호로의 몸을 껴안으며 "어디 두고 봐."하고 귓가에 대고 말했다.

그 말에 호로가 품속에서 몸을 살짝 틀더니 한마디 한다.

"어떻게 좀 안 되겠어?"

물론 엘사와 에반, 그리고 테레오 마을에 관한 것이리라.

"요이츠는 이미 구제불능이야. 하지만 이쪽은 아직 가능성이 있어."

"난 그냥 행상인일 뿐이야."

호로는 꼬리를 파닥거리며 말했다.

"난 그냥 늑대가 아니야."

전폭적으로 협력하겠다는 뜻이리라.

하지만 그렇다고 무슨 가능성이 있을 것인가.

설마하니 마음에 들지 않는 놈들을 모조리 잡아먹으려는 건 아닐 테고.

"독보리라고 했지? 만약 보리 속에 뭔가 섞인 게 있다면 난 그걸 가려낼 수 있어."

"그럴 가능성은 나도 생각했었어. 그래도 불가능할 거야."

"믿게 만드는 게 어렵다는 거지…?"

"기적이 일어나지 않는 한."

로렌스는 그렇게 말을 한 뒤, 한 번 더 반복했다.

"기적이 일어나지 않는 한?"

"왜 그래?"

머릿속에서 뭔가가 연결되기 시작하자 로렌스는 현기증이 나도록 시선을 이리저리 굴렸다.

호로가 보리와 독보리를 가려낼 수 있다는 건 로렌스도 생각한 바다. 하지만 그 방법은 보리가 유독한지 무독한지를 상대방이 믿

게 하는 부분에서 막혔다.

그것과 비슷한 이야기를 어디선가 들었는데?

대체 어디서지?

촤촤촤촤 하고 온갖 기억이 머릿속에 펼쳐진다.

그리고 떠오른 엘사와 교회의 모습.

"그래. 기적이야."

"뭐?"

"교회가 신도를 가장 효과적으로 끌어 모을 수 있는 방법이 뭔지 알아?"

그 말에 호로는 약간 무시를 당한 듯한 표정으로 마지못해 대답했다.

"기적을 보이는 거?"

"그래. 하지만 씨 없이 맺히는 열매는 거의 없지."

이리 되자 이번엔 호로가 눈을 이리저리 굴릴 차례다.

"눈으로 볼 수 있는 형태로 해야 한다면…. 당신, 내 보리 갖고 있지?"

로렌스는 호로에게 떠밀린 탓에 뒤로 날아간 짐을 가리켰다.

"손 뻗어서 집어 줘."

무릎 위에서 내려갈 마음은 없는 모양이다.

항의해 봐야 소용없을 거란 생각에 로렌스는 시키는 대로 몸을 틀고 손을 뻗어 더듬더듬 짐 보따리를 잡은 뒤 그 안에서 호로가 깃든 보리 주머니를 꺼냈다.

"자."

"흐음. 잘 보고 있어."

호로는 주머니 속에서 보리 한 알을 꺼낸 뒤 그것을 손바닥 위에 올려놓고 살며시 심호흡을 했다.

그리고 다음 순간.

"엇."

로렌스의 눈앞에서 바르르 떨던 보리알이 딱 쪼개지는가 싶더니, 초록빛 싹을 틔우고 흰 뿌리를 내린다. 곧이어 잎이 나오고 줄기가 쑥쑥 자라 하늘을 향해 뻗어 올랐다.

이윽고 그 끝에서 새로운 보리이삭이 맺히고 그것이 묵직해질 쯤, 푸릇푸릇했던 보리가 갈색으로 변했다.

그 모든 것이 짧은 시간동안 일어난 일.

순식간에 호로의 손바닥 위에서 한 그루의 보리가 생겨나 있었다.

"이 정도쯤이네. 이것도 그렇게 많이는 못 만들어. 게다가—."

호로는 자신의 손바닥 위에 생겨난 보리를 집어 들어 이삭 끝으로 로렌스의 코를 간질이면서 말했다.

"이것도 보다시피 씨는 있는데?"

"웃고 싶어도 쓴웃음밖에 안 나온다."

호로는 샐쭉한 표정을 짓더니 보리를 불쑥 내밀었다.

"자, 어때? 눈에 보이는 건 이쯤이고 그 외엔 늑대의 본모습 정도?"

"아니, 그거면 충분할 거야."

호로의 손에서 보리를 받아든 뒤 말을 이었다.

"그 다음은 이런 수단을 엘사가 이해해 주는 것과 그리고—."

"아직도 더 남았어?"

로렌스는 고개를 끄덕인 뒤 "하지만."하고 머리를 저었다.

　"그쪽은 내가 상인으로서의 능력을 발휘해야 할 부분이야. 어떻게든 되겠지."

　엔베르크에서 반품된 보리를 독보리와 보통 보리로 가려낸 뒤, 마을사람들에게 그것을 믿도록 만든다고 해서 테레오 마을이 위기에서 바로 해방되는 것은 아니다.

　셈 촌장의 계산에 따르면 필요한 돈은 약 70리마나 된다.

　그것을 어떻게든 처리하지 않으면 테레오는 엔베르크에게 먹히고 말 것이다.

　하지만 설령 엔베르크 측이 기적을 용인하고 독보리 구별법을 납득한다 해도, 애초의 계획이 테레오 마을을 지배하기 위해 독을 섞은 것이었다면 반품한 보리를 다시 매수해 주리라고는 도저히 생각되지 않는다.

　그렇다면, 반품된 보리를 어떻게든 처리해서 돈으로 만들어야만 한다.

　일단 문제를 거기까지 끌고 갈 수만 있다면 그 다음은 상인의 영역이다.

　그리고 로렌스는 상인이다.

　"좋았어. 그럼 그만 돌아가자."

　"흐음. 이젠 진짜 춥다."

　호로는 웃으면서 자리에서 일어났다. 그런 뒤 꼬리를 탁 쳐서 로렌스의 눈을 속이더니 눈 깜짝할 새에 본모습으로 돌아갔다.

　「아쉬운가 보네?」

　이를 내보이며 말하는 호로에게 로렌스는 어깨를 으쓱한 뒤 이렇게 말해 주었다.

"넌 재미있나 보다?"

호로와 로렌스는 이내 엘사와 에반을 따라잡았다.

테레오 마을에는 정오가 조금 지나 도착했다.

엘사는 의외로 쉽사리 로렌스와 호로가 한 부탁을 받아들였다.

결의만 있고 수단이 없으면 아무 소용이 없다는 것을 이해했는지도 모른다.

하지만 그런 판단은 어제까지의 엘사였으면 있을 수 없는 일이었으리라.

"하지만 그래도 저는 저의 신을 믿습니다. 모든 신들의 꼭대기에 계시며, 이 세상의 모든 것을 창조하신 신으로서."

호로의 모습을 처음으로 본 지 아직 얼마 되지 않았음에도 엘사는 늑대 모습의 호로를 똑바로 마주 보며 그렇게 말했다.

굳이 우적우적 씹을 것도 없이, 발톱만 한 번 휘둘러도 자신을 살점덩어리로 만들 상대를 향해.

호로는 잠시 말없이 엘사를 노려보다가 이를 잔뜩 드러냈다.

에반은 그런 호로와 엘사를 마른침을 삼키며 지켜보고 있었으나, 호로라고 자신이 세상의 꼭대기에 자리하지 않는다는 것은 모르는 바가 아니다. 그만큼 세상이 넓다는 것을 안다.

이내 이를 거두고는 「흥.」하고 머리를 홱 돌렸다.

"남은 것은 보여주는 형태와 그 방법입니다."

"무슨 좋은 안이 있으신가요?"

테레오 마을의 외곽, 에반의 물레방앗간에서 약간 떨어진 언덕 위에서 호로가 망을 보는 동안 로렌스 일행은 이야기를 나누고 있었다.

"그 어떤 상품이든 가격이 바닥을 쳤을 때 사면 이윤은 가장 커지게 되지요."

"마을이 가장 궁지에 몰린 뒤로?"

로렌스가 고개를 끄덕이자 에반이 말을 이었다.

"아침에 본 바로는 반 주교가 오는 것 같은 분위기였어."

"반 주교가…."

금전적으로뿐 아니라 종교적으로도 테레오 마을을 몰아붙일 작정이겠지만, 아침까지는 상황이 절망적이기만 했던 그 부분도 지금은 역전시켜 이용하는 것 또한 전혀 불가능하지는 않다.

아니, 오히려 엔베르크 교회의 책임자가 온다면 더 잘된 일이다.

기적의 증인으로서 그보다 더 걸맞는 인물도 없을 테니.

"엔베르크에서 오는 인물은 테레오 측의 반론을 거의 용납지 않고 이야기를 몰아가겠지요. 창을 든 자들까지 데리고 왔습니다. 신사적으로 이야기를 진행시키리라고는 도저히 생각되지 않아요."

"셈 촌장님도 마을사람들이 칼을 드는 것은 원치 않을 겁니다."

"마을 놈들이 그럴 용기나 있고?"

에반의 비난도 전혀 틀린 말은 아닐 것이다.

그렇다면 로렌스 일행이 언제쯤 마을에 나타날 것인가는 저절로 정해진다.

"그럼 우리들이 나서는 것은 셈 촌장님이 무릎을 꿇은 다음이 되겠군요."

"기적을 일으키는 방법은 아까 설명한 대로."

엘사는 고개를 끄덕인 뒤 시선을 에반 쪽으로 돌렸다.

"에반, 괜찮겠어?"

라는 것은 에반의 역할에 관한 것.

이번 작전에서 가장 목숨이 위태로운 것은 에반이다.

그리고 그것은 호로의 힘에 대한 믿음을 바탕으로 하는 일.

에반의 눈이 호로를 향한다.

"그냥 뭐, 만약 내가 독에 중독되면 독으로 죽는 걸 알게 되기 전에 죽여주면 돼."

손가락 끝이 약간 떨리고 있다.

엘사의 앞이라 강한 척하는 것이 눈에 훤하지만, 그런 것을 싫어할 호로는 아니다.

「한입에 꿀꺽이니 아프진 않다.」

즐거운 듯이 대답했다.

"그러면 기적을 보여 준 뒤의 금전적인 교섭은 로렌스 씨께 맡기면 되는 것이지요?"

"그 자리에서 반품을 철회 받는 것이 제일이겠지만, 일단 맡겨 보십시오."

엘사는 고개를 끄덕인 뒤 양손을 모았다.

"신의 가호가 함께하시길."

그리고 호로의 작은 목소리.

「왔다.」

전원의 시선이 교차했다.

제 6 막

테레오 마을로 줄줄이 들어선 짐마차의 수는 열여섯 대. 각각의 짐칸에 커다란 마대가 서너 자루씩 실려 있었다.

창을 든 자들의 수는 스물 셋. 방패를 든 자들은 투구와 갑옷의 팔 덮개까지 한 것이 기사단 용병들의 차림이다.

걸어온 성직자들은 네 명. 포장이 쳐진 마차 안에 몇 사람이 타고 있는지는 알 수 없었으나, 엘사의 말에 따르면 필시 반 주교와 보좌사제일 것이라 했다.

또한, 행렬 가운데에는 상인처럼 보이는 통통하게 살찐 남자도 있었다. 로렌스는 그 남자를 본 순간 "아아." 하고 중얼거렸다.

엔베르크에서도 가장 부유한 제분소의 업주라는 린도트가 테레오 마을의 보리를 일괄 구매했을 수도 있다. 그랬다면 그 제분소에서 산 보릿가루로 빵을 만들어 먹은 사람이 죽었다는 이야기도 물론 수긍이 간다.

만약 이 꿍꿍이속의 중심에 린도트가 있다면 로렌스가 엔베르크에서 린도트 상회에 갔을 때 거래가 성사되지 못한 것은 고의로 그렇게 했던 것이리라.

어쩌면 그 시점에서 작전을 결행할 결심을 했을 수도 있다.

한 치 앞을 내다볼 수 없다더니, 사람의 악의란 게 어디 숨어 있을지 모를 일이다.

로렌스는 한숨을 푹 쉬었다.

언덕 위에 엎드려 행렬을 지켜본 뒤, 호로는 사람의 모습으로 돌아가 재빨리 옷을 걸쳤다.

그리고 네 사람은 길을 크게 우회하여 토르에오의 동굴로 향했다.

이마가 입구를 막고 자물쇠를 채웠을 가능성도 있으나, 입구를 닫기만 하고 잠그지는 않았을 가능성도 있다.

도박을 해보는 것이다.

"바로 이런 게 신의 가호라는 것인가 보지?"

호로의 말대로 도박은 통했다.

"인기척은?"

"없어. 아무도 없어."

엘사와 에반이 도망을 쳤다면 더는 교회에 볼일이 없을 테니 당연하겠지.

로렌스가 좌대를 밀어 올리자 쿵 하고 성모상이 쓰러지는 소리가 났다. 순간 식은땀이 솟았으나 그 이상은 아무 소리도 나지 않는다. 결심하고 좌대를 밀어올린 뒤, 열린 틈새로 에반이 잽싸게 빠져나가 좌대를 더욱 크게 열었다.

"그 다음은…. 그렇지요. 낫과 성배를."

물론 앞으로 할 일을 위한 소도구다.

지하실에서 나온 엘사는 고개를 끄덕인 뒤 에반과 함께 잰걸음으로 달려 나갔다.

로렌스는 끝까지 지하실에 남아 있는 호로에게 조금 웃으면서 말해 주었다.

"모든 일이 잘 풀리면 천천히 읽을 수 있어."

호로는 그 말에 체념한 듯이 돌계단을 올라왔다.

"연극은 어떻게 돼가?"

"나무창이 부서지지 않은 것은 다행이야. 여기에서 잘 보여."

로렌스 일행이 도망친 뒤로 이마는 때를 봐서 밖으로 나간 것이리라.

교회의 문을 굳게 닫아걸고 있던 빗장도 부러지지 않고 벽에 기대어 서 있었다.

나무창 틈새로 밖을 내다보니, 보리를 실은 행렬은 이미 광장에 들어와 있었다. 반 주교인 듯 고위성직자의 예복을 입은 장년의 남자와 제분소 사장인 린도트, 그리고 셈 촌장과 마을대표들이 바위 위에서 대치하고 있다.

"로렌스 씨."

그때 뒤에서 엘사와 에반이 발소리를 죽여 가며 다가와 작은 소리로 로렌스를 불렀다.

손에는 아무리 봐도 순은(純銀)으로는 보이지 않는 성배와 녹슨 낫이 들려 있다.

그러나 기적의 소도구로는 볼품없는 것이 더 낫다.

"그럼 이제 남은 건 때를 엿보는 것뿐입니다."

엘사와 에반은 마른침을 꿀꺽 삼키며 고개를 끄덕였다.

로렌스의 귀에는 들리지 않았지만, 촌장이 반 주교에게 손짓발짓을 해가며 필사적으로 뭔가를 설명하고 있다.

때때로 교회를 가리키자 그때마다 광장에 모인 마을사람들이며 바위 위에 앉아 있는 사람들이 이쪽을 쳐다봐서 깜짝깜짝 놀랐다.

그래도 누구 하나 이쪽으로 오지 않는 것은 이곳에는 사람이 전혀 없는 줄 알기 때문이다.

반 주교는 냉정하게 대응하며 이따금 자신의 곁에 선 연로한 보좌사제에게 의견을 묻는 정도였다.

셈 촌장과 마을사람들의 의견은 파리가 앵앵대는 소리쯤으로밖에 생각되지 않을지도 모른다.

실제로 반 주교가 몇 장의 양피지를 내보인 것만으로도 셈 촌장은 할 말을 잃고 말았다.

"무슨 내용인지 알겠어?"

호로에게 묻자 "돈을 청구하고 있어."라는 대답이 돌아왔다.

그리고 별안간 호통 소리가 터져 나왔는가 싶더니 창을 든 남자에게 덤벼든 마을사람이 순식간에 얻어맞고 엎어지는 것이 보였다.

그것을 본 마을사람 중 몇몇이 더 덤벼들었으나 결과는 뻔했다.

창을 든 자들은 복장도 제각각인 것이 용병으로 보였으나, 그래도 약간의 훈련은 받은 모양이다. 이리저리 진형을 짜더니 빈틈없이 창을 겨눴다.

이쯤 되면 마을사람들이 수적으로 우세하더라도 전세를 뒤집기는 어렵다.

"흠. 셈이란 놈은 강하게 나가기를 포기했군. 물러서기 시작했어."

한 번 양보하기 시작하면 남은 건 밀리는 일뿐이다.

필시 반 주교는 궁지에 몰린 쥐가 고양이를 물지 않을 정도까지 몰아붙이리라.

"저 사람은 누구지?"

담판을 짓는 자리에 새로운 마을사람이 끼어든다. 린도트와 말을 나누더니 이내 버럭 화를 내는 것을 촌장이 뜯어 말리고 있다.

로렌스의 질문에 에반이 대답했다.

"빵가게 주인이에요. 나한테 제일 싫은 소리를 해대는 사람이

죠."

린도트는 반 주교와 마찬가지로 양피지를 품에서 꺼내더니 그 것을 자랑스럽게 쳐들었다. 마을사람들이 순간 조용해진다.

그런 모습은 마을사람들을 침묵시키는 데에 익숙하다기보다는 이제야 겨우 침묵시킬 수 있게 되어 기뻐하는 것으로 보였다.

"프란츠 사제님은 너무나도 우수한 분이셨죠?"

로렌스가 무심코 그렇게 묻자 엘사는 고개를 까딱했다.

마침내 촌장이 바위 위에 주저앉자, 다함께 반 주교를 노려보고 있던 마을사람들이 허겁지겁 촌장을 부축한다.

로렌스는 그런 와중에 뭔가를 꽉 쥐는 소리를 들은 것만 같았다.

둘러보니 엘사가 주먹을 꽉 쥐고 있다.

표정은 지극히 냉정했으나 그 심정이 어떨지 눈에 선하다.

마을사람들은 엘사의 등을 부축해 주지는 않았을 테니까.

"끝이야. 최후의 선택이 제시됐어."

호로가 불쑥 한 말의 뜻을 다른 세 사람도 이내 알아들었다.

마을사람들의 시선이 일제히 교회의 반대쪽 셈 촌장의 집으로 쏠렸다.

저들이 대체 무슨 생각을 하고 있는지는 등짝만 봐도 손에 잡힐 듯 훤하다.

잠시 후 바위 위로 올라온 병사 두 명.

손에는 셈 촌장의 집에서 본 토르에오 신의 형상이 들려 있다.

"이것에 불을 붙이고 올바른 가르침을 받아들여라. 그렇지 않으면 이 마을을 이단으로 고발하겠다."

반 주교의 말이겠지.

호로가 그렇게 말하자, 마치 그 말이 들리기라도 한 것처럼 마을사람들이 교회를 쳐다본다.

"자기가 곤란하면 매달리지. 그게 인간이야."

호로는 나무창 앞에서 물러서더니 팔짱을 끼면서 한숨을 지었다.

"하지만 나도 인간에게 의지할 때가 있으니까. 자, 이제 어떡할 거야?"

에반의 얼굴에는 마을사람들의 이기심을 용서할 수 없다고 쓰여 있다.

그래도 그런 분노를 삼킨 채 시선은 엘사를 향한다.

엘사는 벌떡 일어섰다.

그리고 짧게 말했다.

"저는 마을을 저버릴 수 없습니다. 올바른 가르침의 종복으로서."

로렌스는 고개를 끄덕였다.

"그럼 갑시다."

네 사람은 그 신호와 동시에 교회 문을 열었다.

물을 끼얹은 것처럼 조용해진다는 말은 정말로 있는 이야기였다.

로렌스는 그렇게 생각했다.

토르에오 신의 형상이라는 박제 뱀을 앞에 두고, 당치 않게도 교회에 도움을 구걸하는 듯한 시선을 보내고 있던 마을사람들의 얼굴을 로렌스는 오래도록 잊지 못하리라.

"엘사!"

맨 처음 소리를 지른 것은 이마였다.

엘사 일행을 감싼 탓에서인지 바위 위로 올라가지 않고 주위 사람들과 함께 사태를 지켜보고 있던 이마는 주변의 시선은 전혀 아랑곳하지 않고 이쪽으로 달려왔다.

"엘사, 어째서?!"

"죄송해요. 이마 아주머니."

이마는 도저히 이해가 안 된다는 표정을 로렌스에게도 지었다.

"어이구, 이거 프란츠 사제의 후계자이신 엘사 씨 아니시오?"

로렌스가 이마에게 미처 대답을 하기도 전에 바위 위에서 반 주교가 말을 걸어왔다.

"오랜만입니다, 반 주교님."

"나는 당신네들이 살그머니 도망쳤다고 들었는데, 죄의식을 견디지 못하고 참회를 하러 오셨나?"

"신께서는 늘 관대하시니까요."

엘사의 다부진 대답에 순간 머쓱해하다가 이내 '그래 봐야 패배자의 괜한 오기겠지.'라고 생각했는지 반 주교는 여유 있는 웃음을 되찾은 뒤 곁에 선 사제에게 소곤대며 뭐라 말을 한다.

그러자 사제는 헛기침을 한 후에 양피지 한 장을 치켜들고 선언했다.

"우리들 엔베르크 성 리오 교회는 테레오 마을이 이단의 신에게 기도를 바치고 우리들 올바른 가르침의 백성들을 해하려는 목적으로 케파스의 술을 보리에 섞은 것으로 생각한다. 우리들 올바른 백성들은 저주로 고통 받고 있음에도 테레오 마을에서는 단 한 명도 고통을 받지 않았다고 한다. 같은 보리를 먹었는데도 이렇다는 것은 사악한 이교도 신의 보호를 받고 있는 것이 명백하기 때문이다."

"우리들은 프란츠 사제와 맺은 계약대로 우선 보리를 이 마을에 반환한다. 또한 이곳에 새로운 교회, 정의롭고 성스러운 교회를 세울 것이다. 양의 탈을 쓴 채 그 속에는 뱀이 똬리를 틀고 있는 가짜 신의 종복은 정당한 신성재판에 회부할 필요가 있다."

사제의 말에 뒤이은 반 주교의 말에 방패를 들고 있는 병사들이 검을 빼들어 로렌스 일행 쪽으로 다가온다.

그러나 엘사는 한걸음도 물러서지 않았다.

"그럴 필요 없습니다."

낭랑하게 대답한 뒤 소리 높여 말했다.

"제가 잘못된 신앙 밑에 있었던 것은 맞습니다. 그러나 관대하신 신께서는 제게 올바른 길을 보여주셨지요. 저는 신께서 보내신 사자를 만났습니다!"

반 주교는 순간 기가 꺾이더니 콧등에 주름을 잡은 채 곁에 선 사제 쪽을 힐끗 쳐다보았다.

사제가 뭐라 뭐라 대답을 한다.

반 주교가 왼손을 높이 쳐들었다.

"신께서 보내신 사자를 만났다는 말을 가볍게 한다는 것이 이단의 증거! 만약 그게 아니라면 그 증거를 대라!"

물고기가 덥석 미끼를 물었다.

엘사는 에반에게, 뒤이어 호로에게 눈짓했다.

방아꾼 소년과 늑대의 화신이 고개를 끄덕인 뒤 달려 나간다.

"의심스럽다면 보여 드리지요."

일직선으로 서 있는 보리 실은 짐마차 대열로 다가가는 에반과 호로를 향해 용병들이 창을 겨누었으나, 반 주교는 엘사의 말에 코웃음을 치면서 "길을 터 주어라!"하고 말했다.

에반의 손에는 호로에게서 받은 보리알이 쥐어져 있다.

엘사는 두 사람의 뒷모습을 지켜본 뒤, 이마가 붙잡는 것도 듣지 않은 채 바위 쪽으로 걸어갔다.

"뱀의 신인 토르에오를 숭배하는 것은 분명히 잘못된 것입니다."

엘사의 말에 바위 위에 있던 마을사람들이 못 먹을 것을 먹은 것처럼 엘사를 노려본다.

"하지만 그 잘못은 본질적인 것이 아닙니다."

바위에 설치된 계단으로 올라가 반 주교의 앞을 지나친 뒤 엘사는 바위 위에 내던져진 토르에오의 형상 앞에 무릎을 꿇었다.

교회 내에서 로렌스와 호로가 프란츠 사제가 남긴 책을 보기 위해 함정에 빠뜨렸을 때조차 거짓말을 하는 것을 거부했던 엘사.

그런 마음가짐은 지금도 변함없이, 엘사는 뼛속까지 성직자일 것이다.

그렇다면 엘사가 토르에오의 형상을 이교도들의 우상으로 탄핵하지 않고 그 앞에 무릎을 꿇은 것은 어째서인가.

엘사의 말이 이어졌다.

"저는 토르에오 그 자체가 신께서 보여 주신 기적의 하나라고 생각합니다."

셈 촌장의 눈이 휘둥그레지고 마을사람들이 동요한다.

토르에오를 부정하지도 긍정하지도 않는 엘사의 말.

그러나 반 주교는 웃으면서 조롱하듯 말했다.

"사람의 말은 늘 거짓말과 한 이웃이다. 그것이 악마의 속삭임이 아닌 줄 어떻게 알지?"

"신께서 보내신 사자는 길 잃은 양떼를 바른 길로 인도하기 위한 빛을 보여주시겠노라고 약속하셨습니다."

준비가 끝났다는 것을 알리는 듯이 에반과 호로가 엘사 쪽을 쳐다본다.

괜찮을 것을 알면서도 로렌스는 자신이 긴장하고 있는 것이 느껴졌다.

바위 위에서 마을사람들과 반 주교 일행의 시선을 한 몸에 받으며 말을 잇는다. 그런 엘사가 느끼는 중압감은 이만저만한 것이 아니리라.

그럼에도 엘사는 힘차게 말했다.

프란츠 사제의 가르침을 잇는 자로서, 호로라는 사람 아닌 이의 힘을 믿으며, 또한 이 세상의 전부를 창조하신 신의 올바르심을 믿으며.

"흥. 네깟 것에게 신께서 힘을 보여주시기는 무슨…."

그러나 반 주교의 말은 짐마차 주변에 있던 사람들의 공포라고도 경악이라고도 할 외침에 묻혀 버렸다.

"보, 보리가!"

"우오오오오오오!"

짐마차의 짐칸에 실린 보리자루 위의 보리가 차례차례 이삭이 영글면서 하늘을 향해 뻗어 오른다.

셈 촌장과 마을사람들은 조악한 인형처럼 표정 아닌 표정으로, 반 주교는 경악한 표정으로 그 기적을 쳐다보았다.

차례차례 자라난 보리를 목격하고 비명에 가까운 외침에 터뜨린 사람들이 일제히 그 자리에서 무릎을 꿇는다.

"기적이다! 신의 기적이다!"하는 외침이 들불처럼 번져나가자 마침내 성직자들까지도 무릎을 꿇었다.

반 주교만이 멍한 표정으로 우뚝 서서 그런 광경을 응시하고 있다.

그리고 모든 짐칸에서 자라던 보리에 알곡이 맺힌 직후, 다시금 외침이 터져 나왔다.

열여섯 대의 짐마차의 짐칸에서 난 보리 중 딱 한 그루만이 황금색 알곡을 맺지 못한 채 그대로 말라붙더니 가루가 되어 버렸다.

그것이 무엇을 뜻하는지, 그 자리에 있는 사람들이라면 누구나 알 수 있다.

로렌스는 그 자리에 있는 모든 사람들의 시선이 보리 쪽으로 쏠려 있는 와중에 유일하게 혼자서만 보리 이외의 것으로 시선을 돌렸다.

안면이 창백하게 질려 있는 린도트. 그리고 반 주교.

보리에 독을 섞은 장본인들은 물론 그 같은 기적을 웃어넘길 수가 없다.

"신께서는 올바른 길을 보여 주셨습니다."

엘사의 말에 전원의 시선이 소리를 내며 한데 모인다.

"마, 말도 안 돼…. 어떻게 이런…."

"반 주교님."

엘사는 싸늘히 냉정하게 말했다.

"이것이 악마의 소행이 아니라는 것을 확인해 주십시오."

"어, 어떻게?"

"이것을."

하며 엘사는 거무스름한 은빛 성배를 꺼내 반 주교에게 건넸다.

"이 성배에 축성을 해주십시오. 그러면 이 마을의 방앗간에서 일하는 에반이 신의 올바르신 가르침을 몸으로 알려 드릴 것입니다."

반 주교는 시키는 대로 성배를 받아들었다가 이내 당황하여 말했다.

"이, 이런 것으로 대체 뭘 어쩌라는 건가?"

"성스러운 세례는 가난한 이들에게도 베풀어질 것입니다. 이 잔을 반 주교님의 손으로 정결하게 만들어 주십시오."

기백에 압도되어 더는 반론을 펴지 못한 채 반 주교는 몹시 불쾌한 표정으로 보좌사제를 쳐다보았다. 사제는 바위 주위에 있는 성직자들에게 "물을 가져오게." 하고 지시를 내렸다.

이내 물을 떠와 반 주교에게 건넨다.

어떤 것이건 성직자들이 물을 끼얹으면 그것은 항상 성스럽고 특별한 존재가 된다.

성수로 정결해진 성배가 반 주교의 손끝에서 둔하게 빛났다.

"그럼 그 성배를 성수와 함께 저기 있는 방아꾼의 앞으로."

엘사가 직접 가져가지 않는 것은 괜한 트집을 잡히지 않기 위해서.

성직자들의 손으로 에반에게 건넴으로써 불순함이 섞이지 않게 한다.

"잘 보십시오."

엘사가 에반을 향해 고개를 까딱하자 에반은 그에 답해 고개를 끄덕였다.

그리고 나이프를 꺼낸 에반은 짐마차의 짐칸으로 뛰어올라 차례차례 자루를 찢은 뒤 안에 든 보릿가루를 성배 안에 조금씩 담아갔다.

에반이 무엇을 할 작정인지 그 자리에 있는 모든 이가 이해했으리라.

마른침 삼키는 소리가 들려올 듯이, 방아꾼 소년에게로 시선이 집중돼 있었다.

열여섯 대의 짐마차 중 열다섯 대의 짐에서 보릿가루를 담은 뒤 에반은 성수와 보리가 섞인 성배를 높이 쳐들었다.

성직자들은 뭔가에 홀린 듯이 성배를 우러르더니, 마지막에는 신께 기도를 드리는 것인지 뭔가를 중얼거렸다.

에반은 천천히 성배를 내린 뒤 그 안을 들여다본다.

호로의 참모습을 보고 호로가 보통사람은 아니라는 것은 이해했다. 또한, 1년 동안 보리가 자랄 일을 순식간에 압축시켜 일으킨 기적도 목격했다.

에반이 손에 든 성배에서 시선을 휙 거둔다.

그리고 그것이 향한 쪽은 다름 아닌 엘사.

그런 직후 에반은 성배 속에 든 것을 단숨에 마셨다.

"저것이 신께서 보내신 사자가 우리들에게 계시하신 기적— 그것을 실현한 것입니다."

입 주위가 하얗게 된 에반이 성배를 성직자들에게 내밀면서 무슨 말인지를 고하자, 가죽주머니에서 부은 물로 성배를 새로이 정결하게 한다.

그런 뒤 에반은 유일하게 보릿가루를 꺼내지 않았던 짐칸으로 뛰어올라, 자루 속에서 가루를 조금 꺼내 성배에 담았다.

엘사는 부들부들 떠는 반 주교를 향해 짤막히 말했다.

"이것이 거짓 기적이라면 반 주교님께서는 참된 기적을 보여 주시겠지요?"

보리에 독이 섞여 있다고 거짓말을 해온다면, 그것에 정말로 독이 있는지 없는지를 증명하기 위해서는 모든 보리를 먹어 봐야만 한다.

그러나 그것은 어디까지나 논리적인 문제일 뿐, 기적은 논리를 초월한다.

그리고, 기적은 기적으로만 대항할 수 있다.

그것이 악마가 일으킨 기적이 아니라는 것을 증명하기 위해서는 신에 의한 기적을 보여 주어야만 한다.

"반 주교님."

에반이 가져온 성배를 받아든 뒤 엘사는 그것을 반 주교에게 내밀었다.

그러자 린도트는 엉덩방아를 찧듯이 그 자리에 무릎을 꿇는다.

반 주교는 경직되어 꼼짝도 하지 못한다.

그 성배를 받아들 수가 없는 것이다.

"아, 알았소. 이건 기적이오. 참된 기적이오."

"그럼 이 마을의 교회는."

가차 없이 이어지는 엘사의 재빠른 물음.

반 주교에게는 그에 답할 말도, 기적도 없다.

"크윽…. 정통이오. 정통 교회요."

"그럼 그것을 문서화해 주십시오."

엘사는 비로소 생긋 웃더니 셈 촌장과 마을 사람들에게 말을 걸며 공손하게 토르에오의 형상을 주워들었다.

반 주교는 그에 대해서도 뭐라 불평을 할 수가 없다. 더 이상 토르에오를 숭배해서는 안 된다는 말을 들은 것도 아니니 마을사람들도 당연히 환영할 일이었다.

엘사는 난국을 훌륭히 이겨냈다.

하지만 반 주교 일행의 앞에서 한걸음도 물러나지 않고 맞서긴 했어도, 저 고운 살결 밑에서는 불안과 긴장이 소용돌이 치고 있었으리라.

한껏, 있는 대로 한껏 심호흡을 한 번 한 뒤 눈가를 살짝 훔치더니 고개를 숙인 채 뭔가에 매달리듯이 손을 모으고 기도를 드린다.

신에게 드리는 것인지 프란츠 사제에게 드리는 것인지는 알 수 없었으나, 그 어느 쪽이건 엘사를 칭찬해 줄 것이다.

그리고 그런 엘사를 방관자의 한 사람으로서 지켜보고 있던 로렌스의 곁으로 호로가 달려왔다.

"어때? 굉장했지?"

반 주교가 끽소리도 못하게 한 것을 조금도 뽐내지 않는 엘사와는 대조적으로 호로는 의기양양하게 말했다.

하지만 이런 차이는 로렌스와 에반의 차이일 수도 있다.

에반은 성직자 중 한 사람에게 성배를 떠맡긴 후 엘사 곁으로 달려가 껴안았다.

다른 마을사람들과 마찬가지로 로렌스가 그쪽으로 시선을 빼앗기자 호로는 "흐흥." 하며 코웃음을 친다.

"부러운가 보네?"

도전적인 웃음을 지으며 하는 말에는 겁이 나서 어깨만 으쓱하게 된다.

"아무렴, 부럽지."

하지만 태도와는 반대로 그렇게 대꾸해 주자 호로는 조금 의외라는 듯이 눈을 깜박였다.

"이번 일에서 나는 완전히 보조였으니까. 주인공은 엘사와 에반. 연출은 너."

호로는 재미없는 표정을 짓더니 한숨을 쉬었다.

"하지만 돈 얘기는 안 했어. 그건 당신 담당이지?"

"그렇지. 그나저나…."

로렌스는 지금 상태를 냉정하게 판단하며 머리를 굴린다.

상황은 뒤집혔다.

궁지에 몰린 쥐가 고양이를 문 것이다. 내친김에 고깃덩어리 한 조각이라도 얻어 둬야 할 것이다.

눈앞의 광경이 확 바뀌면 생각하는 바도 달라진다.

로렌스의 머릿속에 어딘지 모르게 가학적인 심리와 더불어 다른 곳에서는 쉽사리 시도할 수 없는 계획이 떠올랐다.

"그렇지. 이건 한 번 시도해 볼 가치가 있겠어."

그러면서 수염을 쓰윽 쓰다듬으면서 무심히 중얼거리다가 호로의 시선을 알아챈다.

약간 놀란 듯이, 왜 그러느냐고 묻는 듯이 눈을 치켜뜨고 흘끔대는 호로.

좀처럼 볼 수 없는 태도를 취하는 호로에게 로렌스가 오히려 더 놀라 물었다.

"왜 그래?"

"흠…. 당신도 사실은 늑대였던 거 아냐?"

뚱딴지같은 소리에 "엉?"하고 얼빠진 반응을 보이자 호로는 안심한 듯이 웃으며 송곳니를 내보였다.

"크흑. 당신한테는 역시 그런 얼굴이 더 잘 어울려."

"……."

또 상대를 했다가는 함정에 빠질 터라 로렌스는 그쯤에서 물러섰다. 호로도 살짝 놀려 줄 속셈으로 해본 말인지 더 깊이 캐고 들지는 않는다.

어쨌든, 이런 가벼운 말장난을 즐기는 것은 잠시 보류다.

복수도 포함해서 최후의 마무리가 남아 있다.

샘 촌장의 집에서 문서를 작성할 것인지, 회의 장소였던 바위 위에서 내려가는 반 주교의 일행을 잰걸음으로 쫓아갔다.

"저쪽 분들은 샘 촌장님 댁에서 신에 대한 이야기를 나누실 겁니다. 린도트 씨는 여기에서 돈 이야기를 하셔야지요?"

그러자 마침내 경찰에게 들킨 죄인 같은 표정을 짓는 린도트.

로렌스를 모르는 반 주교는 '대체 누구인가?' 하는 얼굴이었으나, 엘사의 귀띔을 받은 셈 촌장이 작은 소리로 설명을 하자 "앗." 하고 놀랐다.

이어서 반 주교와 마찬가지로 의심스런 눈빛으로 로렌스를 쳐다보고 있던 마을사람들에게 셈 촌장이 말을 하자, 마을사람들은 반 주교와는 약간 다른 느낌으로 놀란 표정을 짓다가 이내 마지못해 고개를 끄덕였다.

"당신한테 모든 것을 위임할 건가 본데?" 하고 호로가 귀띔해 주었다.

보리에 독을 넣은 것이 아니냐며 의심을 사던 죄인이 마을을 대표하는 교섭인으로 격상된 것이다.

로렌스를 함정에 빠뜨렸다는 자각을 갖고 있을 린도트는 거의 울먹이는 얼굴로 바위 위에 남았다.

주위에는 마을 사람들도 있고, 엔베르크에서 온 자들은 저마다 흥분하여 기적에 대해 떠들어대고 있다.

이 정도 상황이다. 교섭도 수월히 진행되겠지.

"린도트 씨."

"예, 예엣!"

쉰 목소리로 대답하는 저것은 동정을 구하는 연기인가, 아니면 본심인가.

호로가 헛기침을 하며 빤히 노려보는 것을 보아하니 연기이리라.

린도트는 순간 입을 다물더니 연기로는 볼 수 없는 식은땀을 흘리기 시작했다.

"엘사 씨는 제게 금전에 관한 교섭을 부탁했습니다. 마을 분들도 그것을 납득하십니까?"

"…촌장님께서 인정하셨으니 어쩔 수 없잖소."

한 사람이 떨떠름하게 말하자 다혈질인 듯한 빵가게 주인도 머리를 긁적였다.

"돈 문제는 촌장님에게 일임했으니까."

로렌스는 고개를 끄덕였다.

"들으신 대로입니다. 그럼 우선 최대한의 요구를 하자면 보리의 반품은 철회해 주셨으면 합니다."

"무슨 그런…! 콜록콜록… 그, 그건 안 됩니다!"

"어째서요?"

"그, 그건 보리의 평판이… 어, 어쨌거나 사람이 죽었습니다! 우리 쪽 보리의 신용까지 덩달아 뚝 떨어졌단 말입니다!"

이쯤 되면 사망자가 나왔다는 것도 새빨간 거짓말이리라.

호로를 쳐다보니 '어쩔래?' 하는 눈빛으로 물어온다. 역시 새빨간 거짓말일 것이다.

하지만 그것을 지적하는 것은 별로 좋지 않다. 그랬다가는 치명상이 되고 마니까.

"그리고 케파스의 술이 나오면 보리는 전부 반품하겠노라고, 프란츠 사제와 한 계약에는 그렇게 돼 있습니다."

당연히 주장할 부분을 주장하고 나선다. 물론 마을사람들도 이 점에 대해서는 반론을 펼 수가 없다.

독보리를 섞은 것이 린도트 본인이 아닌가 싶어도 그것을 증명할 도리가 없기 때문이다.

"그렇다면 알겠습니다. 반품은 받아들이는 것으로 하고 그 가격은."

로렌스가 한발 양보하자, 연못에 던져졌다가 비로소 얼굴이 수면 위로 떠오른 것처럼 있는 대로 숨을 들이마신다.

"이… 이백 리—."

"웃기고 있네!"

하고 린도트의 멱살을 잡은 것은 빵가게 주인.

"그건 그쪽에서 사 간 가격 그대로잖아!"

린도트는 이미 얼마간 보리를 팔았을 것이 틀림없으니 그 가격은 확실히 너무하다.

게다가 그 가격이면 촌장의 계산으로는 테레오 마을 측에 70리마나 부족한 금액이 발생한다.

여하튼, 이런 상황에서도 최대한의 금액을 들먹인 린도트의 장사꾼 기질도 감탄할 만하다.

"그, 그그그그그럼, 배, 백… 구십."

빵가게 주인이 더 바짝 멱살을 잡자 로렌스는 그것을 손으로 저지했다.

단, 풀어 주지는 않는다.

"린도트 씨. 혹시 기적이 한 번 더 일어나면 당신이 큰일 아닌가요?"

마을사람들은 그 말이 무슨 뜻인지 이해가 되지 않는 모양이나, 호로가 거짓말을 꿰뚫어봐 주고 있는 덕분에 로렌스는 린도트가 가장 염려하고 있는 점을 간파하고 있었다.

들켰다간 큰일 나는 것은 물론 독보리 자작극.

린도트의 얼굴이 물에 빠져 죽은 돼지처럼 된다.

"배…백… 유, 육십…."

트레니 은화로 쳐서 8백 냥의 양보.

빵가게 주인은 그제야 멱살을 잡고 있던 손을 뗐다.

기침을 하는 린도트. 로렌스도 그쯤이 현실적인 타협점이라고 생각한다.

더 이상 밀어붙였다가는 다시금 원한을 살 수도 있다.

무엇보다 이 마을과 엔베르크 간의 계약 자체가 이상하니까.

"그럼 반품에 관한 가격은 그렇게 하도록 하겠습니다. 주위 분들도 증인을 서 주십시오."

다들 고개를 끄덕이자 린도트는 그제야 얼굴을 들었다.

지금부터가 본론이다.

이 정도 양보를 이끌어내긴 했지만 그래도 아직 변제가 가능한 범위 내에는 이르지 못했다.

그리고 앞으로 또다시 이런 일이 되풀이되지 않도록 하기 위해 어느 정도 제대로 된 계약을 맺어 둘 필요가 있다.

"그런데요, 린도트 씨."

"예, 예엣."

"반품된 보리를 다시 수매해 주실 수는 없으시겠지요?"

린도트가 재깍 머리를 내젓는다. 그런 짓을 했다가는 상회 자체가 기울지도 모른다.

"알겠습니다. 헌데 이건 셈 촌장님께 들은 이야기입니다만, 이 마을에는 반품된 보리를 되살 만한 현금이 없다고 합니다. 160리마로 깎아 주셨다 해도 여전히 모자랍니다."

마을사람들이 경악하는 소리를 질렀다.

마을사람들이 공황상태에 빠지는 것을 막기 위해 촌장이 말을 하지 않았던 것이리라.

"그래서 제안할 것이 있습니다."

하고 로렌스는 마을사람들이 린도트에게 뭇매를 때리기 전에 끼어들었다.

"대, 대체… 무엇을…."

"간단합니다. 반 주교님께 이 마을의 보리에 주교님의 인증을 부여해 주시도록 부탁해 주시겠습니까?"

로렌스의 속셈을 꿰뚫어보려고 필사적으로 궁리하는 모습이 보인다.

하지만 그것은 필시 꿰뚫어보지 못하리라.

"다, 다른 가게에 팔 생각이시라면… 포기하시는 편…."

"왜?!"

빨가게 주인이 버럭 화를 내자 린도트는 목을 움츠렸다가 어쩔 수 없다는 듯이 대답했다.

"오, 올해는 아주 풍년이라 호밀이 남아도니까요. 어느 마을이든 그 마을이 원하는 만큼 사 드릴 수가 없습니다. 살 수 있을 만큼만 간신히 사서 신용을 유지하는 상황이라…."

그리고 거짓말이라고는 해도 일단 한 번은 사정이 생긴 보리다. 상인의 입장에서는 피하고 싶으리라.

"아닙니다. 그래도 상관없습니다. 부탁은 들어주실 것 같습니까?"

린도트는 로렌스를 애원하는 듯한 눈으로 쳐다본 뒤 천천히 고개를 끄덕였다.

마치 신께 도움을 청하는 듯한 눈빛이면서도, 성스러운 신의 기적을 일으키지 않도록 해달라고 애원하는 눈빛이니 참 묘하다.

"그, 그 정도는… 꽤, 괜찮으리라고 생각합니다만…."

"그럼 한 가지 더."

"예?"

"제가 하려는 장사를 엔베르크 분들이 트집을 잡을 수도 있습니다. 하지만 그럴 때는 이쪽 편을 들어주시길 바랍니다."

린도트는 "아." 하고 입을 벌렸다.

"설마, 빵을 만드시려고?"

"아쉽지만 그건 아닙니다. 아무리 그래도 그런 짓을 했다가는 빵가게에서 절대 용납하지 않을 테니까요. 그렇지 않습니까?"

남아도는 턱살에 방해를 받으며 린도트는 고개를 끄덕였다.

하지만 로렌스는 그에 가까운 짓을 꾀하고 있다.

"그리고 반품과 관련한 금액은 그 장사가 잘 풀린 후에 지불해드리도록 하겠습니다."

"대, 대체 무엇을 하시려고."

"물론 무리하게 그러라고는 하지 않겠습니다. 그쪽에게 매력적인 교환조건을 제시하지요."

로렌스는 마을사람들의 얼굴을 둘러본 후, 마지막으로 린도트 쪽으로 시선을 던졌다.

"이 마을의 보리는 무조건 사야 한다는 프란츠 사제가 남기신 계약을 파기하는 조건은 어떻습니까?"

그 말에는 일제히 비난이 터져 나왔다.

"이봐. 아무리 촌장이 계약을 맡겼다고 해도 어떻게 그런 짓을!"

"그러나 이 계약이 있는 한은 엔베르크 측에게 또다시 원한을 사게 될 겁니다. 그렇지요?"

대답하기 힘든 질문이겠으나 엔베르크에서 가장 큰 제분소를 운영하는 주인은 쭈뼛쭈뼛 고개를 끄덕였다.

"애초에 그런 계약 자체가 이상한 겁니다. 일반적으로는 돈에 대해 잘 아는 사람이 마을에도 있어서 전문적으로 교섭을 담당하지요. 그런 게 장사라는 것이지요."

린도트는 고개를 힘차게 끄덕이다가 마을사람들이 노려보자 목을 움츠렸다.

"어떻습니까, 린도트 씨? 제 부탁을 들어주실 수 있으십니까?"

"이봐! 아무리 그래도!"

마을사람들은 로렌스를 다그쳤으나 로렌스도 물러서지 않는다.

로렌스는 이 계획으로 큰 이익을 끌어낼 자신이 있으니까.

"만약 린도트 씨와 반 주교님께서 편을 들어 주신다면, 이 마을로서는 대단한 장사 수단을 가르쳐드릴 수도 있습니다만?"

로렌스가 웃으면서 그렇게 말하자 린도트는 기가 눌린 듯이 입을 딱 다문다.

"대체, 무엇을…?"

잠시 뜸을 들였다가 말했다.

"비법을 공개할까요? 그러려면 빵가게의 협력이 필요합니다만."

빵가게 주인은 약간 놀란 듯이 고개를 끄덕였다.

"그리고, 계란과 버터를 준비해 주시겠습니까? 가능하면 벌꿀

도."

그 자리의 모든 사람이 통 알 수 없다는 표정을 짓고 있다.

유일하게 한 사람 호로만이 "뭔가 맛있는 게 만들어질 것 같은 분위기로군."하고 말하는 것이었다.

여행 채비를 갖추고 교회의 거실로 들어서자 사각사각하는 기분 좋은 소리가 들려왔다.

자잘한 자갈길을 걷는 것 같은 이 소리는 호로가 뭔가를 먹는 소리이리라.

책을 읽으면서 먹지 말라고 그토록 말했건만 귓등으로도 안 들은 모양이다.

엘사도 부스러기를 자꾸 흘리는 에반에게 칠칠치 못하다고 야단을 치고는 한숨을 지었다.

로렌스와 엘사는 그러다가 눈이 마주칠 때마다 쓴웃음을 지었다.

엔베르크와 테레오의 싸움이 끝난 지 사흘 뒤.

로렌스가 책임진 최후의 거래는 결과부터 말하자면 대성공이었다.

결국 테레오 마을이 지불해야 할 부족 금액은 총 37리마. 트레니 은화로 따지면 7백 냥이 넘었다.

그러나 린도트와 지은 담판에 따라, 장부에서 금액을 제하고도 오히려 돈을 더 받아도 될 정도였다.

로렌스가 테레오 마을의 보리를 이용해 빵가게 주인의 협력을 얻어 만든 것은 쿠키였다.

발효하지 않은 빵과 마찬가지로 가루를 물로 갠 뒤, 거기에 빵을 발효시키는 요정이 들어가기 전에 굽는 것인데, 버터와 계란을 섞은 덕분에 놀랄 만큼 맛이 좋아진다.

남쪽 지방에서는 자주 보는 먹거리인데 북쪽에서는 왠지 눈에 띄지 않는다.

교회에서 식사 대접을 받았을 때 에반과 엘사가 빵의 종류를 거의 모르는 것을 보고, 이 지방에는 알려지지 않은 것을 거의 확신했는데 역시 그것이 대박이었다.

그뿐 아니라, 쿠키는 아무리 봐도 빵은 아니다. 빵가게 주인이 아닌 자가 마음대로 빵을 만들어 팔아서는 안 되도록 조합의 규칙이 엄하게 정해져 있긴 해도, 빵 이외의 것에까지 규칙을 적용시키지는 못한다.

물론 불평이 없지는 않겠지만, 그 부분에 관해서는 린도트와 반주교에게 이익을 제공할 뜻을 전했으니 그쪽에서 알아서 처리할 것이다. 요컨대 가는 정이 있으면 오는 정도 있는 법이란 얘기다.

진귀하면서도 달콤한 먹거리가 생기자 엔베르크에서는 불티나게 팔려나갔다고 한다. 남아돌던 호밀가루까지 부족해져서 추가구입을 해야 할지도 모른다고 할 정도였다.

하지만 이런 장사는 금방 따라하는 사람이 나오게 마련이라 돈을 갈퀴로 긁어모으듯이 벌 수 있는 것은 초창기뿐이다.

따라서 로렌스는 안이하게 거기에서 이익을 얻으려 하지 않고, 대신 짐칸에 실은 밀을 린도트가 사과하는 뜻을 포함해 사도록 만들었다.

이 쿠키를 특산품으로 삼아 테레오 마을이 오래도록 돈을 벌고자 한다면 나름대로 고생을 각오해야 할 것이다.

어쨌든 쿠키의 맛은 일품이었다.

소동이 마무리되고 난 지 사흘 간 호로도 내리 쿠키만 입에 달고 살았을 정도다.

처음 먹어 본 사람들에게는 인이 박힐 만큼 바삭하면서도 달콤한 맛이다.

"이제 그만 슬슬 가자."

쿠키 부스러기를 흘리면서 프란츠 사제의 책을 읽고 있는 호로의 머리를 콕 찌르자, 귀찮다는 듯이 책을 덮는다.

바깥에서는 엘사가 짐마차에 대고 여행길의 무사 안전을 열심히 기도하고 있고, 촌장을 비롯한 마을사람들은 또 그들대로 토르에오 신에게 로렌스와 호로의 장사가 번창하도록 제멋대로 빌고 있다.

다만, 이번 일을 계기로 마을사람들도 교회와 엘사에 대한 태도를 새로이 했는지, 개중에는 감사의 뜻과 더불어 예배를 드리러 오는 이들도 생기기 시작한 모양이다.

아마도 이 마을은 앞으로도 이런 식으로 양쪽 신이 모두 숭배되리라.

호로는 의자에서 일어나더니 테이블 위에 봉긋하게 쌓인 쿠키를 하나 집어 들고 입에 넣었다.

"하여간. 짐칸에도 산더미처럼 실렸대도. 일전에 산 사과처럼 먹다먹다 다 못 먹더라도 앞으로 네 밥은 쭉 쿠키라니까."

쿠키를 와삭 씹은 뒤 호로는 언짢은 듯이 말했다.

"참 나. 독을 가려내고 기적을 일으킨 게 누군데? 내가 없었으면 당신은 지금쯤 벌거숭이 상태로 화형을 당했을걸?"

그런 말을 들으면 찔리긴 하지만, 마을을 구해준 큰 은인이다 하여 여러 가지로 편의를 봐준 마을사람들조차 얼굴에서 경련을 일으킬 만큼 쿠키를 먹어대고 있는 호로다.

조금쯤 주의를 하면 좋으련만.

"흐음. 그나저나 이번에는 참 큰일이었지?"

화제를 억지로 돌리려 드는 것이었으나, 그 말에는 로렌스도 동의했다.

"뭐, 결국엔 벌었으니까 됐지."

"당신은 결국 그거지."

호로는 웃으면서 와삭 와삭 와삭 쿠키를 씹어댔다.

"내 목적도 기대한 만큼은 아니어도 달성하긴 했으니까. 고생한 보람이 있었네."

테이블 위에 놓여 있는 것은 도합 세 번은 읽었을 책. 달을 사냥하는 곰에 관한 이야기가 담긴 그 책을 보면서 호로는 맥 빠진 한숨을 지었다.

"다음은 무슨 마을이랬지?"

"레노스. 너에 대한 옛날이야기가 직접 전해지고 있다는 마을이야."

"흠. 꾸물대다 눈을 만나면 안 되겠지? 하는 수 없군."

사실은 어서 빨리 북쪽으로 가고 싶어서 안달이 났을 터이나, 앞으로 펼쳐질 고생길을 생각하면 편안한 이 마을에서 느긋하게 지내고 싶은 기분이 드는 것도 이해가 되지 않는 바는 아니다.

사흘 만에 자리를 털고 일어날 결심을 한 것도 로렌스로서는 조금 놀랄 일이었다.

"그럼 갈까?"

"그래."

로렌스와 호로가 교회 밖으로 나서자, 배웅을 하러 온 마을사람들이 차례차례 인사를 해온다.

의심해서 미안했다는 등의 짜증스런 인사는 진작 다 끝냈다.

다들 여행길의 무사 안전을 기원하며 명랑하게 한마디씩 한다.

"신의 가호가 있으시길."

엘사도 참으로 온화한 웃음을 지으며 그렇게 말해 주었다.

호로에게 발등을 밟히긴 했지만, 그래도 남자로서는 기분이 좋아질 만한 웃음이었다.

"로렌스 씨."

하며 에반이 손을 덥석 잡는다.

"여러 가지로 가르쳐 주셔서 감사합니다. 마을에 남아서 열심히 노력할게요."

마을에서 나가 상인이 되고 싶어 한 것도 마을사람들에게서 냉대를 받았기 때문이다.

이번 일을 계기로 재평가를 받은 에반이 취한 선택은 마을에 남아 엔베르크와의 교섭을 담당하는 것이었다.

엘사와 에반은 손을 꼭 잡고 있다. 그 같은 선택이 가장 타당하다는 것은 모두들 이해하는 바다.

"나그네가 마을에 남기는 것은 미련이 아니라 좋은 추억입니다. 그럼 안녕히들 계십시오."

로렌스가 고삐를 쥐자 짐마차가 서서히 움직이기 시작한다.

따스한 초겨울 햇살에 싸여 짐마차가 따각따각, 아담한 테레오 마을을 뒤로 한다.

엘사와 에반, 셈 촌장과 마을사람들은 교회 앞에서 내내 손을 흔들고, 호로뿐 아니라 로렌스도 두 번이나 뒤를 돌아보았다.

하지만 그것도 이내 보이지 않게 된다.

다시금 호로와 단둘이 걷는 여행길이 시작된다.

행선지는 레노스.

그곳에 도착한 뒤에는 동북쪽으로.

역시 봄이 끝나갈 무렵, 늦어도 여름이 되기 전까지는 요이츠가 있었던 곳에 도착하게 되지 않을까.

로렌스가 그런 생각을 하고 있으려니, 호로는 재빨리 자루를 열어 쿠키를 꺼내 먹기 시작했다.

아삭아삭 대는 소리에, 이별과 더불어 시작되는 새로운 여행길을 앞에 두고 왠지 모르게 들던 신성한 기분도 단숨에 날아가 버렸다.

"흐음?"

호로가 쿠키를 입안 한 가득 문 채 동그란 눈으로 쳐다보자 아무려면 어떠랴 싶기도 하다.

하지만 호로의 그런 티 없는 모습에 피식 웃은 것도 잠시, '여름 전이라…' 하고 속으로 중얼거렸다.

그 직후, 뭔가가 뺨을 찔러 돌아보니 쿠키였다.

"먹고 싶으면 말을 하든가."

호로가 뿌루퉁한 표정으로 그렇게 말한다.

"질리도록 먹었어."

로렌스의 대답에도 호로는 손을 거두지 않았다.

하는 수 없이 쿠키를 받아들고 한입 물었다.

호로를 위해 특별히 벌꿀을 듬뿍 넣은 쿠키라 굉장히 달다.

가끔은 이런 것도 괜찮겠지, 하는 마음이 들어 가볍게 씹었다.

하지만 호로는 그래도 불만스러운 듯이 로렌스를 여전히 노려보고 있었다.

"왜, 왜 그러는데?"

"아무것도 아니야."

그러더니 고개를 앞으로 휙 돌리고 쿠키를 먹는다.

저러는 걸 보니 분명히 뭔가 할 말이 있는 듯한데, 대체 뭐지?

로렌스는 잠시 생각한 뒤 문득 깨달았다.

하지만 이건 약았다.

이 말을 로렌스가 하게 하는 건— 뭐랄까, 함정 치고도 너무 약
았다.

그러나 로렌스가 먼저 함정에 빠져 주지 않으면 호로는 틀림없
이 화를 낼 것이다.

하는 수 없지.

그렇게 포기하고 로렌스는 마지막 한 조각을 입에 넣은 뒤 말했
다.

"저기."

"응?"

호로가 천연덕스런 얼굴로 돌아본다.

로브 밑에서는 꼬리가 기대에 차서 파닥대고 있다.

로렌스는 바보 같은 연기를 아주 솔직하게 했다.

"괜찮은 장사 건수가 있는데."

"호오?"

"하지만 그러려면 길을 조금 돌아가게 돼."

호로는 그 말에 몹시 싫은 표정을 지으며 한숨을 짓는다.

그래도 자세한 내용은 묻지 않은 채 어렴풋이 웃으며 이렇게 말

했다.

"할 수 없지, 뭐. 같이 가 줄게."

호로도 이 여행이 끝나기를 절대 바라지 않는다.

그런 확신은 있다. 그러니 저런 태도를 취하는 것이다.

그러나 호로가 먼저 그런 말을 할 리는 결코 없다.

하여간 귀염성 없기는.

"대체 어떤 괜찮은 건수인데 그래?"

호로는 즐거운 듯이 웃었다.

그런 호로를 보며 로렌스는 입에 넣은 쿠키를 마저 다 씹은 뒤, 그 쓸쓸함과 달콤함을 어딘가에 있을 신께 감사드린 것이었다.

4권 끝

안녕하세요. 하세쿠라 이스나입니다. 4권 째입니다.

그리고 이 4권으로 데뷔한 지 꼭 1년이 됩니다. 세월 참 빠르네요.

양복을 차려입고 바짝 긴장하여 제12회 전격소설 대상 수상 파티에 간 것이 엊그제 같건만, 눈 깜짝할 새에 제13회 수상 파티에도 참가했습니다.

그런데, 세월이 너무 빨리 흐르는 바람에 12회 때 입고 갔던 양복을 미처 드라이클리닝하지 못한 채 사복을 입고 갔습니다. 정장을 입은 분들이 주위에 온통 넘치는 와중에서 살짝 때 묻은 청바지 차림으로 어정거린 것은 그런 까닭도 있었기 때문입니다. 로스트비프가 맛있었습니다.

그리고 보니, 실은 이 후기를 쓰고 있는 지금으로부터 2주 후에 전격문고의 송년회가 있을 것이라고 하는데, 어떤 맛난 음식을 맛볼 수 있게 될까 싶어 벌써부터 기대가 큽니다. 가능하면 플라스틱 용기를 가져가서 싸 올 수 있는 만큼 잔뜩 싸 오고 싶지만, 저는 아직 데뷔한 지 1년 남짓한 병아리이니, 그런 짓은 압박을 해도 끄떡없을 베테랑 작가가 되고 난 후의 즐거움으로 남겨둘 생각입니다.

멋들어진 수염에 파이프 담배를 문 채 스테이크를 돌아본 뒤, 거만한 자세로 유유히 파티장을 활보하다가 초밥을 슬쩍 가지고 돌아오는 모습을 상상하니 의욕이 마구 넘칩니다. 단, 이상형으로 여기고 있던 베테랑 작가의 모습과는 살짝 다를 것 같은 기분이 들긴 하지만 신경 쓰지 않으렵니다. 아, 초밥에 곁들일 생강절임을 가져오는 것을 깜박해서 그렇군요. 생강절임을 잊어서야 신사로서 실격이지요.

─라고, 이런저런 이야기를 쓰다 보니 지면이 무사히 메워졌습니다.

이하, 감사의 말씀을.

이번에도 이미지 그대로의 일러스트를 그려 주신 아야쿠라 쥬우 선생님, 감사합니다. 러프화를 보는데 이미지에 너무 딱 들어맞는 캐릭터가 하나 있어서 체크를 하다가 웃었습니다.

편집담당자 분, 교열 담당자 분. 매번 덜그럭대는 원고를 정성껏 체크해 주셔서 감사합니다. 제게 그런 작업을 하라고 한다면 도중에 포기할지도 모릅니다. 정말 고맙습니다.

그리고 이 책을 읽어 주신 여러분, 고맙습니다. 다음 권도 잘 부탁드립니다.

그럼 저는 다음 권에서 다시 만나 뵙겠습니다.

_하세쿠라 이스나

안녕하세요. 장돌뱅이×암늑대의 좌충우돌 모험 활극, 어느덧 제4권입니다

3권의 치열했던 머리싸움, 감정싸움에서 살짝 벗어나 로렌스와 호로 사이는 여태까지의 그 어떤 때보다 끈적끈적… 하지는 않아도 심신 양면 성큼 다가선 내용이었습니다.

예, 예, 그래요. 그렇습니다. 3권을 읽은 무수한 분들에게 이구동성으로 "멍청이!" 소리를 들어야 했던 우리의 로렌스. 드디어 한 건 했습니다. 헌데, 이 담백한 스킨십이라니…. 4권까지 애니화가 되었다면 틀림없이 또 한 번의 화제를 불러일으켰을 이 장면. 이리도 담백하게 넘어갈 수가 있단 말입니까, 여러분?!!(맞습니다. 늑대와 향신료 애니메이션 1화가 방송된 이후로 항간에 떠돌던 로렌스의 고×설을 뒷받침해 줄 또 하나의 명장면 탄생인 것입니다. 우우훗.)

그나저나, 호로와 로렌스처럼 너무 생각이 많아 혼자서 속으로 재고 따지고, 그러다 자충수를 두고 허우적대는 커플들은 역시 주위에서 풀무질을 해줘야 한다고나 할까요. 아마티에 이어 엘사× 에반 커플이 등장한 배경은 그런 것이겠지요. 어린 커플 좀 보고 자극 받으라고?

그리고 4권을 읽으면서 문득 느낀 것인데, 로렌스는 갈수록 호로에게 너무 '학대'를 받는 것이 아닌지. 맞고, 맞고, 또 맞고, 깨

물려서 피까지 보는 4권. 그런데도 로렌스의 반응은 늘 거의 '허허허' 수준이니. S냐 M이냐를 따지자면 다분히 M쪽인 로렌스? 헉. 이건 완전 동인지 소재거리?(죄송합니다. 로렌스 고×설에 이어 로렌스 마조○스트설이 퍼진다면 그것은 순전히 비난받아 마땅한 역자의 잘못입니다.)

자, 테레오 마을에서 아쉬운 대로 요이츠에 관한 자료도 모았고, 이제 다음 마을 레노스를 향해 길을 떠난 호로와 로렌스. 4권 마지막 부분을 보아하니 무조건 요이츠를 향해 직진! —이 될 것 같지는 않은 이 꿍심남녀의 여정은 한동안 계속될 겁니다.

첫눈에 반해 불처럼 화르륵이 아닌 한 걸음 한 걸음으로 찬찬히, 말 아닌 마음으로 서로를 배려하는 이 이색남녀의 여정이 다음에는 또 어떤 곳에서 어떤 이들을 만나, 어떤 장사 얘기, 어떤 먹거리와 함께 펼쳐질지 기대가 됩니다.

그럼 저는 5권에서 다시 찾아뵙도록 하겠습니다.

_역자 **박 소 영**

늑대와 향신료 [4]

2008년 4월 7일 초판 발행
2022년 4월 10일 15쇄 발행

저자 하세쿠라 이스나 | **일러스트** 아야쿠라 쥬우 | **옮긴이** 박소영
발행인 정동훈 | **편집인** 여영아
편집 팀장 황정아 | **편집** 노혜림
발행처 (주)학산문화사 | 서울특별시 동작구 상도로 282 학산빌딩
편집부 02.828.8838(전화), 02.816.6471(팩스) | **영업부** 02.828.8986(전화), 02.828.8890(팩스)
홈페이지 www.haksanpub.co.kr | **등록** 1995년 7월 1일 | **등록번호** 제3-632호

ookami to koushinryou vol.4
©ISUNA HASEKURA 2007
First published in 2007 by Media Works Inc., Tokyo, Japan.
Korean translation rights arranged with ASCII MEDIA WORKS Inc., through KCC.
이 책의 한국어판 저작권은 일본 아스키 미디어 웍스와의 독점계약으로 (주)학산문화사에 있습니다.
저작권법에 의해 한국 내에서 보호를 받는 저작물이므로 불법 복제와 스캔 등을 이용한
무단 전재 및 유포·공유 시 법적 제재를 받게 됨을 알려드립니다.

ISBN 978-89-258-5615-5 04830
ISBN 978-89-529-5612-4 (세트)

값 6,800원

은반
컬라이더스코프

더블 프로그램 −A long, wrong time ago

6권

카이바라 레이 지음
스즈히라 히로 일러스트
현정수 옮김

eXtreme novel

올림픽− 그 찬란한 무대를 향해 다른 이들보다
한층 강한 집념을 품고 있는 두 명의 피겨 스타,
시토 쿄코와 도미니크 밀러.
한쪽은 어릴 적의 강요에 의해,
한쪽은 운 좋은 만남에 의해 빙상의 주민이 된 두 사람의 우정과 숙명.
그리고 그녀들을 막아서는 라이벌 사쿠라노 타즈사의 그림자.
드디어 시작된 2009년 세계선수권.
리아, 가브리, 스테이시⋯.
전 세계의 쟁쟁한 선수들이 총집합한 뉴욕은,
피겨 스타들의 아름다운 열연에 열광의 소용돌이에 휩싸인다!

XNR−20−6
(주)학산문화사 발행 / 값5,900원

a Gargoyle is
the precious friend.

요시나가 씨 댁의
가고일
6권

타구치 센넨도 지음
히무카이 유지 일러스트
김지현 옮김

eXtreme novel

요시나가 카즈미가 다니고 있는 나나시키 고등학교의 연극부는
매년 신입생환영회를 맞이하여 공연을 준비한다.
카즈미는 연극부원인 친구 카타기리 링고의 추천으로 연극의 주인공을
맡게 된다. 작품은 〈레미제라블〉을 각색한 〈초(超) 미제라블〉!
원작과는 달리 장발장이 악하게 나오는 약간은 이상한 대본이었다.
그렇게 연극 준비를 하던 어느 날, 연극부 앞으로 연극을 당장 중지하라는
협박장이 날아왔다. 협박장을 보낸 범인을 찾고자 하는
카즈미 일행과 가고일은 이번 일이 8년 전 나나시키 고등학교에서
벌어진 살인사건과 연관이 있다는 것을 알게 되는데…!
과연 이들은 협박장을 보낸 범인을 찾아내어
옛 사건의 진상을 함께 밝혀낼 수 있을까?

XNR-17-6
(주)학산문화사 발행 / 값5,900원

紅
쿠레나이
2권

카타야마 켄타로 지음
야마모토 야마토 일러스트
김용빈 옮김

eXtreme novel

■■

해결사를 시작한 지 얼마 안 되는 쿠레나이 신쿠로에게 걸려온
한 통의 전화. 그것은 뒤쪽 세계의 인재 파견 회사로 유명한
아쿠우 쇼오카이에서 일해보지 않겠냐는 권유 전화였다.
고민한 끝에 권유를 받아들이고 아쿠우 쇼오카이로의
테스트를 받기로 한 신쿠로. 하지만 테스트로 내밀어진 것은 놀랍게도
암살계획에 참가하는 것. 표적은 한 사람의 병약한 소녀.
신쿠로는 테스트를 거부하고 교섭은 결렬된다.
그리고 신쿠로는 표적이 된 소녀를 지키기 위해 움직인다.
하지만, 발을 디딘 어둠은 너무나 깊은 것이었다.
신쿠로의 앞을 막아서는 아쿠우 쇼오카이의 킬러 키리시마 키리히코.
그 무서운 칼날은 신쿠로와 무라사키의 사이마저도 가르며,
더욱 더 깊은 어둠으로 몰아넣는데…!

■■

XNR-28-2
(주)학산문화사 발행 / 값5,900원

렌탈 마법사
흡혈귀 VS 마법사!
10권

산다 마코토 지음
pako 일러스트
김수현 옮김

eXtreme novel

■■

고등학교 2학년이 된 이츠키.
어느 날 길을 헤매는 듯한 소년이 이츠키의 앞에 나타난다.
곤란해 하는 그를 도와주려고 다가간 이츠키에게 소년은 룬 마술을 사용해
공격해 오지만, 이츠키의 위험을 감지한 호나미가 나타나
극적으로 그를 구해준다. 그리고 며칠 뒤.
불사의 생물이라 일컬어지는 '흡혈귀'가 〈아스트랄〉을 공격해 온다.
과연 이것은 우연일까, 아니면 누군가 〈아스트랄〉을 치기 위해
계획한 일일까? 이츠키는 주변 생물의 양기를 빨아들여
무적이 되어 가는 흡혈귀에게 맞서지만, 흡혈귀에게 피를 빨린
주위의 사체와 나무들이 이츠키를 덮쳐 오는데….
과연 마법사들은 금기의 최고봉인 흡혈귀를 상대로 이겨낼 수 있을까?

■■

XNR-8-10
(주)학산문화사 발행 / 값5,900원

무시우타
꿈을 씻는 마법사
9권

이와이 쿄헤이 지음

LLO 일러스트

김해용 옮김

eXtreme novel

■ ■

충빙의 능력을 상업적으로 이용하기 위해
안모토 시이카에게 접근해 '계약'을 제시한 소녀 아카세가와 나나나.
시이카는 벌레날개의 새로운 후원자가 된 그녀와 함께
이 나라의 경제를 뒤흔든 세 가지 계기,
즉 '인클로저', '버블', '패러다임 시프트'의 모든 원인인
'근원의 충빙'을 낙찰받기 위하여 목숨을 건 옥션에 참가한다.
벌레의 '비밀'을 밝히기 위해!
하지만 그것은 얼어붙어 있던 마음을 마법처럼 녹이는
최고이자 최악의 판도라의 상자!

■ ■

XNR-10-9

(주)학산문화사 발행 / 값5,900원

eXtreme novel

니노미야 군에게
애도를
8권

스즈키 다이스케 지음
타카나에 쿄린 일러스트
오경화 옮김

eXtreme novel

신인가, 악마인가, 천재지변인가?!
슈운고를 납치한 흑막—유럽 서큐버스의 공주 힐데가르트의 습격!
척 보기엔 어린애 같지만, 노발대발한 레이카 아가씨를 가볍게 희롱하고,
초 인류 료코와 미키히코마저 두려움에 떨게 만드는 지상 최강의 여자.
그리고 역시나 에로틱하다.
슈운고의 주변에는 때 아닌 공주 돌풍이 휘몰아치는데…
마유는 인사 대신 수위 높은 성희롱을 당하고,
슈운고는… 언제 어디서나 정기를 쭉쭉 빨리는 신세?!
심지어 공주는 슈운고에게 '거대한 사명'과 질문을 던진다—.
"슈운고. 네놈에게 있어 츠키무라 마유란 무엇이냐?"
우유부단한 남자, 니노미야 슈운고가 심각한 명제에 도전하는
대 인기 삼각관계 서큐버스 러브 코미디! 그 사랑…, 진짜인가요?

XNR-11-7
(주)학산문화사 발행 / 값5,900원

토라도라!
3권

타케미야 유유코 지음
야스 일러스트
김지현 옮김

eXtreme novel

류지의 집에서 서로 막 껴안으려던(것처럼 보이는) 현장을
타이가에게 들켜 버린 류지와 아미.
목격자 전원이 마른침을 삼키며 지켜보는 가운데,
미니 타이거가 류지에게 보인 반응은?
한편 시간이 흘러 6월의 여름이 찾아 왔고 학교 수영장이 개장했다.
미노리의 수영복 차림! 아미의 수영복 차림!
그리고 타이가의 수영복 차림을 볼 수 있겠군… 하며 들떠 있던 류지 앞에
청천벽력 같은 일이 벌어진다. 다름 아닌 류지를 사이에 두고
타이가와 아미가 수영 승부를 벌이게 되는 것인데!
과연 승부의 승자는 누가 될 것인가?
이번에는 누구도 예상치 못한 돌발 해프닝이 넘쳐흐르는 수영장 편이다!

XNR-25-3
(주)학산문화사 발행 / 값 5,900원

노기자카
하루카의 비밀
6권

이가라시 유사쿠 지음
샤아 일러스트
인단비 옮김

eXtreme novel

■■

용모수려 · 재색겸비, '순백의 별'이라는 별명까지 있는
끝내주는 양갓집 규수 노기자카 하루카. 그녀의 비밀을 공유하고
격동(?)의 크리스마스를 함께 보내고, 두 사람의 사이가
한 발짝 더 진전된 것처럼 여겨지는 요즘이지만…
섣달 그믐날. 1년을 마무리 짓는 일대 이벤트인 겨울 코미케에
어째서인지 나와 하루카는 동인지를 팔고 있었다.
사태의 전말을 이야기하면 길어지니 넘어가고,
첫 코미케에서 처음으로 서클의 도우미를 하면서 하루카의 방에서
둘이서 열심히 만든 첫 동인지를 판매한다.
하지만 첫 동인지의 판매는 쉽지 않은 상황…
나는 1년을 마무리 하는 하루카의 멋진 미소를 보고 싶은 마음에
극단의 조치를 취하는데….

■■

XNR-14-6
(주)학산문화사 발행 / 값5,900원